Veröffentlicht von
DREAMSPINNER PRESS

5032 Capital Circle SW, Suite 2, PMB# 279, Tallahassee, FL 32305-7886 USA
www.dreamspinnerpress.com

Feuer und Schnee
Urheberrecht der deutschen Ausgabe © 2023 Dreamspinner Press.
Originaltitel: Fire and Snow
Urheberrecht © 2016 Andrew Grey
Original Erstausgabe. Mai 2016
Übersetzt von Teresa Simons.

Umschlagillustration
© 2018 Kanaxa
Umschlaggestaltung
© 2023 L.C. Chase
http://www.lcchase.com
Die Illustrationen auf dem Einband bzw. Titelseite werden nur für darstellerische Zwecke genutzt. Jede abgebildete Person ist ein Model.

Deutsche ISBN. 978-1-64108-706-3
Deutsche eBook Ausgabe. 978-1-64108-705-6
Deutsche Erstausgabe. Dezember 2023
v 1.0

Gedruckt in den Vereinigten Staaten von Amerika.

FEUER UND SCHNEE

ANDREW GREY

Für Dominic, für alles, was er für mich tut, und für Jane, eine großartige Lektorin, die mir eine Menge beigebracht hat. Ich werde dich vermissen!

1

„AUF DEM Weg zur Streife?", fragte Red, als JD Burnside vor dem Hinausgehen innehielt, um sich Mantel und Mütze zu schnappen. Red musterte ihn und schüttelte den Kopf. „Hier. Nimm auch die Handschuhe und zieh dir ein zweites Paar Socken an."

„Es ist erst November ...", antwortete JD und wurde leicht besorgt.

„Mag sein, aber der Wind geht direkt durch dich durch und du bist heute zur Fußstreife auf dem Platz eingeteilt. Ohne eine zusätzliche Schicht zieht der kalte Beton die Wärme einfach aus deinen Schuhen raus."

Seufzend ließ sich JD wieder im Umkleideraum nieder und durchsuchte seine Sachen, bis er ein zweites Paar Socken fand. Er zog seine Stiefel aus und schlüpfte in die Socken. Augenblicklich begannen seine Füße zu schwitzen, doch er ignorierte es und zog die nun eng sitzenden Stiefel wieder an. „Sollte ich sonst noch etwas wissen?"

„Halt Strafzettel bereit. Das Herbstfest geht gerade auf sein Ende zu, was allerdings auch heißt, dass viele der hart gesottenen Besucher in den Kneipen weitermachen. Also halt nach schwankenden und taumelnden Leuten Ausschau. Wir wollen nicht, dass sie versuchen, nach Hause zu fahren."

„Deshalb muss ich also bei diesem miesen Wetter raus, anstatt wie ein normaler Mensch in einem gemütlichen, warmen Streifenwagen zu sitzen?" Im Streifenwagen gab es wenigstens eine Heizung. JD hatte sich noch nicht an das Wetter hier oben in Central Pennsylvania gewöhnt und begriff allmählich, dass sein erster Winter hier verdammt schwer zu überstehen sein würde.

„Wir haben immer einen von uns gut sichtbar abgestellt, der vom Fahren unter Alkoholeinfluss abschrecken soll. Ich habe es vor zwei Jahren gemacht und letztes Jahr hatte Carter die ruhmreiche Ehre. Es ist nur ein Tag und du brauchst nichts zu tun, außer dich warm zu halten und die Augen offen zu halten. Nach drei oder vier Stunden hat es sich geleert und du kannst zurückkommen und dir einen Streifenwagen schnappen. Es sind immer interessante Abende."

„Ach ja?", fragte JD nach, während er aufstand.

Red grinste. „Vor einigen Jahren gab es mal diese Sache mit der Kuhparade, bei der Künstler Kühe aus Fiberglas hergestellt hatten, die dann als Dekoration in der Gegend aufgestellt wurden. In der Stadt gab es vier und eine davon stand auf dem Platz. In dem Jahr hatte jemand beschlossen, dass sie ein Bulle war, den

1

er reiten wollte … splitternackt mitten in der Stadt." Red lachte. „Als wir dort ankamen, war er fast blau angelaufen und seine Freunde waren drauf und dran, es auch mal zu versuchen. Wir konnten sie noch aufhalten, bevor das Ganze zu einer Flitzerversammlung wurde."

„Was ist mit dem nackten Kerl passiert?"

„Wir haben ihn wegen Exhibitionismus verhaftet und er musste ein Bußgeld zahlen. Aber was ich damit sagen will: Auch wenn das hier eine kleine Stadt ist, kommt der eine oder andere beim Trinken auf verrückte Ideen. Also halte die Augen offen und melde dich, wenn du etwas siehst. Ich bin in der Nähe und schaue zwischendurch bei dir vorbei."

JD bedankte sich bei Red für die Hilfe und die Geschichte, die seine Stimmung ein wenig angehoben hatte. Er überprüfte, ob er alles bei sich hatte, bevor er seinen Spind zuschlug und die Station verließ, um sich durch die Stadt auf den Weg zum Platz zu machen.

Der Platz war nur einen Häuserblock weit entfernt. Als er ankam, hob er den Blick zum alten Kirchturm, um die Uhrzeit zu überprüfen.

„Eine Tätlichkeit ist im Gange, am Gerichtsgebäude", kam es plötzlich aus seinem Funkgerät.

JD bestätigte und sprintete mit klopfendem Herzen los. Als er um die Ecke des Gebäudes bog, sah er ein Grüppchen aus drei Studenten, das sich um eine der Bänke drängte.

„Was fällt dir eigentlich ein, alter Mann?", schrie einer der jungen Männer so laut, dass seine Stimme über den Platz hallte. Auch die anderen brüllten.

„Was geht hier vor?", fragte JD laut und deutlich mit seiner besten Polizistenstimme. Die Studenten wichen zurück und zeigten ihre leeren Hände, was JD gefiel. Immerhin schienen sie keine Bedrohung für ihn darzustellen.

„Dieser alte Mann wollte an das Veteranendenkmal pinkeln", sagte der junge Mann, der so laut geschrien hatte. „Wir haben ihn auf die Bank gesetzt und wollten mit ihm reden, aber dann hat er versucht, Hooper hier zu schlagen." Er trat einen weiteren Schritt zurück, um JD Platz zu machen. Ein Mann Ende sechzig, so schätzte JD, saß wie Espenlaub zitternd auf der Bank. Die Vorderseite seiner Hose war nass und er stank. Als JD ihn berührte, fühlte sich der Mann kalt an und er zitterte unablässig. JD versuchte mehrmals, den Mann dazu zu bringen, ihn anzusehen, und als er es schließlich tat, schauten seine Augen ausdruckslos unter schweren Lidern hervor.

„Ich brauche einen Krankenwagen in der High Street neben dem alten Gerichtsgebäude", meldete JD. Der Mann zitterte und bebte weiter. Es lag nicht nur an der Kälte. Der Geruch von Alkohol überlagerte selbst den Gestank seines Malheurs. Der Mann brauchte Hilfe.

„Kommt er wieder in Ordnung?", fragte Hooper. „Wir haben ihm nichts getan oder so. Er wollte mitten auf das Denkmal pinkeln, also haben wir versucht, ihn zu stoppen, und ihm geholfen, sich hinzusetzen, aber er hat nach mir geschlagen und ist beinahe hingefallen." Der junge Mann wirkte bestürzt. Seine Augen waren groß wie Untertassen.

„Hat er Sie getroffen?", fragte JD.

„Nein. Er war zu langsam. Aber David hier, der Riesenidiot, hat angefangen, ihn anzubrüllen, und das haben Sie wohl gehört."

„Wie viel haben Sie getrunken?", erkundigte sich JD bei David.

„Genug, um zu wissen, dass ich nicht fahren werde", antwortete David mit blinzelnden Augen.

„Das macht besser keiner von Ihnen", empfahl JD.

„Ich bin der Fahrer", warf Hooper ein. „Ich hasse den Geschmack von dem Zeug, also kaufen sie mir Essen und Cola und als Gegenleistung fahre ich die Idioten nach Hause." Als Reaktion darauf knuffte ihn einer seiner Freunde in die Schulter.

JD wandte sich wieder dem alten Mann zu, der sich leicht von einer Seite zur anderen wiegte. Er versuchte, ihm seinen Namen zu entlocken, doch er reagierte immer weniger. Nachdem JD die Daten der Studenten aufgenommen hatte, schickte er sie fort. Sie schienen die Wahrheit gesagt zu haben und bei Bedarf konnte er sie kontaktieren.

Es musste schon viele Notrufe gegeben haben, aber schließlich traf ein Krankenwagen ein und sie halfen dem Mann hinein. Er hatte keinen Ausweis bei sich. JD notierte so viele Informationen wie möglich, bevor die Rettungssanitäter ihn abtransportierten.

Während der ganzen Aufregung hatte er wenigstens keine Gelegenheit zum Frieren gehabt. Nachdem der Krankenwagen davongefahren war, wurde es auf dem Platz still. Trockene Blätter raschelten in den Bäumen und kleine Irrlichter blitzten in der Beleuchtung des alten Gerichtsgebäudes auf. JD erzitterte, als ihm klar wurde, dass es sich um Schneeflocken handelte. Gott, er würde hier erfrieren.

JD schob den Gedanken von sich und ging über den Platz und anschließend durch die Seitenstraßen, um nach eventuellen Problemfällen Ausschau zu halten. Wenige Personen kauerten noch auf den Bänken, doch er ging davon aus, dass auch diese bald aufgeben und sich auf den Weg nach Hause machen würden.

Da die Straßen nun nicht mehr wegen des Fests gesperrt waren, floss der Verkehr wieder wie üblich über die Hauptkreuzung. JD kehrte zu dieser Kreuzung zurück, überquerte die High Street und die Hanover, um anschließend in die schmale Seitenstraße einzubiegen, die an einer der Kirchen vorbeiführte. Er hasste diese Straße. Sie war schlecht beleuchtet und es gab viele Schatten.

Er warf einen Blick hinein, um zu sehen, ob sich etwas bewegte, und wollte gerade weitergehen, als Red sich in einem Streifenwagen näherte. JD öffnete die Beifahrertür und stieg ein.

„Ich habe dich rüberkommen sehen und dachte, wir könnten ein Stückchen fahren", erklärte Red.

3

JD war unendlich dankbar, während er die Wärme des Autos in sich aufsaugte. „Ich hasse diese Straße."

„Das tun wir alle. Der Chief will eine weitere Straßenlaterne anfordern. Die Kirche wehrt sich dagegen, weil sie anscheinend das durch die Buntglasfenster scheinende Licht stören würde oder so. Aber in letzter Zeit ist es wirklich gefährlich geworden." Red legte einen Gang ein und fuhr um die Kurve, langsam die Straße entlang rollend.

An der leichten Biegung schossen zwei Gestalten aus einer Ecke und rannten die Straße hinunter in Richtung des Parkplatzes hinter der Kirche. Red schaltete die Scheinwerfer ein, während JD aus dem Wagen sprang und ihnen zu Fuß folgte. Red raste an ihm vorbei, um zu versuchen, die Männer abzufangen.

JD war schnell. In der Schule und im College war er Leichtathlet gewesen und er würde sich nicht von einem Straßenrowdy abhängen lassen. Seine rennenden Füße hämmerten über den Asphalt. Einer der Männer wich aus und entwischte ihm einmal, doch beim zweiten Versuch war JD vorbereitet und packte die Rückseite seines Mantels, um ihn mit einem Ruck zu bremsen.

Der Mann stürzte und rollte über den Boden. JD blieb auf den Beinen und als der Mann still lag, ging er in die Hocke und presste ihm ein Knie in den Rücken.

„Ich habe nix gemacht", protestierte der Mann.

„Ja, sicher", antwortete JD, als Red neben ihnen anhielt.

„Der andere ist entwischt", sagte Red verärgert.

„Der hier hat beim Wegrennen Dinge aus seiner Tasche geworfen", teilte ihm JD mit und zeigte in die Richtung, aus der sie gekommen waren.

„Oh, Mann. Versucht ihr jetzt, mir was anzuhängen?", fragte der Mann, der auf dem Boden lag.

JD legte ihm Handschellen an und überzeugte sich davon, dass sie richtig saßen. „Nein. Ich sorge nur dafür, dass Sie bekommen, was Sie verdienen." JD sah zu, als Red vorsichtig fotografierte und beschriftete, was fortgeworfen worden war. Das Gesetz war seit Generationen der Beruf in seiner Familie gewesen, weshalb JD quasi zwangsläufig Polizist geworden war. Doch nach dem Beginn seiner Ausbildung hatte er tatsächlich eine Vorliebe für Fairness, das Beschützen anderer Menschen und das Durchsetzen von Vorschriften entdeckt. Vielleicht war es genetisch bedingt? Er wusste es nicht.

Andere Sirenen erklangen und bald hatten sich zwei weitere Streifenwagen zu ihnen gesellt und tauchten JD und den Verdächtigen in Scheinwerferlicht.

„Was haben wir hier?", fragte Aaron Cloud, einer der Detectives, als er aus dem Auto stieg.

„Sieht nach Kokain aus", antwortete Red. „So viel davon, dass es eine lange, schwere Zeit sein wird, die er absitzen muss."

„Das gehört mir nicht", widersprach der Verdächtige.

4

JD schüttelte den Kopf. „Ich konnte sehen, wie er es mit bloßen Händen aus seinen Taschen geworfen hat, als ich ihn verfolgt habe. Es war seins. Seine Fingerabdrücke sind ganz sicher auf den Beuteln." Der Typ musste ein Idiot sein.

„Dann informiert ihn über seine Rechte. Wir nehmen ihn mit zum Revier."

„Da war noch ein zweiter Mann", sagte Red. „JD ist aus dem Auto gesprungen, als wir sie gesehen haben, ist wie der Blitz losgerannt und hat diesen Typen erwischt. Ich bin dem anderen gefolgt, aber er ist zwischen den Häusern da drüben durchgerannt und über die High Street verschwunden."

„Wir werden schon herausfinden, wer er war", antwortete Aaron mit einem Blick hinunter auf den Verdächtigen. „Nicht wahr?" Sein bedrohlicher Tonfall ließ den Mann kurz erzittern. JD wusste, dass es nur gespielt war. Detective Cloud hielt sich streng an die Regeln, aber wäre er nicht Polizist geworden, hätte er in Hollywood Karriere machen können.

Aaron nahm den Verdächtigen in Gewahrsam, und nachdem JD Red dabei geholfen hatte zu überprüfen, ob sie nichts übersehen hatten, machten sie sich auf den Rückweg zum Revier.

„Ich glaube, ich war noch nie im Leben so dankbar für einen Drogenfund", sagte JD im Auto, während sich die Scheibenwischer hin- und herbewegten, um den fallenden Schnee von der Windschutzscheibe zu entfernen.

Langsam fuhren sie am Platz vorbei und JD wandte den Kopf, als er eine Bewegung wahrnahm. Ein Mann erhob sich von einer der Bänke und entfernte sich gemächlich. „Sitzen immer Leute auf diesen Bänken? Bei dem Wetter müssen sie doch erfrieren."

„Ja. Da sitzen den ganzen Tag Leute. Sie haben ihre Lieblingsplätze und gnade dir Gott, wenn du versuchst, sie ihnen wegzunehmen. Die meisten Menschen gehen einfach vorbei und beachten sie kaum." Red bog um die Kurve und fuhr weiter zum Revier. JD löste seine Gedanken von den Leuten auf den Bänken und konzentrierte sich wieder auf den Bericht, bei dem er würde helfen müssen.

Wenigstens war das Revier warm. JD setzte sich an seinen Schreibtisch und begann, seine Aussagen zu den Geschehnissen niederzuschreiben.

„Du hast dich gut geschlagen", merkte Red im Vorbeigehen an. „Allerdings würde ich dir nicht empfehlen, jeden Tag aus fahrenden Autos zu springen."

„Haben wir irgendwelche Informationen aus ihm herausbekommen?", fragte JD.

„Aaron setzt ihn ziemlich unter Druck. Wahrscheinlich wird er sich bald einen Anwalt besorgen, aber er sagt, dass der andere Typ nur ein Kunde war", erklärte Red, was sich auch JD gedacht hatte. Zumindest hatten sie diesmal den Dealer erwischt. Normalerweise war es umgekehrt. „Hast du deinen Bericht eingereicht?"

JD nickte und stand auf. Für ihn war es Zeit, sich wieder um die Streife zu kümmern. Um diese späte Uhrzeit würde er dabei wenigstens ein Fahrzeug haben.

„Ich komme mit raus." Red begleitete ihn zum Parkplatz, wo sie in ihr jeweiliges Auto stiegen. „Pass auf dich auf."

„Du auch." JD ließ den Motor an und lenkte den Wagen vom Parkplatz. Er fuhr durch die Stadt und bog in dieselbe Seitenstraße ein, in der Red und er zuvor gewesen waren. Diesmal war sie leer und er fuhr weiter.

Der Schneefall war heftiger geworden und er fuhr vorsichtig, als die Sicht sich verschlechterte und die Straßen rutschiger wurden. Gegen Ende seiner Schicht machte er eine letzte Rundfahrt durch die Stadt. Als er am Platz vorbeikam, entdeckte er eine einzelne Person auf einer der Bänke am Gerichtsgebäude. Auf einer Bank zu sitzen war nicht verboten, aber es war bereits nach elf und verdammt kalt. JD lenkte den Wagen an den Straßenrand, stieg aus und näherte sich dem Mann.

Er saß zusammengekauert und in seinen Mantel gemummelt da, die Arme um seinen Körper geschlungen und das Kinn auf die Brust gepresst.

„Sir, ist alles in Ordnung?"

Der Mann sah auf und senkte dann wieder den Blick, ohne etwas zu sagen.

„Sir, stimmt etwas nicht? Es ist viel zu spät und kalt, um hier draußen zu sein. Sie sollten nach Hause gehen."

„Es geht mir gut. Ist sowieso egal. Interessiert doch keinen." Er sah wieder hinunter und bewegte sich nicht.

„Zu Hause wäre es wesentlich wärmer und sicherer für Sie." Allmählich sorgte sich JD. „Ich kann helfen, wenn Sie wollen. Können Sie mir sagen, wo Sie wohnen?"

„Natürlich kann ich das. Aber es ist egal. Alles ist egal." Er erhob sich und stand einigermaßen sicher auf seinen Füßen. „Wissen Sie, Menschen sind mies. Jeder nutzt den anderen aus und niemanden kümmert es." Er machte einige leicht schwankende Schritte, straffte die Schultern und ging in Richtung Gerichtsgebäude. „Niemand kümmert sich um irgendetwas oder irgendjemanden."

„Brauchen Sie Hilfe?", fragte JD.

„Nein. Sie können nichts tun." Er entfernte sich und JD sah ihm nach. Irgendetwas stimmte nicht, aber es war kalt und der Mann wirkte ziemlich harmlos. JD kehrte zum Auto zurück und fuhr langsam die Straße entlang. Er sah, dass der Mann abbog und dann im ersten der Wohnblöcke an der Pomfret verschwand.

Da sein Handy klingelte, hielt JD an, damit er den Anruf annehmen konnte. „Fährst du zurück zum Revier?", fragte Red.

„Ja." Er überprüfte die Uhrzeit.

„Terry wollte sich mit mir im Applebee's treffen. Das hat noch geöffnet und wir können etwas essen." Red war so nett gewesen, sich mit ihm anzufreunden, als er sich vor sechs Monaten der Polizei angeschlossen hatte.

„Klingt gut. Lass mich zurückfahren und alles fertig machen. Wir sehen uns dann da."

JD fuhr zum Revier zurück, meldete sich ab und machte sich wieder auf den Weg. Obwohl der Schnee kaum den Boden bedeckte, machte er ihn beim Fahren unruhiger. Er wusste, dass sich die Leute hier über etwas Schnee nicht allzu viele Gedanken machten, aber in seiner Heimat war er nur selten im Schnee gefahren. Während er das Lenkrad umklammerte, versuchte er, sich an das letzte Mal zu erinnern. Es musste vier oder fünf Jahre her sein.

Als sich JD der Hanover Street näherte, sah er eine Gestalt mit hochgezogenen Schultern in Richtung Platz gehen. Obwohl er nicht mehr im Dienst war, bog er nach links anstatt nach rechts ab. Er sah zu, wie der Mann zur selben Bank zurückkehrte und sich wieder setzte. Irgendetwas stimmte hier wirklich nicht.

JD lenkte das Auto von der Fahrbahn, stieg aus und lief über die Straße auf den Mann zu. „Ich dachte, Sie wären nach Hause gegangen", sagte er sanft.

„Das ist meine Bank. Mir gefällt es hier."

„Kumpel, es ist wirklich kalt und Sie werden noch krank." JD half ihm auf die Beine. „Außerdem ist es sehr spät. Sie müssen nach Hause, wo es sicher und warm ist." Er hoffte, dass der Mann nicht krank war, aber er konnte ihn nicht bei diesem Wetter hier draußen sitzen lassen. „Wann haben Sie das letzte Mal etwas gegessen?"

Der Mann zuckte mit den Schultern. JD warf einen Blick auf sein Handgelenk, um zu sehen, ob er ein medizinisches Notfallarmband trug. Er hatte mal einen Freund gehabt, der sich manchmal ähnlich benommen hatte, leicht verrückt und merkwürdig. Er war Diabetiker gewesen und wenn sein Blutzucker aus dem Gleichgewicht geraten war, hatte er ziemlich neben sich gestanden. „Warum kommen Sie nicht mit und ich besorge Ihnen etwas zu essen?"

„Okay", stimmte der Mann zu und JD half ihm, über die Straße zu gehen. Beim Einsteigen fragte er sich, was Red denken würde, wenn er mit einem Fremden auftauchte. Der Mann saß still da und bewegte nur leicht die Hände, während JD zum Stadtrand fuhr und auf dem Restaurantparkplatz anhielt.

„Wir besorgen Ihnen etwas zu essen und dann fühlen Sie sich vielleicht besser." JD war nun fest entschlossen. Er hatte die Grenze von Polizist zu Bürger schon lange überschritten - und wenn das hier schiefging, konnte es für ihn verdammt viel Ärger bedeuten -, aber irgendetwas sagte ihm, dass der Typ nicht gefährlich war, nur ein wenig verwirrt.

Nachdem er geparkt hatte, stiegen sie aus und der Mann folgte ihm gehorsam.

Red empfing ihn am Eingang und starrte ihn skeptisch an. „Wer ist das?"

„Er ist ..." Mist, wie sollte er das erklären? „Jemand, der etwas Hilfe braucht."

Red wandte sich leicht um und betrachtete JD, als hätte er wirklich den Verstand verloren. „Ist das so ein Südstaaten-Ding?", fragte er.

„Es ist ein Menschen-Ding", antwortete JD.

Red verdrehte die Augen, aber öffnete die Restauranttür. „Terry hat schon einen Tisch für uns gesucht", sagte er und führte sie in eine Ecke. Terry stand in seiner ganzen muskulösen Schwimmerpracht und mit wie angegossen sitzender Kleidung auf und lächelte strahlend. JD war Reds Partner erst wenige Male begegnet, doch seine Shirts schienen immer perfekt eng anzuliegen und seine Hosen schmiegten sich gerade richtig an seine Beine. JD bemühte sich stets, nicht zu genau hinzusehen oder den Mann anzustarren, was verflucht schwierig war. „Du erinnerst dich an JD", sagte Red.

„Natürlich. Wie geht's, JD?", erkundigte sich Terry. „Und das ist …?"

„Fisher Moreland", antwortete der Mann mit klarer Stimme.

„Schön, dass uns noch jemand Gesellschaft leistet", fügte Terry hinzu, schüttelte ihm die Hand und rutschte wieder in die Sitznische. Red ließ sich neben ihm nieder und JD bedeutete Fisher, sich zu setzen, bevor er sich neben ihn schob.

„Wie war eure Schicht?", fragte Terry.

„Interessant", antwortete Red. „JD hat sich auf einen Dealer gestürzt, bevor er flüchten konnte." Red verteilte die Speisekarten. „Das war ein Anblick. Er ist praktisch geflogen und hat ihn mit einem Griff niedergestreckt. Es war echt klasse."

„Ich bin nur froh, dass es gut gegangen ist", sagte JD und überließ Red den größten Teil des Redens. Als sich die Kellnerin näherte, bestellten sie Getränke. Da Fisher nicht antwortete, bestellte JD ihm eine Cola und hoffte, dass Zucker das war, was er brauchte. Nachdem sie gegangen war, unterhielten sie sich weiter, wobei JD Fisher im Auge behielt, der sich wieder tief in seinen Mantel geschmiegt hatte. Als die Getränke gebracht wurden, tauchte Fisher zittrig einen Strohhalm in den Softdrink und trank. JD tauschte Blicke mit den anderen beiden, ohne etwas zu sagen. Allmählich befürchtete er, dass er einen Krankenwagen für den Mann hätte rufen sollen und dass das hier ein riesiger Fehler gewesen war.

„Gewöhnst du dich an die Kälte?", fragte Terry JD.

„Gott, nein." Schon beim Gedanken daran lief ihm ein Schauer über den Rücken. „Ich hatte keine Ahnung, dass es so kalt wird, und es ist erst November."

„Ja. Du hast noch einige kalte Monate vor dir, aber hoffentlich wird es nicht so schlimm wie letztes Jahr. Da war es noch den ganzen Januar eisig."

„Sind Sie bereit zum Bestellen?", fragte die Kellnerin, die an den Tisch zurückgekehrt war. JD wandte sich Fisher zu.

„Chicken Wings, bitte", sagte Fisher leise. Er hatte seine Cola ausgetrunken und die Kellnerin nahm das Glas mit, um nachzufüllen. JD bestellte einen Burger und Terry einen Salat mit separatem Dressing. Dagegen bestellte Red genug für ein ganzes Heer und JD zweifelte nicht daran, dass er alles aufessen würde. Red war ein Mann, der Essen liebte.

„Was bist du von Beruf, Fisher?", fragte Terry, während die Kellnerin Fisher sein wieder aufgefülltes Glas brachte.

„Ich arbeite für eins der Lager im Logistikkomplex draußen an der I-81 als Dispatcher", antwortete Fisher. „Ich bin einer der Leute, der dafür sorgt, dass die Lkws einen Platz zum Andocken haben, und ihnen sagt, wo sie ein- oder ausladen sollen." Er wirkte nun klarer und sein Blick war weniger abwesend.

„Hast du Familie in der Stadt?"

„Ja. Meine Familie lebt hier schon lange. Aber ich sehe sie nicht häufig." Er trank einen weiteren Schluck und die Kellnerin brachte ein Körbchen mit Chicken Wings in einer klebrig aussehenden Soße sowie einen Teller. Fisher nahm einen Hähnchenflügel, legte ihn auf den Teller und begann, ihn mit Messer und Gabel zu zerkleinern. Er aß vorsichtig und langsam, zerlegte jeden Flügel auf dieselbe peinlich genaue Weise.

„Schmecken sie?", erkundigte sich JD. Fisher nickte und aß weiter. Währenddessen schien er immer munterer zu werden und JD war unendlich erleichtert, dass er recht gehabt und Fisher nur etwas zu essen gebraucht hatte.

„Seid ihr alle Polizisten?", fragte Fisher, als er die Hälfte seiner Wings gegessen hatte und auch den anderen die Gerichte gebracht worden waren.

„JD und Red schon", antwortete Terry. „Ich arbeite als Badewärter und Schwimmlehrer im Familienzentrum."

„Terry nimmt an den Olympischen Spielen teil", sagte Red. „Er hat lange dafür trainiert und wird gut abschneiden." Red war unübersehbar stolz auf seinen Partner.

„Ich habe vor ein paar Monaten einen Zeitungsartikel über dich gelesen. Ich habe dich gar nicht erkannt. Das ist echt cool." Fisher sah glücklich aus, als er sich nun wieder mit seinem Hähnchen befasste. JD widmete sich seinem eigenen Burger und hielt für sich fest, dass Fishers Blick jetzt ganz klar und aufmerksam wirkte.

„Gab es sonst noch etwas Aufregendes?", fragte Terry und aß einen Mundvoll.

„Nur einen alten Mann auf dem Platz, der Hilfe brauchte. Er schien irgendein psychisches Problem zu haben und ich habe einen Krankenwagen gerufen. Davon abgesehen war die größte Herausforderung, warm zu bleiben. Und bei dir, Red?"

„Nichts. Wir waren mit den Bars beschäftigt und ich habe ein paar Typen davon überzeugt, lieber ein Taxi zu rufen als zu fahren. Das Übliche eben. Leute trinken und treffen dann nicht die besten Entscheidungen, und ich überzeuge sie dann lieber von guten Entscheidungen, als später zu einem Unfall fahren oder jemanden wegen Trunkenheit am Steuer verhaften zu müssen."

„Bist du schon lange Polizist?", fragte Fisher JD.

„Seit ein paar Jahren. Ich habe die Akademie in South Carolina besucht und hatte meine erste Stelle dort in meiner Heimatstadt. Aber es ist nicht besonders gut gelaufen, also habe ich mich nach einer anderen umgesehen. Da ich nichts dagegen hatte umzuziehen, hat ein Personalvermittler für mich Kontakt mit dem hiesigen Chief hergestellt. Eigentlich wollte ich nicht an einen kalten Ort ziehen, aber die

Stadt hier ist ziemlich nett." Dabei beließ er es. Es gab keinen Grund, näher darauf einzugehen, warum er seine Heimat hatte verlassen müssen. Hier war alles anders und dafür war er dankbar. „Die Leute hier sind hilfsbereit." JD spürte, wie Fisher sich neben ihm verspannte. Er wandte sich ihm leicht zu, doch Fisher hatte sich schon wieder seinem Essen zugewendet und der Augenblick war vorüber.

„Was machst du in deiner Freizeit?", fragte Red Fisher.

„Ich beschäftige mich mit Antiquitäten und ich koche gern", antwortete Fisher, der nun Messer und Gabel ablegte.

„Welches Gericht kochst du am liebsten?", fragte Terry.

„Mir gefällt es, Brot zu backen", sagte Fisher enthusiastisch. „Den Teig anzumischen und aufgehen zu lassen, ihn zu kneten und dann zu backen, bis die ganze Wohnung mit dem Duft von Zuhause und Wärme erfüllt ist. Es gibt nichts Besseres. Ich backe alles selbst und wenn ich mal nicht genug Zeit habe, gibt es ein Rezept für ein Dutch-Oven-Brot, bei dem man nicht kneten muss. Es ist sehr einfach und rustikal mit einer großartigen Textur. Ich backe es gern um diese Jahreszeit. Es ist ein tolles Winterbrot."

„Ich liebe Sauerteig", sagte JD.

Fisher hüpfte praktisch auf der Bank auf und ab. „Ich habe einen seit Jahren. Ab und zu muss ich ihn füttern und ich liebe es, ihn für Brötchen zu verwenden. Sie haben dann diese knusprige Kruste und diesen leicht säuerlichen Geschmack, der gut zu süßer, geschmolzener Butter passt."

JD hatte noch Essen auf dem Teller, doch verglichen mit dem, was Fisher beschrieben hatte, hatten der Burger und die Pommes frites etwas an Reiz verloren. Fisher grinste vor Freude und JD gefiel der Anblick. Zwar hatte er eine kleine Lücke zwischen den Zähnen, allerdings war sie perfekt und untermalte noch sein Lächeln, ebenso wie die kleinen Falten, die sich bis zu den Augen hinzogen, seinem Gesicht Wärme und Charakter verliehen.

„Was ist mit dir, JD", erkundigte sich Terry. „Gibt es etwas, was du gern tust?"

„Früher bin ich mit meinem Vater auf die Jagd gegangen. Das war unser gemeinsames Ding. Jeden Herbst haben wir uns auf den Weg in den Wald gemacht, nur er und ich. Zusammen haben wir manchmal ein Reh erwischt. Aber etwas zu erlegen war nicht so wichtig. Der eigentliche Spaß lag darin, Zeit miteinander zu verbringen. Wir haben ein Zelt eingepackt und sind drei oder vier Tage durch den Wald gezogen, haben den Mist gegessen, den meine Mutter uns zu Hause nicht erlauben wollte, und Spaß gehabt. In einem Jahr hatte meine Schwester beschlossen mitzukommen. Meine Mutter zwang meinen Vater dazu und er stimmte zu, um den Familienfrieden zu bewahren."

„Und wie lief das?", fragte Fisher.

„Wir haben ein zweites Zelt mitgenommen, das mein Vater und ich für sie aufstellen mussten. Rachel war die gesamte Zeit gelangweilt und hat verlangt, dass wir etwas unternehmen, um sie zu unterhalten. Ansonsten saßen wir in unserem

Versteck und mussten uns die ganze Zeit ihr Gejammer darüber anhören, dass es nichts zu tun gab."

„Das klingt nicht besonders spaßig", merkte Terry zwischen zwei Bissen an.

„Das war es auch nicht. Ich war schon nach dem ersten Tag bereit, sie umzubringen, und auch mein Vater war unübersehbar mit seiner Geduld am Ende. Nach zwei Tagen kündigte er an, wir würden nach Hause fahren, weil er es nicht mehr aushielte. Also sind wir an dem Morgen noch einmal für ein paar Stunden rausgegangen und wollten danach packen." JD sah sich am Tisch um. „Wir saßen auf unseren Hochsitzen. Ich konnte Dad sehen. Er war angespannt und hatte mir gerade durch das Walkie-Talkie gesagt, dass wir noch eine halbe Stunde abwarten und dann nach Hause fahren würden. Dann hallte nur Minuten später ein Schuss durch den Wald, gefolgt von einem schrillen Gebrüll, bei dem mir das Blut in den Adern gefror. Ich dachte ernsthaft, meine Schwester hätte sich erschossen. Dad und ich sind hinuntergeklettert und in Richtung des Lärms gesprintet. Dort fanden wir Rachel vor, die neben diesem riesigen Hirsch stand. Ein Zehner. Er war gigantisch und sie hat gegrinst wie ein Idiot." JD hielt inne. „Sie hat nur gesagt: ‚Jetzt verstehe ich das Jagen.' Ihr Blick war wild."

„Geht sie heute noch?"

„Jedes Jahr, und sie ist immer diejenige, die die Großen erwischt. Sie ist wie Katzenminze für Hirsche. Sie kommen direkt zu ihr." JD gestikulierte mit den Händen und alle lachten. „Dad schüttelt nur den Kopf, wenn es jemand anspricht."

„Also ist Rachel Naturliebhaberin?", fragte Fisher.

JD lachte. „Kein bisschen. Sie ist eine dieser vornehmen, eleganten Südstaatenschönheiten, die gern Kleider trägt, perfekt aussieht und Jungs um den Finger wickelt. Aber einmal im Jahr machen sie und mein Vater sich in Jeans, Stiefeln und Flanell auf den Weg in den Wald. Wer sie einmal heiratet, sollte großartig in einem Smoking aussehen, aber auch bereit sein, mit ihr mitzuhalten, wenn die Jagdzeit beginnt." Alle lachten. „Oh, und er wird derjenige sein, der ihre Beute aus dem Wald zerren muss, denn sie erlegt sie zwar, hat aber nicht vor, sie auszunehmen oder abzutransportieren. Das würde ihre Nägel ruinieren."

„Was sagt dein Vater dazu?", fragte Red.

„Als sie damals den Hirsch geschossen hat, war er so schockiert, dass er allem zugestimmt hätte. Vor allem, als sie ihm direkt in die Augen gesehen und gesagt hat, sie hätte ihn geschossen, also wäre ihre Arbeit nun getan. Sie ist zum Lagerplatz zurückgegangen und hat darauf gewartet, dass wir den Hirsch bringen. Nicht einmal um das Essen hat sie sich gekümmert, was allerdings eher ein kleiner Segen war, denn Rachels Kochkünste sind keinen Pfifferling wert. Sie hat Glück, dass sie hübsch und zielstrebig ist."

„Verdammt. Meine Schwestern sind Cheerleader", sagte Fisher. „Zumindest waren sie es, als ich das letzte Mal mit ihnen gesprochen habe. Und mein jüngerer Bruder ist ziemlich nah an perfekt." Fisher aß den letzten Rest seiner Chicken

Wings und bat die Kellnerin um ein Glas Eiswasser. Er wirkte ganz anders als der Mann, dem JD auf dem Platz begegnet war. JD versuchte immer noch, aus ihm schlau zu werden.

Reds Teller war leer und er lehnte sich gähnend zurück.

„Ich weiß. Wir müssen dich bald nach Hause bringen", sagte Terry leise.

„Ich hasse die Spätschicht. Die Frühschicht ist super. Selbst die Nachtschicht ist okay, aber die Spätschicht ist immer so anstrengend. Der Tag wirkt dann so aus dem Gleichgewicht. Zum Glück steht mir eine Beförderung bevor und dazu gehört dauerhafte Frühschicht. Darauf freue ich mich wirklich."

„Ich ebenfalls", sagte Terry und lehnte sich dichter zu Red hinüber, um ihm sanft den Bauch zu tätscheln. „Es wird schön sein, wenn du fast dieselben Arbeitszeiten hast wie ich."

„Hast du Pläne für die Zeit nach den Spielen?", erkundigte sich Fisher. „Nimmst du dann immer noch an Wettkämpfen teil?"

„Nein. Egal, wie es ausgeht, nach diesem Wettbewerb ist Schluss. Ich liebe das Schwimmen, aber wir haben darüber gesprochen und nach Rio werde ich die Schule beenden und einen Abschluss in Physiologie machen, um andere Sportler trainieren zu können. Ich möchte die nächste Generation von Schwimmern trainieren. Aber das hängt alles von den Spielen ab. Wenn ich gewinne, bringt mir das viel Glaubwürdigkeit, aus der ich vielleicht etwas Lukratives machen kann, solange die öffentliche Aufmerksamkeit anhält. Wer weiß? Aber ich bin schon froh darüber, hinfahren und teilnehmen zu dürfen. Das allein ist ein wahr gewordener Traum."

Terry gähnte, während JD seinen Burger aufaß. Es war nach Mitternacht und das Restaurant würde bald schließen. Als die Kellnerin die Rechnung brachte, bezahlte JD für seine und Fishers Bestellung. Anschließend standen sie auf und schlüpften in ihre Mäntel.

„Wir sehen uns morgen Nachmittag", sagte Red, während er JD umarmte. Auch Terry umarmte erst ihn und dann auch Fisher, der zunächst unsicher wirkte und dann plötzlich lächelte. Vielleicht war er nicht an Umarmungen gewöhnt.

Sie verließen das Restaurant und gingen zu ihren Autos. Der Schneefall hatte aufgehört, doch die Autos und das Gras waren mit einer weißen Puderschicht bedeckt. Der Asphalt war nass und leicht rutschig. JD näherte sich vorsichtig dem Auto und schloss auf, damit Fisher einsteigen konnte.

„Danke für das Essen und die Gesellschaft", sagte Fisher, während JD rückwärts aus der Parklücke fuhr. „Es kommt nicht häufig vor, dass ein Fremder freundlich zu jemandem ist." Der Tonfall teilte JD mit, dass hier wesentlich mehr gesagt wurde als nur die Worte. Er vermutete stark, dass Fisher ein einsamer Mann war, und es freute ihn, dass er ihm hatte helfen können. „Ich glaube, es war das, was ich brauchte. Deine Freunde sind sehr nett."

„Das sind sie. In eine fremde Stadt und eine völlig andere Gegend des Landes zu ziehen war mit vielen Umstellungen verbunden." Nicht, dass er eine große Wahl gehabt hatte.

„Ich habe mein ganzes Leben hier verbracht und du hast schon mehr Freunde als ich." Fisher wandte sich vom Fenster ab, als JD in die Pomfret einbog. Er hielt am Straßenrand und Fisher stieg aus. „Danke noch mal. Ich weiß das wirklich zu schätzen." Er schloss die Autotür, eilte zum Gebäudeeingang und verschwand im Innern.

JD lenkte den Wagen wieder auf die Straße und legte die kurze Strecke zu seinem kleinen Mietshaus auf der South Street zurück. Eigentlich war er nicht auf der Suche nach einem Haus gewesen, aber nachdem er sich mehrere winzige Wohnungen angesehen hatte, war er auf das Haus gestoßen. Der Vermieter, der schon älter war und das Haus seit Jahrzehnten besaß, hatte zugestimmt, dass JD notwendige Arbeiten am Haus verrichten und diese von der Miete abziehen könne, und er mochte den Gedanken, dass ein Polizist dort wohnte. Also war JD eingezogen und hatte bereits viel Arbeit hineingesteckt.

Er schloss die Tür auf und betrat das Haus, das sich jeden Tag mehr wie ein Zuhause anfühlte. Die Möbel hatte er sorgfältig aus Gebrauchtwarenläden zusammengesucht. Er hatte an jedem Stück gearbeitet, um es zu seinem zu machen. Seine einzige Prasserei war der Flatscreen-Fernseher, der auf dem TV-Schrank im Wohnzimmer stand. Abgesehen davon hatte er sich sehr genau an sein Budget gehalten. Schließlich hatte er niemanden mehr, der ihn unterstützte. Nicht mehr.

JD legte den Schlüssel auf den Tisch an der Tür und schleppte seine Tasche mit Ausrüstung in den hinteren Teil des Hauses. Nachdem er seine Waffe eingeschlossen und eine Ladung Wäsche in die Waschmaschine geworfen hatte, ließ er sich in seinen Lieblingssessel im Wohnzimmer sinken und schaltete den Fernseher ein. Er machte sich nicht die Mühe, das Licht einzuschalten. Stattdessen lehnte er sich zurück, um es sich gemütlich zu machen, und schaffte es, im Sessel einzuschlafen, bevor er sich ernsthaft für das Programm interessieren konnte.

Stunden später wachte er mit dem Gedanken an Fishers Gesicht und Lächeln auf. Etwas an ihm ging JD nahe. Vielleicht war es die Einsamkeit, die ständig in seinen Augen zugegen zu sein schien, ein Gefühl, das JD zwar so gut wie möglich verbarg, jedoch ziemlich gut kannte. Es gab Leute, die er von der Arbeit kannte - sogar Freunde wie Terry und Red -, aber es war nicht wie zu Hause, wo es Menschen gab, die er kannte, seit er als Kind an heißen Tagen durch das Wasser von Rasensprengern gelaufen war, schreiend und Radau machend. Carlisle besaß für ihn nichts mit einer solchen Vergangenheit. Nicht, dass sie ihm am Ende viel geholfen hatte.

13

Seufzend schob er sich aus dem Sessel hoch, schaltete den Fernseher aus und ging hinauf ins Schlafzimmer, um sich ins Bett zu legen. Morgen würde ein weiterer langer Tag werden. Er spürte es tief im Innern.

POLIZIST ZU sein bedeutete häufig harte Arbeit und scheinbar nicht enden wollende Tage, doch diesmal klingelte sein Handy um acht Uhr morgens, viel zu früh. Er schnappte es sich von der Kommode, da er damit rechnete, zur Station gerufen zu werden. „Hallo", meldete er sich mit möglichst erschöpfter und bemitleidenswerter Stimme.

„Jefferson Davis, hier ist deine Mutter." Ihr gelang es stets, so zu klingen, als fauche sie Befehle. „Deine Tante ist heute Morgen gestorben. Ich dachte, ich solle es dich wissen lassen. Auch wenn wir nicht erwarten, dass du zur Beerdigung zurückkommst, könntest du Blumen schicken."

JD war sprachlos. Seine Tante Lillibeth war die einzige Person in der Familie gewesen, die ihm nicht den Rücken gekehrt hatte. Dies war jetzt nur ein weiterer Beweis dafür, dass er wirklich allein war und das Leben, das er zu besitzen geglaubt hatte, verloren hatte.

Seine Mutter stieß einen Laut aus, den keine Dame jemals von sich geben sollte, zumindest hätte seine Tante das gesagt. „Jefferson Davis, die Familie beginnt gerade erst, über diesen ganzen … schändlichen … Vorfall hinwegzukommen." Jedes Wort schien ihr Schmerzen zu bereiten. Er war ihr Sohn und seine Mutter hätte hinter ihm stehen sollen, wie auch die anderen Menschen, denen er nahegestanden hatte. Aber nein. „Am besten schickst du Blumen, um ihr Respekt zu zollen und zu zeigen, dass du dich an sie erinnerst, aber hältst dich fern. Etwas Abstand und Zeit wird allen helfen, ihre Wunden zu heilen und es hinter sich zu lassen."

„Du meinst, es wäre das Beste für dich", bohrte JD nach. „Lüg mich nicht an, Mutter. Du willst nicht, dass ich zur Beerdigung meiner Tante komme, weil du dich davor fürchtest, was diese Ziegen in der Stadt über mich sagen würden. Gib es einfach zu. Du bist feige." Er hatte mehr als genug von der Heuchelei seiner Mutter.

„Schön. Denk über mich, was du willst. Ich habe weiß Gott genug für meine Kinder aufgegeben und weshalb auch sollte ich da im Alter etwas Seelenfrieden oder Freunde haben sollen … Ich habe viel durchgemacht, als ich mich um dich und deine Schwester gekümmert habe, während euer Vater all diese Stunden im Büro verbracht und wer weiß was mit seinen Sekretärinnen getrieben hat."

„Ich stelle fest, dass deine Fähigkeit, die höchste Dramastufe zu erreichen, nicht durch Tante Lillibeths Tod eingeschränkt wird."

„Mach dich nicht über mich lustig. Der Tod deiner Tante und die Entscheidung deines Vaters, sich zur Ruhe zu setzen, sind schon fast mehr, als ich ertragen kann. Gott, was mache ich nur, wenn er den ganzen Tag im Haus ist?"

„Aufhören, es mit dem Tennislehrer zu treiben?", schlug JD vor.

14

„Sei nicht krude", fauchte sie. „Wie kannst du nur andeuten, ich hätte eine Affäre?" Ihr entrüsteter Tonfall sagte ihm, dass er mit seinem Scherz der Wahrheit nähergekommen sein musste als gedacht.

„Also gut, Mutter. Du bist so rein wie frischer Schnee und sanft und freundlich wie ein Lamm." Er hatte genug von dem Gespräch.

„Für Sarkasmus gibt es keinen Grund."

„Schick mir einfach die Informationen zur Beerdigung und ich entscheide selbst, was ich tun will", beharrte JD. Er hatte kein Problem damit, seine Mutter ein wenig in der Luft hängen zu lassen. Sie darüber nachdenken zu lassen, ob er wirklich bereit wäre, nach Charleston zu kommen und die Gerüchte und den Tratsch wieder anzufachen. In Wahrheit bereitete ihm der Gedanke keine Freude und Tante Lillibeth hätte es ebenfalls nicht gewollt. Sie selbst hatte ihm den Rat gegeben, fortzugehen und woanders ein neues Leben anzufangen, wo er er selbst sein konnte.

„Schön. Dann mach, was du willst", schnaubte sie. „Ich kann nichts dagegen tun, aber denk wenigstens daran, was deine Familie dadurch mitmachen müsste."

„In Ordnung, Mom. Ist das alles, was du von mir wolltest? Du hast mir die Neuigkeiten überbracht und beschlossen, Salz in eine offene Wunde zu streuen. Bist du jetzt glücklich?" JD schob sich aus dem Bett und schlüpfte in eine Jogginghose, um sich vor der kühlen Luft zu schützen. Er musste duschen und wusste, dass er nach dem Anruf seiner Mutter ohnehin nicht mehr schlafen würde. „Wenn du damit fertig bist, mir Schuldgefühle einzureden, lege ich jetzt auf." Sie war seine Mutter, aber JD realisierte immer mehr, dass er sie nicht besonders mochte.

„Ich wollte nur, dass du weißt, was passiert ist." Es entstand eine unangenehme Stille.

„Wenn es sonst nichts gibt, lege ich jetzt auf. Ich habe gestern Abend lange gearbeitet und …"

„Ich weiß nicht, wie du das aushältst. Ein Polizist, der mit all diesen Kriminellen arbeitet. Wenn dein Beruf mit dem Gesetz zu tun haben soll, hättest du Anwalt werden sollen. Du hättest sehr erfolgreich sein können, aber jetzt …" Das tadelnde Zischen war mehr, als JD ertragen konnte.

„Auf Wiedersehen, Mom", sagte er und beendete das Gespräch. Hätte er die Unterhaltung fortgeführt, wäre er wütend und noch verletzter geworden. Der Tod seiner Tante kam nicht unerwartet. Sie hatte schon seit einiger Zeit unter Herzproblemen gelitten und in den letzten sechs Monaten hatte sich ihr Zustand drastisch verschlechtert. Dennoch schmerzte es, dass seine Mutter nicht nur angerufen hatte, um es ihm mitzuteilen, sondern auch, um sicherzugehen, dass er nicht nach Hause kam. Die perfekte Art, einen Tag zu beginnen: eine gehäufte Portion Hass gemischt mit einem großen Klecks aus Schuldgefühlen.

Seufzend warf JD das Handy auf sein Bett, hob es dann wieder auf und durchsuchte seine Kontakte nach jemandem, mit dem er über seine Tante reden konnte. Doch während er durch die Namen blätterte, wurde ihm klar, dass diese

Türen nun für ihn verschlossen waren. Er legte das Handy auf den Nachttisch und wandte sich davon ab. Glücklicherweise musste er zur Arbeit gehen. Wenigstens war er dort von Menschen umgeben, die weniger toxisch als seine eigene verdammte Familie waren. Verflucht, selbst die Leute, die er verhaftete, waren weniger schädlich für seine Seele als seine eigene, verdammte Familie.

Mit einem weiteren Seufzer machte sich JD auf den Weg ins Badezimmer. Er putzte sich gründlich die Zähne, wobei er daran dachte, wie oft ihn seine Mutter dazu ermahnt hatte, sie zu putzen, stets mit der Erinnerung daran, wie viel sie - auf den Penny genau - für seine Zahnspange bezahlt hatten. Beim Gedanken daran biss JD die Zähne zusammen und hätte beinahe den Mundvoll Zahnpasta verschluckt, was ihn daran erinnerte, dass er in den Laden gehen und etwas anderes als dieses grauenhafte Zeug besorgen musste, das er gerade benutzte. Vielleicht würde er etwas mit Zimtgeschmack finden. Er spuckte ins Waschbecken, spülte sich den Mund aus, rasierte sich und stellte das Wasser in der Dusche an. Nachdem er fertig war, würde er erst seine Besorgungen erledigen und dann seine Schicht beginnen.

2

FISHER MORELAND stand auf und warf einen Blick auf die Uhr. Glücklicherweise hatte sein Körper ihn nur fünfzehn Minuten nach der Zeit aufgeweckt, zu der sein Wecker hätte klingeln sollen. Das bedeutete dennoch, dass er sich beeilen musste, um nicht zu spät zur Arbeit zu kommen, was absolut tabu war. Es gab eine Stechuhr, weshalb schon eine einzige Minute Verspätung registriert wurde und sich in seiner Beurteilung widerspiegeln würde.

Fisher eilte ins Badezimmer, rasierte sich und sprang unter die Dusche. Das Tempo machte ihn nervös. Er hasste es, spät dran zu sein - es brachte alles an seinem Tag durcheinander und bedeutete, dass er Teile seiner Morgenroutine überspringen musste, was stets dazu führte, dass er sich fragte, was er vergessen hatte, und nach irgendetwas suchte.

Nach seiner Dusche schlang Fisher ein Handtuch um seine schmale Taille und öffnete den Arzneischrank. Er nahm die Tablettenbox für die Woche heraus, die er jeden Sonntag füllte, öffnete sie und stöhnte, als ihm klar wurde, dass heute Sonntag war und die Tabletten von Samstag noch an ihrem Platz lagen. Wenigstens erklärte das die Niedergeschlagenheit, von der er erfasst worden war, und die Achterbahn, auf der er sich befunden hatte. Außerdem erklärte es die Stunden vom Vortag, an die er sich nicht erinnern konnte. Oh, er erinnerte sich an den Restaurantbesuch mit JD, Red und Terry, an das Essen, das Gespräch und die Fröhlichkeit. Doch die einzige Erinnerung an die Stunden zuvor bestand aus Kälte und Einsamkeit. Diese Erinnerung war da, aber die genauen Geschehnisse nicht mehr.

Fisher verteilte seine Medikamente für die kommende Woche auf die Kammern, nahm dann die Sonntagstabletten heraus, legte sie auf seine Handfläche und spülte sie mit einem Schluck Wasser herunter. Anschließend kehrte er ins Schlafzimmer zurück, zog sich an und überprüfte sein Spiegelbild und die Uhrzeit.

Er hatte noch fünf Minuten, bevor er gehen musste, und wenn er seine Tabletten nahm, musste er etwas essen. Er eilte in seine winzige Küche, öffnete den Kühlschrank und nahm einen Apfel heraus. Es gab nur einen, aber der würde für das Frühstück reichen müssen. Er aß ihn, während er das Haus verließ und ins Auto stieg, um die vier Meilen zur Arbeit zu fahren.

Als er sein Auto dort auf dem Parkplatz abstellte, waren viele Menschen auf dem Weg in dieselbe Richtung wie er. Sie sagten guten Morgen, grüßten einander und unterhielten sich. Fisher schob seine Hände in die Taschen und ging wie immer mit leicht gesenktem Kopf. In die Lagerhalle, an der Stechuhr anmelden, die Systeme überprüfen und dann raus zum Kontrollhäuschen auf dem Hof, wo er ankommende Fahrer begrüßen und ihnen den Weg erklären würde. Das war sein Tagesablauf und zwar an jedem Tag, an dem das Lager geöffnet hatte. Er verbrachte viel Zeit damit, entweder mit den Fahrern zu reden oder schlicht dazusitzen und zu warten. Er trug ein Taschenbuch bei sich, in dem er in den Unterbrechungen und der Mittagspause lesen konnte.

„Morgen", sagte einer der Männer im Vorbeigehen. Fisher erwiderte den Gruß, ließ sich dann auf seinem Stuhl nieder und begann, den ersten von vielen Lastwagen abzufertigen, der seine Waren abladen wollten. Am Ende des Morgens hatte Fisher mit Dutzenden ankommenden Fahrern gesprochen und mit ähnlich vielen, die mit ihrer neuen Ladung auschecken wollten. Er war die erste und letzte Verteidigungslinie des Lagers und er nahm seine Arbeit ernst. Er war stets akribisch und sorgfältig, während er jede Ladung mit dem Ladeverzeichnis und den Unterlagen abglich.

„Es ist Mittagspause", sagte Ellen, seine Vorgesetzte, als sie sich dem Häuschen näherte. „Ich übernehme für dich, damit du reingehen und etwas essen kannst." Vor einigen Monaten, als sie bemerkt hatte, dass Fisher an seinem Platz blieb und vor seinem Computer sitzend ein Sandwich aß, hatte sie eingegriffen und angefangen, ihn mittags abzulösen.

„Danke."

„Du verbringst viel zu viel Zeit allein", teilte sie ihm mit, während sie Platz nahm. „Ich habe diesen Job vier Jahre lang gemacht, bevor du kamst, und mir manchmal nur noch die Haare gerauft. Im Sommer war es höllisch heiß und im Winter kalt wie in der Arktis."

„Mich stört es nicht", antwortete Fisher. „Ich schätze, ich bin von Natur aus ein Einzelgänger." Er wandte sich ab, winkte noch einmal und ging über den Hof zum Hauptgebäude und in die Kantine hinüber.

Dort stellte er sich in die Schlange, in der andere schon darauf warteten, ihre Bestellungen aufzugeben. Seine Gedanken drifteten zum Vorabend … und JD. Er war so nett gewesen und es hatte sich besonders angefühlt, jemanden zum Reden zu haben. Fisher dachte darüber nach, ihn anzurufen und zu fragen, ob sie sich noch einmal zum Essen treffen könnten, allerdings wusste er nur, dass JD Polizist war. Er kannte seinen Nachnamen nicht und es spielte eigentlich auch keine Rolle. JD war nett gewesen, aber auch sehr süß … Okay, JD war heiß, verdammt heiß, also würde er kein Interesse an einem dürren Kerl wie ihm haben, selbst wenn er schwul wäre.

„Kann ich helfen?", fragte der Mann hinter der Theke, woraufhin Fisher bewusst wurde, dass er schon seit einiger Zeit ins Leere starrte, während er über JD nachdachte. Hinter ihm sahen ihn alle wartend an. Fisher schluckte schwer und überlegte kurz, ob er die Schlange verlassen und auf das Mittagessen verzichten sollte.

„Einen Burger bitte", sagte er leise. „Mit Pommes frites."

„Okay", sagte der Mann und gab die Bestellung weiter, bevor er kassierte und sich der nächsten Person zuwandte. Fisher machte Platz und nahm sich einen Becher Wasser. Wegen seiner Medikamente war er bezüglich der Menge Koffein, die er zu sich nahm, vorsichtig. Es hatte den Effekt, dass es seine Hochstimmungen verstärkte, die er unter Kontrolle behalten wollte, genau wie Alkohol seine Tiefpunkte verstärkte, was er ebenfalls nicht gebrauchen konnte. Er konnte sich nur bemühen, die meiste Zeit so ausgeglichen wie möglich zu bleiben.

Nachdem er seine Bestellung erhalten hatte, ließ Fisher sich an seinem üblichen Platz in der Nähe der Wand nieder und zog seinen Krimi aus der Tasche. Er öffnete ihn an der Stelle, an der er aufgehört hatte, und begann zu lesen, wobei er sich beim Umblättern abwesend Pommes frites in den Mund schob. Es dauerte nicht lange, bis er in die Handlung versunken war, bei der die Bösewichte die Guten durch die Berge jagten. Sein Herz schlug schneller und er blätterte weiter. Mit einer Hand nahm er den Burger, während er das Buch noch in der anderen hielt, und so aß und las er, verlor sich in der Fantasiewelt des Autors. Sie war so viel besser als sein eigenes Leben oder was er sich selbst vorstellen konnte.

Fisher hatte viele Geschichten zu erzählen, doch wenn er versuchte, sie niederzuschreiben, wurde daraus jedes Mal ein unorganisiertes, wirres Chaos, und er stellte nie etwas fertig. In seinem Kopf konnte er die Geschichten erzählen, aber auf dem Weg von seinem Kopf über seine Hände bis zur Seite wurde alles verworren und ergab keinen Sinn mehr. Nicht, dass es wichtig war. Seine Geschichten würde sowieso niemand lesen wollen.

Er warf einen Blick auf die Uhr und stellte fest, dass ihm noch zehn Minuten blieben, um aufzuessen und auf seinen Posten zurückzukehren. Er aß den letzten Rest und entsorgte das Geschirr. Dann schob er das Buch wieder in die Manteltasche und machte sich auf den Weg zum Hof.

„Wie war es?", fragte er Ellen, als er das Häuschen betrat und sich den aktuellen Status ansah.

„Ruhig. Du weißt schon, die meisten Fahrer sind auch beim Mittagessen. Hat es geschmeckt?"

Fisher zuckte mit den Schultern und richtete seine Aufmerksamkeit auf einen sich nähernden Lkw. Ellen machte seinen Platz frei und sah zu, wie Fisher ihn eincheckte und das System anzeigen ließ, wo er ausladen sollte. Dann gab er dem Fahrer Anweisungen und die Nummer des Tors. Gerade hatte er das erledigt, als das Telefon klingelte.

Ellen nahm ab. Sie klang nicht glücklich. „Also gut. Wir passen es im System an. Aber erinnere ihn daran, dass er beim nächsten Mal die Anweisungen befolgt." Sie legte auf. „Der Lkw, den wir zu Tor achtzehn geschickt haben, ist zu Tor zwanzig gefahren. Sagt, dass ihm das Verladedock nicht gefallen hat. Jemand wird es sich ansehen, aber wir müssen es im System ändern und achtzehn als ‚nicht verfügbar' markieren."

Fisher kümmerte sich um die Änderung. Es war nicht so leicht wie es klang. Der alte Eintrag musste rückgängig gemacht und der neue eingegeben werden. Nachdem das erledigt war, würde das System neu berechnen müssen, was zusätzliche Zeit kostete, vor allem, weil es so vieles anderes verarbeiten musste. „Alles fertig", teilte er ihr einige Minuten später mit. „Sie sollten jetzt loslegen können."

Ellen erledigte den Anruf und streckte dann die Hand zur Tür aus. „Du musst mehr rausgehen, Fisher. Ich mache mir Sorgen um dich."

„Ich komme zurecht."

Sie hielt inne und Fisher wandte sich von seinem Computerbildschirm ab. „Das denkst du vielleicht, aber ich kenne dich schon einige Zeit. Du warst immer still, aber nicht so still. Du hast dich von allen anderen und in dich selbst zurückgezogen. Ursprünglich haben wir zusammen zu Mittag gegessen und uns unterhalten. Dann hast du angefangen, hier draußen zu bleiben …"

Fisher seufzte. „Ich werde mich bemühen."

„Gut", sagte Ellen und verließ den Raum.

Fisher wusste, dass er ihr ein leeres Versprechen gegeben hatte. Der einzige Grund, weshalb sie vor Ellens wohlverdienter Beförderung jeden Tag gemeinsam gegessen hatten, war die Tatsache, dass sie jeden Mittag zu seinem Schreibtisch gekommen war und ihn abgeholt hatte. Ansonsten hätte er allein dagesessen und gelesen, so wie er es jetzt tat.

Der Zustrom ankommender Lkws verlangsamte sich nachmittags, da die meisten Zulieferungen für den Morgen geplant waren, aber die Zahl der abfahrenden Lkws nahm zu, weshalb er viele von ihnen auschecken und Versiegelungen und Verzeichnisse überprüfen musste. Als ihn um fünf die Spätschicht ablöste, war er müde und bereit, nach Hause zu fahren. Fisher loggte sich aus dem System aus, suchte seine Sachen zusammen und verschloss das Häuschen. Dann kehrte er zum Büro zurück, um sich abzumelden, und schloss sich dem Strom der heimkehrenden Menschen an.

Manchmal fühlte er sich wie eine dieser Drohnen, die über Afghanistan flogen. Er hatte in den Nachrichten von ihnen gehört und kam sich wie die menschliche Version davon vor. Oh, er besaß einen Verstand, doch meistens fühlte es sich so an, als würde er von jemand anderem kontrolliert und führte nur die von ihm erwarteten Handlungen aus. So war es nicht immer gewesen. Vor Jahren, bevor er seine Medikamente bekommen hatte, hatte es eine wilde Zeit gegeben. Er war auf Partys gegangen, hatte getrunken und Spaß gehabt. Das wusste er, weil es die Leute ihm erzählt hatten. An das meiste davon erinnerte er sich nicht. Teile seiner Erinnerungen waren verschwommen und das schon seit einiger Zeit.

Fisher stieg ins Auto, verließ den Parkplatz und machte sich auf den Weg zu seiner Wohnung. Im Gegensatz zu anderen Leuten, die in dem Lager arbeiteten, hatte er nur eine kurze Fahrt. Von einem Mann hatte er in der Kantine gehört, dass er beinahe eine Stunde zur Arbeit brauchte. Das war etwas, was Fisher nicht begreifen konnte, aber er behielt es für sich. Er mochte seine kurze Fahrt über die Landstraße, bei der er das Anwachsen der Stadt miterlebte, bis er sich seinem vertrauten, kleinen Teil der Welt näherte.

Nachdem er geparkt hatte, fiel ihm ein, dass er nichts zu essen im Haus hatte, also setzte er zurück und fuhr zum Lebensmittelladen, um seinen wöchentlichen Einkauf zu erledigen. Er war keiner der Leute mit Einkaufslisten, aber er wanderte auch nicht zwischen Regalen auf und ab und fischte alles heraus, was ihm ins Auge fiel. Er kaufte größtenteils die gleichen Dinge, von denen er wusste, wo sie sich befanden, was sie kosteten und wie viel er davon brauchte. Die junge Frau an der Kasse könnte ihm nahezu den zu zahlenden Endbetrag sagen, bevor sie alles eingescannt hatte: Wie so oft in seinem Leben variierte er auch bei seinen Einkäufen kaum, und er machte sich auch gar nicht die Mühe, das zu ändern.

Als er endlich zu Hause ankam, war er noch müder. Er nahm alles aus dem Auto und ging hinein, packte die Lebensmittel weg und hängte seinen Mantel auf. Draußen sah es nicht schlecht aus: Der Himmel war klar. Blau und wolkenlos, es würde kalt werden, und da er noch keinen Hunger hatte, schlüpfte er wieder in seinen Mantel, um einen Spaziergang zu machen.

Draußen angekommen schob er seine Hände in die Taschen, zog den Mantel enger um sich und machte sich zügigen Schrittes auf den Weg zum Platz. Die Bewegung half ihm, warm zu bleiben, aber weil er kein Ziel hatte, fand er sich letztendlich an der üblichen Stelle auf dem Platz wieder, auf der Bank direkt vor dem Veteranendenkmal. Er fand sie perfekt. Das Denkmal diente als Windschutz und zwischen den Bäumen war eine Lücke, sodass ihn manchmal die Sonne traf. Auf dem Platz waren viele Menschen, bekannte Gesichter. Nicht, dass er mit einem von ihnen redete oder sie mit ihm. Da war die Frau, die auf der Bank an der Ecke auf der anderen Straßenseite gleich vor der Kirche saß. Er kannte sie. Sie saß immer dort, betrachtete die vorbeigehenden Leute und lächelte den kleinen Kindern zu, sagte manchmal ein, zwei Worte, bevor sie wieder ihre steife Haltung annahm. Fisher nannte sie ‚Oma‘, weil sie sich wie die Großmutter der ganzen Stadt verhielt. Und da war der Junge, der auf der Bank direkt neben dem Gerichtsgebäude saß. Sein Blick war wild und Fisher hatte sich oft gefragt, ob mit ihm etwas nicht stimmte. Manchmal wiegte er sich leicht vor und zurück, und er sagte niemals ein Wort.

Und dann waren da natürlich die Elektromobilfahrer - hauptsächlich alte Rentner, die nichts zu tun hatten und mit ihren motorisierten Fortbewegungshilfen durch die Gegend fuhren, als wären sie königliche Streitwagen. Wenn sie sich näherten, wich man besser aus, denn sie waren der Meinung, dass der Gehweg ihnen gehörte. Abgesehen von seltenen Ausnahmen redete keiner mit einem anderen. Einige der Elektromobilfahrer waren Freunde und sie trafen sich zum Reden oder Kaffeetrinken, aber alle anderen existierten in ihrer eigenen kleinen Welt, für die ganze Stadt sichtbar und doch größtenteils unbemerkt. Sie waren da und saßen da, die vergessenen Menschen. Sie hatten Fisher immer leidgetan, wenn er am Platz vorbeigegangen war, und nun war er einer von ihnen, saß mit eng um sich geschlungenem Mantel auf seiner Bank und hatte nichts zu tun.

„He, Kumpel", flüsterte ein junger Mann, der sich näherte. „Haben Sie mal 'ne Zigarette?"

„Nein", antwortete Fisher, „tut mir leid."

„Kein Problem." Er lächelte und zeigte dabei eine Lücke, wo sich einst ein Schneidezahn befunden hatte. Obwohl der dunkelhäutige Mann recht freundlich wirkte, war Fisher wachsam. Hier von jemandem angesprochen zu werden, war nicht normal. „Brauchen Sie Hilfe? Etwas, was Sie glücklich macht und vergessen lässt?"

Das hatte sich Fisher gedacht. „Nein, danke." Er lächelte leicht und presste sich fester gegen die Bank, als könnte sie ihn beschützen, falls der Mann aggressiv würde.

„Schon ok", sagte dieser nur und schlenderte davon, wobei sein langer Mantel in der Brise wehte. Fisher sah ihm kurz nach, bevor er den Blick abwandte. Es war nicht gut, sich einen solchen Typen zu genau anzusehen.

Ein Streifenwagen glitt die Straße entlang auf den Platz zu und Fisher fragte sich, ob JD im Innern saß. Obwohl man nicht hineinschauen konnte, machte sein Herz einen kleinen Hüpfer und beim Gedanken daran musste er ein wenig lächeln. Er überlegte zu winken, nur um es herauszufinden, doch der Streifenwagen bog ab und fuhr weiter. Vielleicht hätte er der Polizei sagen sollen, wohin der Typ mit den Drogen gegangen war. Allerdings hatte er keine Beweise und es war vermutlich keine gute Idee, Ärger zu suchen. Dieser hatte die Angewohnheit, ihn auch ganz von selbst und ohne sein Zutun zu finden.

Eigentlich sollte Fisher nach Hause gehen, denn es würde noch kälter werden. Doch er wollte noch ein wenig hier sitzen. Er wusste, dass es dumm war, aber es war der Ort, an dem er JD getroffen hatte, und er hoffte, dass JD vielleicht wieder mit ihm reden wollte oder so. Seine Nummer hatte er nicht. Er wusste lediglich, dass er Polizist war. Er war ihm hier auf dem Platz begegnet, also würde er abwarten, ob JD wieder auftauchen würde.

Ein zweiter Streifenwagen fuhr vorbei. Dieser wurde langsamer, bog um die Kurve am Platz und die danach an der Gingerbread-Man-Bar. Fisher folgte ihm mit den Blicken, und als das Auto anhielt, wartete er darauf, dass der Polizist ausstieg. Als er das tat, war es natürlich nicht JD, aber er erkannte Red. Er beschloss, dass dies seine Chance war. Er stand auf und schlenderte hinüber.

„Fisher?", fragte Red, als er sich näherte.

„Hi, Red." Er ließ ein Lächeln aufblitzen.

„Wir haben eine Meldung bekommen, dass jemand Drogen anbietet. Hast du etwas gesehen?", erkundigte sich Red.

„Hier kam nur ein Typ durch, schwarzer, junger Mann, der mich gefragt hat, ob ich etwas möchte, was mich glücklich macht. Als ich abgelehnt habe, ist er weitergegangen." Fisher sprach leise. „Ihm hat ein Schneidezahn gefehlt, aber sonst schien es ihm gut zu gehen." Angesichts Reds finsterem Blick wich Fisher einen Schritt zurück. „Ich nehm so was nicht mehr", sprudelte es aus ihm heraus, bevor er es verhindern konnte. „Habe ich sowieso nicht oft, aber es ging mir ziemlich mies. Ich habe ‚nein' gesagt und er ist zur Seitenstraße neben der Kirche gegangen."

„Kunden wird er da nicht finden", antwortete Red und gab dann einige Polizeikürzel in sein Funkgerät. In diesem Moment kam der junge Mann mit wehendem Mantel aus der Gasse gestürzt, mit JD auf den Fersen. JD rannte wie der Wind, mit langen, geschmeidigen Schritten. Fisher konnte den Blick nicht von ihm abwenden, selbst als Red in sein Auto stieg und mit heulenden Sirenen losfuhr. Das Geräusch wurde von den Hausfassaden zurückgeworfen, hallte aus allen Richtungen wider und überlagerte sich, bis es sich wie ein Bohrer in Fishers Kopf anfühlte, doch er wandte seinen Blick nicht ab, bis JD den Mann zu Boden geworfen hatte. Das war das Letzte, was er sah, denn dann näherte sich Reds Auto und versperrte ihm die Sicht.

Fisher wartete, beobachtete die Geschehnisse und überlegte, ob er unter dem Vorwand der Neugier hinübergehen und vielleicht JD auf sich aufmerksam machen könnte. Doch JD war bei der Arbeit und Fisher war ohnehin nicht besonders daran interessiert, den Drogendealer sehen zu lassen, wie er mit der Polizei sprach. Er wollte eben keinen Ärger riskieren. Also kehrte er zu seiner Bank zurück und setzte sich, wobei die Kälte augenblicklich durch seine Kleidung drang. Vielleicht wäre es doch das Beste, nach Hause zu gehen, überlegte er erneut. In seiner Wohnung konnte er ebenso gut einsam sein wie hier, und es war wärmer.

Dennoch blieb er sitzen und sah zu, wie die Polizisten den Mann auf die Rückbank des Streifenwagens verfrachteten, mit dem Red anschließend davonfuhr. Fisher hatte damit gerechnet, dass JD ihn begleiten würde, doch er stand immer noch auf dem Gehweg. JD schaute zu beiden Seiten, bevor er joggend die Straße überquerte.

„Hi, Fisher", sagte er, als er sich näherte.

„Officer", sagte Fisher förmlich, während er sich fragte, welche Art von Begegnung das hier war. Er mochte JD. Er war ein netter Kerl. Doch er wusste noch immer nicht, was das zwischen ihnen war, und er hatte bereits auf harte Weise erfahren müssen, dass Hoffnung gefährlich sein konnte.

„Was machst du hier draußen?", fragte JD sanft. „Es ist zu kalt, um auf einer Bank zu sitzen. Am Ende wirst du krank, und was dann?"

„Ich musste einfach mal raus." Obwohl die Ausrede selbst in seinen eigenen Ohren lahm klang, hatte er nicht vor zuzugeben, dass er gehofft hatte, JD hier zu begegnen. „Ich habe dich diesen Typen verfolgen sehen. Du bist schnell." JD setzte sich in Richtung Straße in Bewegung, und als hätte er einen Faden zwischen ihnen gespannt, folgte Fisher ihm ohne Zögern. „Ist es hier draußen nicht auch für dich zu kalt? Geben die dir keinen Streifenwagen oder so?"

„Ja, normalerweise schon, aber ich musste den Verdächtigen stellen, denn Red sagte, du könntest ihn identifizieren, weil er an dich verkaufen wollte."

Fisher schüttelte den Kopf. „Er hat mich angesprochen, aber auf diese typisch vage Weise, bei der man alles abstreiten kann. Nichts Greifbares, nur die üblichen Andeutungen."

JD nickte. „Er hatte das Zeug bei sich, also konnten wir ihn wegen Drogenbesitzes verhaften."

„In letzter Zeit tut sich in der Hinsicht einiges", sagte Fisher. Er saß häufig genug auf seiner Bank und wusste, worauf er achten musste, also sah er viele Typen, die Leute ansprachen und manchmal an andere Orte führten, um Geschäfte zu machen. „Wie lange arbeitest du noch?"

„Lange", sagte JD und Fisher nickte, beim Gehen den Blick senkend. Er brauchte noch etwa zwei Minuten, bis er realisierte, dass JD ihn nach Hause brachte.

„Ich komme allein zurecht, weißt du? Ich bin niemand, für den sich solche Leute besonders interessieren." Er schob seine Hände tief in die Taschen und presste sie gegen seinen Körper, um sie zu wärmen.

„Warum sagst du so was?", fragte JD.

Fisher blieb stehen und zuckte mit den Schultern. „Es ist einfach so. Ich bin einer dieser Leute, die auf einer Bank sitzen, weil sie nichts Besseres zu tun haben. Die Menschen gehen den ganzen Tag an uns vorbei. Manchmal sehen wir ihnen zu, aber sie sehen uns nicht. Nicht ernsthaft. Es ist, als seien wir ein Teil der Bank. So ist das auch für die Dealer. Es war überraschend, dass der Typ, den du verhaftet hast, mich heute angesprochen hat. Ich habe ihn schon öfter gesehen, mit dem teuren Ledermantel und dem Grinsen mit der Zahnlücke. Er geht über den Platz, als gehöre er ihm, und nimmt von niemandem Notiz. Ich bin sicher, dass dir das auch passiert." Fisher wagte einen Seitenblick auf JD. „Nicht, dass du etwas Falsches getan hast. Ich bin nicht die bemerkenswerteste Person."

„Ich habe dich gestern zweimal gesehen. Also glaube ich nicht, dass ich zu dieser Kategorie gehöre." JD klang beleidigt.

„Okay." Fisher wollte sich nicht streiten, obwohl er wusste, dass er recht hatte. Er war leicht zu vergessen, abzuschreiben und von sich zu schieben. *Sieh Fisher nicht an, dann verschwindet er einfach.* Das war ihm mit seiner Familie und den Menschen passiert, die einst Teil seines Lebens gewesen waren. Sie hatten nicht mehr hingesehen und im Ergebnis war er verschwunden.

„Wir gehen nach unserer Schicht wieder essen. Willst du mitkommen?"

„Ins Applebee's?", fragte Fisher.

„Ja. Der Gingerbread Man wäre auch möglich, aber Terry sagt, das Applebee's hätte die bessere Auswahl, und nicht viele Lokale in der Stadt haben so lange geöffnet. Die meisten schließen, bevor unsere Schicht endet. Ich kann dich nach der Arbeit an deiner Wohnung abholen, wenn du möchtest."

Fisher nickte, bevor er darüber nachdenken konnte. Gern hätte er JD gefragt, warum er das tat, fürchtete sich aber vor der Antwort. Er wusste, dass er ein ziemlich erbärmlicher Mensch war, der zu viel Zeit damit verbrachte, auf dem Platz zu sitzen, und dass JD vermutlich Mitleid mit ihm hatte. Es war nur so, dass er diese Worte nicht hören wollte. So würde er sich jetzt ein paar Stunden lang einbilden können, dass JD und seine Freunde ihn mochten und seine Anwesenheit nicht nur duldeten.

„Ich muss jetzt zurück zu meinem Auto und Streife fahren, aber du solltest dich aufwärmen, und wir sehen uns dann um kurz nach elf." JD hatte sich bereits abgewandt und auf die Hausecke zubewegt, als er plötzlich innehielt. „Kannst du mir deine Nummer geben, damit ich eine Nachricht schicken kann, falls ich mich verspäten sollte?"

Fisher gab ihm seine Nummer, die JD in seinem Handy speicherte. Einige Sekunden später klingelte Fishers Handy kurz. JD hob noch einmal die Hand und ging wieder Richtung Ecke davon, während Fisher dastand und sich fragte, was gerade passiert war, jedoch auf gute Weise.

Sobald JD aus seinem Blickfeld verschwunden war, ging Fisher in das Gebäude und zu seiner Wohnung in der ersten Etage hinauf, wo er sich als Erstes etwas kochte. Nach dem Essen verbrachte er den Abend vor dem Fernseher, wobei er die Uhr etwas zu genau im Auge behielt. Dann, als es elf Uhr wurde, saß er mit seinem Handy auf dem Schoß da und erwartete das Summen für eine Mitteilung, dass JD länger arbeiten oder vielleicht überhaupt nicht kommen würde. Stattdessen informierte es ihn wenige Minuten später mit einem Ton über den Eingang einer Nachricht, die aus ‚5min' und einem Smiley bestand.

Fishers Herz lief plötzlich auf Hochtouren und er eilte ins Badezimmer, um sicherzugehen, dass er akzeptabel aussah. Er überprüfte, ob er seine abendlichen Tabletten geschluckt hatte, wusch sich Gesicht und Hände und kämmte sich die Haare. Dann schnappte er sich Mantel und Handschuhe und verließ hastig die Wohnung.

Als er am Fuß der Treppe ankam, spähte schon JD durchs Fenster herein. Er öffnete die Tür und trat hinaus. „Kommen Terry und Red?"

„Ja. Außerdem Carter und Donald. Mit Carter arbeite ich zusammen, aber Donald ist Sozialarbeiter", erklärte JD, während er die Autotür öffnete. Nie zuvor hatte jemand für Fisher eine Tür aufgehalten. Er zog die Augenbrauen hoch, stieg aber ein und wartete, während JD zur Fahrerseite eilte. „Sie haben einen Sohn, der allerdings ein paar Tage bei einem Freund ist. Wegen Alex gehen sie selten aus, aber jetzt nutzen sie die kinderfreie Zeit." JD ließ den Motor an und fuhr los.

„Sind alle deine Freunde schwule Paare?", fragte Fisher in der Hoffnung, Genaueres zu erfahren.

„Bisher so ziemlich. Gleich und Gleich gesellt sich eben gern, und Carter und Red waren wirklich nett und haben versucht, mich einzubeziehen." JD fuhr durch Nebenstraßen zum Restaurant.

„Das mit dem Gleich und Gleich ist wohl wahr. Aber *ich* weiß nicht, ob es an meinem Arbeitsplatz schwule Paare oder Teile davon gibt."

JD streckte eine Hand aus und legte sie kurz auf sein Knie. „Schon gut. Jetzt lernst du ja einige Menschen kennen." JD zog seine Hand zurück und Fisher versuchte, die unerwartete Berührung einzuschätzen. Unwillkürlich hatte sich sofort Hitze in ihm ausgebreitet, doch noch ehe er es begriffen hatte, war die Berührung auch schon wieder vorbei gewesen. „Carter arbeitet schon seit ein paar Jahren für die Polizei und ist auf Computer und Daten spezialisiert. Er kann Informationen an Orten aufstöbern, die niemand anders findet."

Fisher schluckte und fragte sich, was Carter über ihn herausfinden würde, wenn er danach suchte.

Sie erreichten das Restaurant und stiegen aus. Die Kälte ging durch Mark und Bein, aber immerhin schneite es nicht. Das war ein Fortschritt. Fisher entging nicht, dass JD zitterte, als sie am Eingang des Restaurants ankamen. „Du brauchst einen besseren Mantel und dicke Handschuhe und vielleicht eine Mütze. Wenn du das jetzt schon kalt findest, wird es noch schlimm für dich."

„Das sagt mir jeder. Ich habe mich im Sportgeschäft umgesehen, aber nichts Geeignetes gefunden, und in den Kaufhäusern kostet alles ein Vermögen."

Fisher wandte sich zur Seite und zeigte. „Geh da rüber. Im TJ Maxx gibt es einen Haufen Mäntel und so etwas - gute, schwere Mäntel zu richtig tollen Preisen. Da kaufe ich den Großteil meiner Kleidung." Er fügte nicht hinzu, dass er sich nichts anderes leisten konnte. „Es sollte schon morgens geöffnet sein, also kannst du vor der Arbeit gehen."

„Cool", erwiderte JD und sie betraten das Restaurant.

Fisher erkannte Red und Terry. Sie saßen mit den anderen an einem größeren Tisch und alle erhoben sich, als JD und er sich näherten. Nachdem JD sie einander vorgestellt hatte, setzten sie sich und bekamen Speisekarten. Immerhin war Fisher an diesem Abend nicht so weggetreten wie am Tag zuvor. Er fühlte sich gut, und als die anderen Bier bestellten, dachte er selbst kurz darüber nach, entschied sich dann jedoch für eine Sprite.

„Wie hast du JD kennengelernt?", fragte Carter, und Fisher war nicht sicher, wie er antworten sollte.

„JD hat Fisher gestern Abend mitgebracht und wir hatten einen schönen Abend zusammen. Er arbeitet für eins der Lager draußen an der I-81", mischte sich Terry ein. „Gestern wirktest du etwas angeschlagen, aber heute siehst du besser aus", wandte er sich an Fisher. Die Kellnerin verteilte ihre Getränke und Terry nahm einen Schluck von seinem. „Ging heute alles gut?"

„Es war ein normaler Tag. Meine Arbeit ist nicht besonders aufregend", sagte Fisher und wandte sich Carter und Donald zu. „JD sagt, ihr habt einen kleinen Jungen?"

„Ja. Wir haben ihn vor einiger Zeit adoptiert. Er ist etwas Besonderes. Heute hat ihn sein Freund Isaac zum Übernachten bei Kip und Jos eingeladen. Die zwei sind beinahe unzertrennlich."

„Sie hatten es beide nicht leicht", sagte Donald. „Es ist keine Überraschung, dass sie sich gut verstehen." Er lehnte sich dichter an Carter. Selbst wenn Fisher nicht gewusst hätte, dass sie ein Paar waren, hätte es ihm ihr Bedürfnis nach der

Nähe des anderen unweigerlich verraten. „Ich bin nur froh, dass Alex sich nach allem, was er durchgemacht hat, wie ein normales Kind verhält."

Fisher wandte sich nach einer Erklärung suchend zu JD um, doch JD sah nur Carter und Donald an. „Alex wurde misshandelt, bevor wir ihn gefunden haben", sagte Carter mit sehr ernster Miene. „Jetzt ist er ein ganz neues Kind: aufgeschlossen, voller Energie, rennt ständig herum und schreit fröhlich. Aber genug von den Kindern. Wenn man uns lässt, reden Donald und ich stundenlang über Alex."

„He", unterbrach Red. „Das wollte ich euch gefragt haben. Ich habe ein paar alte Sachen von mir gefunden und dachte, ihr wollt sie vielleicht für Alex haben. Es sind Modellflugzeuge. Ich habe sie als Teenager zusammengebaut, und als ich jetzt einige alte Kisten durchsucht habe, bin ich darauf gestoßen. Sie sind bunt."

„Alex liebt Flugzeuge, also wäre es großartig."

„Ich habe diese Modelle früher auch gebaut", sagte Fisher. „Erinnert ihr euch an die vielen kleinen Knöpfe und detaillierten Bemalungen am Instrumentenbrett, die niemand jemals sehen würde, ohne direkt durch die trüben Glasfensterchen zu schauen?" Er lächelte. „Vor ein paar Jahren habe ich beschlossen, mal wieder ein paar zu versuchen, und habe mir eins gekauft. Es hat Spaß gemacht. Das eine habe ich fertiggestellt, aber mich dann gefragt, was ich damit soll."

„Das war immer das Problem. Wenn man fertig war, war der Spaß vorbei", sagte Red. „Ich habe sogar ein paar noch verpackte Bausätze gefunden. Ich wollte sie auf dem Flohmarkt verkaufen ..." Sein Blick traf Fishers. „Wenn du die haben willst, dann sehr gern. Ich habe nicht mehr so viel Zeit."

„Ja", antwortete Fisher. „Das klingt nach Spaß." Er hatte nichts als Zeit, also war Beschäftigung etwas Gutes. Außerdem brauchte er etwas, auf das er sich konzentrieren konnte, und Dinge, die unwichtig waren, aber Konzentration erforderten, waren eine gute Therapie. „Wenn ihr mich kurz entschuldigen würdet", sagte er und schob seinen Stuhl zurück, damit er die Toilette benutzen konnte, bevor sie bestellten.

Er eilte in den hinteren Teil und tat, weshalb er gekommen war, bevor er sich die Hände wusch und zum Tisch zurückkehrte.

„Auf einer Bank am Platz?", hörte er einen der Männer fragen. Fisher konnte die Stimme nicht zuordnen. Doch den Tonfall kannte er nur allzu gut und erstarrte.

„Ja. Ich habe ihn gesehen und mein Gaydar hat sich so laut gemeldet, dass ich fast taub geworden bin. Er war echt süß und allein, also bin ich hingegangen, um mit ihm zu reden."

Fisher wollte nicht wie ein Lauscher wirken, also ging er weiter zum Tisch und nahm seinen Platz ein, wobei er sich bemühen musste, sich nicht zu JD umzudrehen und ihn anzulächeln. JD fand ihn süß. Na ja, süß war nicht unbedingt das Wort, das er sich als Beschreibung seiner selbst erhofft hätte, aber er würde sich nicht beklagen. Zumindest wusste er nun, dass JDs Hilfe nicht nur eine Polizistensache gewesen war. „Was habe ich verpasst?"

„JD hat erzählt, wie er dir begegnet ist", erklärte Terry. „Auch wenn Red und ich schon einen Teil der Geschichte kannten. Carter war nicht ganz politisch korrekt und wir haben ihn nur daran erinnert, dass er nicht der glatteste Aal im Kühlregal ist."

Fisher musste lachen - er konnte es nicht verhindern. „Du sprichst aber auch alles offen aus, oder?"

„Das liegt am Bier", teilte ihm Red mit. „Gibt man ihm eins, wird er gesprächig, nach dem zweiten tanzt er auf dem Tisch und nach dem dritten schläft er darunter ein." Er bat die vorbeigehende Kellnerin um ein Glas Wasser und sie versicherte, es gleich zu bringen.

Das hier war so nett. Nachdem die Unterhaltung glücklicherweise zu Terry und seiner Direktheit weitergedriftet war, wandte sie sich bei drei Polizisten am Tisch natürlich bald wieder der Arbeit zu.

„Dieses Koks ist übles Zeug", sagte Kip.

„Ja", stimmte Red zu. „Vor einiger Zeit haben wir eine große Drogenquelle außer Gefecht gesetzt und seitdem ist es wesentlich ruhiger." Terry rückte näher an Red heran und Fisher wusste, dass es dazu irgendeine Geschichte geben musste. „Aber es war nur eine Frage der Zeit, bis jemand die Lücke füllen würde."

„Es überrascht mich, dass es so lange gedauert hat", meldete sich Carter zu Wort.

„Was in den letzten Tagen passiert ist, war nur die Spitze des Eisbergs", mahnte JD. „Die Lage wird sich verschlimmern. Jemand pusht dieses Zeug ziemlich heftig und es wird schnell zum beliebtesten High." Er schlang einen Arm um Fishers Schultern. „Du warst heute eine große Hilfe."

„Nicht ernsthaft."

„Doch, du hast die Beschreibung unseres Verdächtigen bestätigt."

„Ich muss doch nicht etwa aussagen oder so?", fragte Fisher, während sein Magen sich verkrampfte. Er bemühte sich darum, seinen Tonfall gleichmäßig zu halten und die Frage zu stellen, als wäre es reine Neugier - anstelle eines Gedankens, der ihn halb zu Tode erschreckte.

„Nein. Du hast uns nur bestätigt, dass wir den richtigen Mann erwischt haben", sagte JD, während die Kellnerin kam, um ihnen Wasser zu bringen und ihre Bestellungen aufzunehmen, bevor sie wieder davoneilte. Das Lokal war mittlerweile ziemlich leer und ihre Bestellungen waren vermutlich die letzten des Abends.

Während sie auf ihre Gerichte warteten, verbrachte Fisher die meiste Zeit damit, den Geschichten der anderen zu lauschen. Manchmal überraschte ihn die Auswahl. Die meisten Menschen erzählten Geschichten, die sie gut aussehen ließen, aber in denen dieser Leute kamen Schwächen vor - ihre eigenen - und anschließend stimmten sie in das Gelächter der anderen mit ein. Sie waren offen und ehrlich, ohne

Scheinheiligkeit. Das Lachen fiel ihnen leicht und Fisher wünschte sich mehr als alles andere, sich ähnlich ungezwungen fühlen zu können. Als ihre Teller gebracht wurden, schlief das Gespräch ein, allerdings nur für kurze Zeit, dann wallte das Gelächter wieder auf.

„Das war genug Bier", schalt Red Terry. „Du wirst nicht noch einmal die Hershey-Park-Geschichte erzählen."

„Komm schon, Fisher kennt sie noch nicht", antwortete Terry mit breitem Grinsen. „Also, letzten Sommer waren wir im Park und die haben da diese riesigen Wasserrutschen. Wir stellen uns also an und dann ist Red an der Reihe. Er stürzt sich runter und ich höre durch die Röhre seine begeisterten Schreie. Nach zwei Sekunden werden die Schreie plötzlich eine Oktave höher und dann sehe ich Red unten im Wasser zappeln. Eine Sekunde später folgt ihm seine Badehose aus der Rutsche. Er hat sich umgedreht, um sie zu holen, und dabei dem ganzen Hershey Park sein prächtiges Hinterteil präsentiert."

„Nicht alle von uns tragen immer diese engen Badehosen", brummte Red.

„Nein, aber dieses Mal hat es gut geklappt, oder?", kicherte Terry. „Ich hatte so ein schlechtes Gewissen, weil ich sie ihm gerade gekauft hatte und er mir nicht gesagt hatte, wie locker sie sitzt. Er wollte sie tragen, um mich glücklich zu machen, aber die Rutsche hat ihn herumgewirbelt und sie ihm dabei einfach entrissen." Terry sah Red an. „Es hätte jedem passieren können und die Hälfte der Frauen, die auf ihre Kinder warteten, haben den Anblick ihres Lebens bekommen."

„Ich glaube, wenn das mir passiert wäre, würde ich mich da nie wieder sehen lassen", sagte Fisher.

„Na ja." Terry kicherte heftiger. „Red hat sich von einer seiner besten Seiten gezeigt." Die anderen lachten und Red schob mit einem nachsichtigen Lächeln Terrys Bier von ihm fort.

„Du hast an dem Tag ebenfalls deine besten Seiten gezeigt", flüsterte Red und beugte sich hinüber, um seine Wange kurz an Terrys zu schmiegen. Mit diesen Männern Zeit zu verbringen, machte wirklich Spaß, aber diese Paare wirkten so glücklich, dass sie in Fisher die Sehnsucht nach etwas weckten, das er vermutlich niemals würde haben können, nicht mit seiner Liste von Problemen. Hätte er versucht, sie alle aufzuzählen, hätte er ewig gebraucht.

„Was hast du für Geschichten?", fragte Terry. Er schien der Sozialregisseur am Tisch zu sein.

Fisher merkte, dass ihn alle ansahen. „Keine wie diese. Ich bin kein besonders interessanter Mensch", wandte er ein und konzentrierte sich wieder auf sein Essen, wobei er verdammt stark hoffte, dass die anderen zu einem neuen Thema übergehen würden. Da das jedoch nicht der Fall zu sein schien, hielt Fisher inne und legte Messer und Gabel ab. „Vor ungefähr vier Jahren …" Er hasste es, diese Geschichte zu erzählen. „Okay, damals hatte ich dieses echt alte Auto und … Wahrscheinlich sollte ich das keinem von euch erzählen."

„Hattest du getrunken?", wollte Carter wissen.

„Nein. Aber ich war unruhig und besorgt. Ich weiß, dass ich nicht fahren sollte, wenn ich abgelenkt bin."

„Du meinst, so wie gestern?", fragte JD mit einer Stimme, die sich an ihn zu schmiegen schien.

Fisher nickte. „Ich fahre nicht viel, wenn ich es vermeiden kann. Meistens nur zur Arbeit und zurück oder zum Einkaufen. Meistens gehe ich zu Fuß. Jedenfalls war ich nervös und …". Er redete unzusammenhängendes Zeug und musste sich kurz unterbrechen, um seine Gedanken zu ordnen. „Sorry", sagte er, griff nach seinem Wasserglas und trank es ganz aus, um die Hitze zu bekämpfen, die seine Nervosität erzeugte. „Ich habe an einer Ampel draußen an der Mautstraße angehalten. Ich hasse diesen Ort. Es ist direkt vor der Stelle, an der sich die Straße teilt und alle feststellen, dass sie auf der falschen Spur sind. Tja, und dieser Typ hinter mir hat sich mehr darauf konzentriert, wo er sein wollte, als darauf, wo er hinfuhr, und ist mir mit seinem Kipplaster von hinten aufgefahren. Das ist alles, woran ich mich erinnere. Ich bin im Krankenhaus aufgewacht und man sagte mir, ich hätte eine Gehirnerschütterung."

Donald streckte einen Arm über den Tisch und Fisher zuckte zusammen, als er seine Hand berührte. „Schädel-Hirn-Trauma?", fragte er.

Fisher nickte. „Ich habe Teile meines Gedächtnisses verloren. Daher gibt es vieles, was für mich keinen Sinn ergibt." Er verstummte und ergriff wieder Messer und Gabel.

„Es ist okay", sagte JD und tätschelte sein Bein.

„Ich wünschte, das wäre es", preschte Fisher weiter vor. „Als ich acht Jahre alt war, habe ich diese Rollerblades bekommen. Das weiß ich, weil ich Fotos gesehen habe, aber ich erinnere mich nicht daran. Meine Mutter sagt, ich hätte monatelang um sie gebettelt, und sie hätte sie schließlich extra für mich gekauft, aber ich erinnere mich nur daran, dass sie grün waren und ich diese Farbe gehasst habe. Das ist mir also davon geblieben - dass meine Mutter mir hässliche Rollschuhe gekauft hat. Ich weiß, dass es für euch nicht viel Sinn ergibt, aber der Kontext ist verschwunden. Es sind die Dinge, an denen die meisten von uns sich festhalten müssen, diese glücklichen Erinnerungen, ausgelöscht oder durcheinandergebracht." Er wandte sich an JD. „Du hast uns erzählt, wie du mit deiner Schwester auf die Jagd gegangen bist. Solche Erinnerungen habe ich nicht. Auf den ersten Blick wirken sie normal, als wären sie echt und vollständig, aber ich weiß, dass Teile fehlen, weil ich dafür Beweise gesehen habe." Er kratzte sich am Kopf und hoffte, dass er sich verständlich ausgedrückt hatte.

„Was hält deine Familie davon?", fragte JD.

Fisher zuckte mit den Schultern. Das spielte keine Rolle mehr. Sie haben ihre Meinung zu diesem Thema deutlich klargemacht. „Sie denkt …" Er verstummte wieder, als sich am Tisch alle Blicke auf ihn richteten.

„He, ist schon gut. Du musst nicht darüber reden", sagte JD.

Fisher nickte und widmete sich wieder seinen Hähnchenflügeln, benutzte Messer und Gabel, um an das Fleisch zu gelangen. Er sah nicht von seiner Tätigkeit auf. Es war wesentlich besser, sich möglichst normal zu verhalten, anstatt das Mitleid oder die verwirrten Blicke zu sehen, mit denen die meisten Menschen reagierten, wenn er versuchte zu erklären, wie sein Kopf funktionierte.

„Was ist aus dem Lastwagenfahrer geworden?", fragte Carter.

„Er wurde vorgeladen und so, aber die Firma, für die er arbeitet, versucht bis heute, alles zu verzögern." Er zuckte mit den Schultern. Er konnte sich nur um eine begrenzte Anzahl von Dingen Sorgen machen, ohne wieder in einen seiner Abwärtsstrudel zu geraten. Davon hatte er genug erlebt, um zu wissen, wann sie kamen und was sie auslöste.

„Aber jetzt kommst du zurecht?", erkundigte sich Terry.

„Meistens. Meine Erinnerungen werden nicht zurückkommen und die Ärzte sagen, dass sich in meinem Kopf einiges verändert hat, das nie wieder wie vorher wird." Es war die Realität und er hatte sich bemüht, so gut wie möglich damit zurechtzukommen. „Einige Zeit war ich außer Kontrolle, weil ich nicht verstanden habe, was mit mir passierte, und dabei habe ich Dinge getan, auf die ich nicht stolz bin. An einige kann ich mich nicht erinnern." Und er hatte die Menschen in seinem Leben auf Arten verletzt, an die er sich ebenfalls nicht erinnern konnte, doch das Endergebnis war dasselbe.

„He, es ist okay", wiederholte JD und Fisher wünschte, er würde aufhören das zu sagen. Alle sagten ihm das ständig.

„Nein, das ist es nicht", sagte er zu laut, schob JDs Hand von sich und stieß dabei JDs Wasserglas um. Alle sprangen auf und warfen Servietten auf den Tisch, um das Wasser aufzusaugen. Fisher stand auf, trat einen Schritt zurück und bemühte sich, ein weiteres von ihm verursachtes Chaos zu beseitigen. „Für mich wird nie wieder alles okay sein."

„Wir kriegen das schon hin", sagte Donald ruhig, als die Kellnerin sich näherte, um ihnen beim Aufwischen des Wassers zu helfen.

„Keine Sorge, Sir. Das passiert dauernd." Sie hob den Teller mit Fishers restlichen Chicken Wings hoch - sie schwammen nun im Wasser - und wischte den Tisch ab. „Ich bestelle in der Küche neue." Sie eilte davon.

Langsam nahm Fisher wieder Platz und wäre am liebsten im Erdboden versunken. „Tut mir leid." Was zum Teufel konnte er auch sonst sagen? Er war ein armseliges Exemplar Mensch und diese Männer fragten sich sicher, warum JD ihn mitgebracht hatte. Für ihn war es besser, zu Hause zu bleiben … allein.

„Es war nur etwas Wasser, aber ich kann es verstehen", sagte Donald.

„Wirklich?" Einen Hauch von Sarkasmus konnte er nicht unterdrücken.

„Klar. Ich wette, dass man dir immer gesagt hat, dass es ‚okay' sei, um dich ruhig und friedlich zu halten. Etwas ist passiert und die Leute um dich herum wollten nicht, dass du dich aufregst, also haben sie ‚ist schon okay, beruhig dich' gesagt und sich darum bemüht, so zu tun, als wäre nichts geschehen."

„Und das von mir verursachte Chaos beseitigt", fügte Fisher hinzu.

„Es war ein Versehen. Das kommt vor." Donald sah ihn mit so viel Nachdruck an, dass Fishers Widerspruch auf seinen Lippen erstarb. Der andere Mann lehnte sich zur Seite und seine Lippen verzogen sich zu einem frechen Grinsen.

„Oh nein", flüsterte Carter leise.

Bevor sich Fisher ernsthaft fragen konnte, was passierte, hatte Donald schon sein Handy aus der Tasche gezogen und zeigte ihm Fotos eines bezaubernden kleinen Jungen.

„Das ist Alex. Er ist jetzt fünf."

„Du musst nicht jedem, dem wir begegnen, Fotos zeigen", merkte Carter in nachsichtigem Tonfall an.

Donald beachtete ihn nicht. „Zu Halloween wollte er sich als Schildkröte verkleiden und nicht als eine dieser Ninja-Dinger, sondern als echte Schildkröte, was auch immer das heißen mag. Ab und an hatte ich das Gefühl, er würde mich weitersuchen lassen, bis ich ein Kostüm mit einem echten Schildkrötenpanzer gefunden hätte." Das Handy wurde von Person zu Person weitergereicht.

„Er ist wirklich entzückend", sagte Fisher.

„Am Ende habe ich selbst eins gebastelt. Es kostete drei Tage, acht Nadelstiche und einen Besuch beim Arzt zwecks Tetanusimpfung, und einmal hätte ich beinahe drei meiner Finger zusammengenäht, aber ich habe es geschafft."

„So schlimm war es nicht", sagte Carter und verdrehte die Augen. „Sei nicht so eine Dramaqueen."

„Aber zum Arzt musste ich wirklich gehen", widersprach Donald und Fisher musste über ihre Kabbelei grinsen. Die Kellnerin brachte ihm einen neuen Teller Chicken Wings und der Wasserglas-Vorfall schien vergessen, als sich am Tisch wieder Heiterkeit ausbreitete. Als Fisher einen Seitenblick in JDs Richtung wagte, überraschte ihn die Wärme in dessen Blick. Fisher wandte sich wieder seinem Essen zu und überlegte, wann ihn das letzte Mal jemand so angesehen hatte. Tatsächlich konnte er sich an kein einziges Mal erinnern. Entweder war die Erinnerung daran verschwunden oder es war niemals passiert. Er wusste sicher, dass es in den letzten paar Jahren nicht der Fall gewesen war, denn dieser Teil seiner Erinnerung war größtenteils intakt.

„Wisst ihr, wir müssen uns abgewöhnen, hier immer die Letzten zu sein", sagte Terry, als auf dem Tisch nur noch schmutzige Teller und leere Gläser standen. Die Kellnerin hatte ihre Rechnungen gebracht und sie warteten noch auf das Wechselgeld. „Vielleicht können wir uns beim nächsten Mal bei uns zu Hause treffen."

„Schon", antwortete Donald. „Aber dann müsstet ihr aufräumen. Hier bezahlen wir nur die Rechnung und jemand anders spült das Geschirr."

„Stimmt", sagte Terry und stand auf, um seinen Mantel anzuziehen. „Und jetzt müssen wir diese hart arbeitenden Gesetzeshüter nach Hause bringen, nachdem sie den ganzen Tag die Straßen für uns beschützt haben."

„Manchmal nervst du", beklagte sich Red.

„Alles Teil meines Charmes", witzelte Terry, woraufhin ihn Red nur umarmte, ohne etwas zu sagen. Das musste er nicht. Fisher wandte sich kurz ab, um nicht hinzustarren. Obwohl sie in der Öffentlichkeit waren, gab irgendetwas an der Art, wie sie einander ansahen, Fisher das Gefühl, ein Voyeur zu sein. Als sähe er bei etwas Intimem zu.

„Wir sollten gehen. Ich weiß, dass du früher zur Arbeit musst als wir anderen", sagte JD, und nachdem sie sich bei allen verabschiedet hatten und Fisher mehrfach beinahe zu Tode umarmt worden war, gingen sie zur Tür. Fisher hielt inne, um Mantel und Handschuhe anzuziehen, und dann traten sie in die klare, kalte Nacht hinaus und stiegen in JDs Auto.

Die Fahrt zurück zur Pomfret Street dauerte nicht lange, nur wenige Minuten, und allzu bald hielten sie vor dem Gebäude, in dem Fisher wohnte. Er stieg aus und wollte sich verabschieden, als JD plötzlich um das Auto eilte und ihn vor der Haustür abfing. „Ich bin froh, dass du mitgekommen bist. Es war ein schöner Abend und alle mochten dich."

„Was gibt es da zu mögen?", fragte Fisher und wusste augenblicklich, dass er das nicht hätte sagen sollen. Auf intellektueller Ebene war ihm klar, dass Unsicherheit nicht attraktiv wirkte.

„Jede Menge. Es brauchte Mut, um uns zu erzählen, was passiert ist und wie es sich auf dich ausgewirkt hat." JD war ihm so nah, beinahe zu nah. Fisher spürte, wie die Wärme zwischen ihnen gegen die kalte Luft ankämpfte, und zu seinem Erstaunen schien die Wärme zu gewinnen … zumindest vorerst. „Hör auf, so streng mit dir zu sein und dir Sorgen darum zu machen, was die anderen denken, und lass einfach Fisher durchkommen."

„Wie langweilig wäre das?" Er rechnete damit, dass JD mit einer gesellschaftlich akzeptablen Plattitüde antworten würde. Stattdessen beugte er sich zu ihm herüber und überbrückte die Distanz zwischen ihnen. Beinahe hätte Fisher aufgestöhnt. Er wurde geküsst, wirklich *ernsthaft* geküsst. JD schloss ihn langsam in die Arme, seine Wärme vermischte sich mit seiner eigenen, und dann schien Fisher ein wenig zu fliegen. Glücklicherweise dachte er daran, den Kuss zu erwidern, denn das hier war großartig und es wäre eine Schande gewesen, die Chance verstreichen zu lassen und … Fisher brachte den ziellosen Kommentar in seinem Kopf etwa im gleichen Moment zum Schweigen, in dem JD sich von ihm löste.

„War das langweilig?", fragte JD, woraufhin Fisher den Kopf schüttelte und sich die Lippen leckte, um dort, wo sie noch kribbelten, einen letzten Hauch von JD zu erhaschen. „Ich habe diese Theorie, dass man für einen wirklich aufregenden Kuss zwei aufregende Menschen braucht, und bisher habe ich mich bei Küssen noch nie geirrt. Also würde ich sagen, dass er aufregend war und wir daher beide absolut nicht langweilig sein können, um das zu hinzubekommen. Okay?"

Fisher nickte, denn wer konnte dieser Logik schon widersprechen? Und wer würde das auch wollen?

„Gut." JD beugte sich vor für einen weiteren Kuss und diesmal verstummte jeder Kommentar. Fisher ließ sich vom Kuss und der Hitze durchfluten. Als sich JD diesmal von ihm löste, fühlte sich Fisher kurzatmig und ein wenig schwindlig.

„Ich habe Kaffee", sagte Fisher.

Er sah, dass JD es in Erwägung zog, als plötzlich sein Handy klingelte. JD nahm den Anruf an und lauschte. „Alles klar", sagte er nur, bevor er auflegte. „Ich muss los. Den Kaffee holen wir nach." JD eilte um sein Auto herum, stieg mit einem letzten Winken ein und fuhr davon. Fisher ging hinein und schloss die Tür, dachte an die Küsse zurück und fragte sich, warum JD so eilig fortgemusst hatte.

3

DREI STUNDEN, nachdem er Fisher vor seinem Wohnblock zurückgelassen hatte, betrat JD humpelnd sein Haus und ließ sich ins Bett fallen. In einem der Warenlager außerhalb der Stadt war ein Feuer ausgebrochen und das Gebäude war schnell in Flammen aufgegangen. Die Firma war für verschiedene Reinigungschemikalien zuständig und diese hatten sich durch die Hitze vermischt und zu einer gefährlichen Situation geführt. Die in der Windrichtung stehenden Häuser hatten evakuiert werden müssen und das gesamte Gebiet war abgesperrt worden. Was für ein Akt. Immerhin hatten die zuständigen Offiziellen sorgfältig Buch geführt und konnten benennen, um welche Chemikalien es sich handelte. Als man JD nach Hause geschickt hatte, war das Feuer noch immer außer Kontrolle gewesen, doch er konnte nicht endlos arbeiten und in nicht einmal acht Stunden wurde er bereits zu seiner nächsten Schicht erwartet.

Es gelang ihm, sich seines Hemdes, seiner Schuhe und seiner Socken zu entledigen, bevor er auf die Matratze fiel, einige Male auf sein Kissen klopfte und die Augen schloss. Dann war es vorbei. Er war weg und das Nächste, was JD wahrnahm, war das Klingeln seines Handys fünf Stunden später.

„Hallo", meldete er sich heiser.

„Hier ist deine Mutter. Ich hoffe, ich habe dich nicht geweckt", sagte sie, als wäre sieben Uhr morgens für eine anständige Person zu spät zum Schlafen. „Die Beerdigung deiner Tante ist am Donnerstag. Ich vertraue darauf, dass du das Richtige tust und die Familie ohne unnötiges Drama und Aufsehen trauern lässt."

„Von mir aus. Schick mir einfach eine E-Mail mit den Details und ich werde ein guter Sohn sein und tun, was du willst." Er war zu müde, um mit ihr zu streiten.

„Du hast aufgehört, der gute Sohn zu sein, als du beschlossen hast, deine Familie zu beschämen. Ich bin nur erfreut, dass du dich für das Richtige entschieden hast. Ich sende dir die Einzelheiten."

„Okay", sagte JD. Kurz wartete er, ob sie noch etwas sagen würde, doch die Verbindung blieb still und brach schließlich ab. Er warf das Handy auf sein Bett und drehte sich um, vergrub das Gesicht im Kissen. Er würde deshalb nicht wieder weinen. Er hatte es einmal getan und das war's. Erledigt. Er konnte nichts tun, um Vergangenes ungeschehen zu machen, oder ändern, wie seine Familie über ihn dachte. Sie fühlten, was sie fühlten, und seine Mutter sorgte dafür, diese Gefühle immer wieder zu schüren, wenn jemand sich ihnen nicht anschließen wollte.

Er drehte sich wieder auf den Rücken und schloss die Augen, stellte sich vor, dass die Decke verschwunden war und er stattdessen draußen auf der Wiese an seinem Heimatort lag, zu der seine Tante ihn im Sommer stets für Picknicks mitgenommen hatte. In der Nähe strömte ein Bach mit kicherndem Gurgeln über Steine. Tante Lillibeth war ein Unikat gewesen. Wenn er und seine Mutter sich gestritten hatten, also sehr häufig, war sie da gewesen, um beim Aufkehren der Scherben zu helfen. Im Sommer war es heiß und sie pflegte am Ufer zu sitzen, während er im kühlen Wasser spielte, sah ihm zu und lachte mit ihm. Er würde ihre Unbeschwertheit vermissen, die Fähigkeit, zu lachen und nicht alles zu ernst zu nehmen - ein starker Gegensatz zu seiner Mutter und selbst zu seinem Vater, Tante Lillibeths Bruder. Natürlich verweilte er nicht ewig in seiner Erinnerung und schlief wieder ein, noch während er an sie dachte.

Als er erneut aufwachte, überprüfte er die Uhrzeit und zog sich an. Dann rief er auf dem Revier an. Er wurde gebeten, sich umgehend zum Dienst zu melden. Das Feuer brannte weiter und würde es vielleicht noch stundenlang tun.

„Wir brauchen Hilfe für die Patrouille in der Evakuierungszone. Einige Bewohner haben versucht zurückzukommen. Außerdem gibt es viele, die in der Gegend versuchen, zur Arbeit oder zu anderen Einrichtungen zu gelangen. Es ist schlicht und einfach ein Chaos", erklärte der Leiter der Feuerwehr.

„Okay. Ich bin auf dem Weg. Soll ich direkt rauskommen?"

„Ja. Melden Sie sich bei Cloud. Er kümmert sich zurzeit um die Aufgabenverteilung, während die wichtigen Jungs ihren Schönheitsschlaf machen."

„Danke", sagte er. Er wappnete sich gegen die Kälte, verließ sein Haus und machte sich auf den Weg an den Stadtrand.

Als er sich dem Bereich näherte, wurden schnell zwei Dinge klar: Die Straßen waren mit Autos verstopft und Leute versuchten, zur Arbeit zu kommen. Polizisten bemühten sich, sie zum Umkehren zu bewegen, was jedoch nicht leicht war. Offenbar hatte sich die Nachricht nicht so wirksam verbreitet, wie sie sollte, was nun vielen Menschen Unannehmlichkeiten bereitete. JD meldete sich zum Dienst und machte sich anschließend daran, bei der Kontrolle des Verkehrs zu helfen.

„Sir", sagte JD, als er sich dem nächsten Fahrzeug näherte und wartete, bis der Fahrer das Fenster geöffnet hatte. „Dieser Bereich ist gesperrt. Sie müssen umkehren. Biegen Sie rechts ab, um auf die I-81 zu kommen."

„Aber ich arbeite da drüben", sagte er und zeigte auf die einige hundert Meter entfernt liegende Lagerhalle.

„Es besteht Gefahr durch Chemikalien. Heute ist alles geschlossen. Die Betriebe in der Gegend wurden evakuiert. Bitte kehren Sie um." Dieses Gespräch wiederholte sich dutzende Male, bis es ihnen nach und nach gelang, den Verkehr von der Evakuierungszone wegzuleiten. Als JD sich einem der letzten Autos näherte, schaute ihm daraus ein vertrautes und besorgtes Gesicht entgegen.

„JD, was ist hier los?", fragte Fisher atemlos. „Jemand sagt, eines der Lager brennt."

„Hast du es nicht in den Nachrichten gesehen?", fragte JD.

Fisher schüttelte den Kopf. „Wegen des netten Abends gestern habe ich verschlafen und musste mich beeilen, um nicht zu spät zu kommen. Normalerweise fahre ich früher zur Arbeit, aber da wir heute bis zum Abend eingeteilt sind, sollte ich erst um neun kommen. Es ist doch nicht Optima, oder?"

Verdammt, JD hätte gern gelogen und es abgestritten, aber er nickte. Er sah, wie Fishers Blick sich senkte, und dann begann er zu zittern.

„Oh Gott."

„Es wird schon wieder gut." Es war das Erste, was ihm über die Lippen kam, und er wusste, dass es das Falsche war. „Du solltest nach Hause fahren und bei der Firmenzentrale anrufen. Du kannst Bescheid sagen, dass es dir gut geht, und bestimmt sagt man dir dann, was du tun sollst."

Fisher nickte. JD sah den Schmerz in seinem Gesichtsausdruck. „Okay. Ich fahre nach Hause."

„Ruf mich später an, wenn du möchtest. Wenn du reden willst", bot JD an und trat zurück, damit Fisher wenden konnte. Er war nicht sicher, ob Fisher das Angebot annehmen würde, und JD sorgte sich ein wenig um seinen neuen Freund.

„Arbeitet Fisher bei Optima?", erkundigte sich Carter, der neben ihm anhielt. „Ich habe gesehen, dass du mit ihm geredet hast."

„Ja." JD wandte sich um und sah in die Richtung, in die Fisher davongefahren war. „Er ist nicht sicher, was er tun soll."

„Viele Leute werden ihre Stelle verlieren, wenn sie nicht einen neuen Standort finden und ihn schnell zum Laufen bringen. Vom aktuellen Standort wird nichts übrigbleiben. Immerhin lässt das Feuer nach und sie machen beim Löschen Fortschritte. Ich habe mit dem Bezirksleiter der Feuerwehr gesprochen und er ist zuversichtlich, dass die Leute in einigen Stunden in ihre Häuser zurückkehren können. Das alles hier wird für viele Menschen unerfreulich."

JD nickte. „Besonders um eine Person mache ich mir Sorgen."

Carter rollte mit den Augen. „Ich gebe zu, dass der Mann süß ist, aber was findest du an ihm?"

JD musste über seine Antwort nachdenken. „Erinnerst du dich daran, wie man früher als Kind am Weihnachtsmorgen die Treppe runterkam und das erste Mal den Baum mit all den Geschenken, Schleifen und Bändern gesehen hat? In diesem Moment war alles möglich. In diesen Schachteln hätte alles sein können. Tja, und viele Menschen sind wie geöffnete Geschenke. Wenn du sie zehn Minuten kennst, weißt du schon, wer sie sind und was du erwarten kannst.

Hin und wieder wird man überrascht, aber meistens passen sie in ein Muster, und mehr ist da nicht."

„Gott, das ist eine düstere Betrachtungsweise."

„Ja, vielleicht. Und die Überraschungen sind meistens schlecht. Aber Fisher ist wie ein verpacktes Geschenk, bei dem sich niemand die Mühe gemacht hat hineinzusehen. Stille Wasser sind tief, und ich glaube, hier gibt es eine Menge Tiefe." Er sagte nicht, dass er etwas von Fishers Schmerz in seinen Augen gesehen hatte, den er auch in seinen eigenen sehen konnte. Fisher hatte ungewöhnlich blaue Augen, doch sie wurden getrübt durch Schichten von Schmerz und Sehnsucht nach etwas, was er nicht haben konnte. „Ich muss wieder an die Arbeit. Ich hoffe, dass ich nach meinen normalen Stunden gehen kann." Er war noch müde und hätte die Gelegenheit zum Ausruhen gut gebrauchen können.

„Du hast eine interessante Art, die Dinge zu betrachten", merkte Carter an. „Ist das eine Südstaaten-Sache?"

„Nein. Ich glaube, es ist eine Burnside-Sache", antwortete er tonlos und klopfte zum Abschied auf das Dach von Carters Streifenwagen. Carter schloss das Fenster und fuhr davon, während sich JD wieder darum kümmerte, die Evakuierungszone frei zu halten.

SEINE SCHICHT war vorüber und JD hatte sich in seinem ganzen Leben noch nie so sehr darüber gefreut, von der Arbeit nach Hause fahren zu dürfen. Zwar stank er und war schmutzig, doch das Feuer war gelöscht und die Bewohner hatten in ihre Häuser zurückkehren dürfen. Aber er konnte seine Gedanken nicht von dem niedergeschlagenen Ausdruck in Fishers Gesicht losreißen, als dieser die Neuigkeiten erfahren hatte. Nachdem er während des ganzen Arbeitstags darüber nachgegrübelt hatte, war ihm klar geworden, dass er jemanden gesehen hatte, der sich fühlte, als wäre sein Leben vorbei. Auch wenn er versuchte, sich einzureden, dass er es sich nur einbildete, wusste er, dass dem nicht so war.

„Ruf Donalds Handy an", forderte er die Freisprechanlage in seinem Auto auf, während er von der Station nach Hause fuhr. Das Auto war gerade neu genug, um damit ausgerüstet zu sein, und gerade alt genug, dass der Bordcomputer manchmal die verrücktesten Sachen machte. Bisweilen wollte er sie erwürgen, aber diesmal tat sie, was er verlangte.

„JD, was ist los?", meldete sich Donald.

Im Hintergrund hörte JD ein weinendes Baby. „Vielleicht sollte ich das lieber dich fragen."

„Ich bin im Büro und heute werden Kinder geimpft, also habe ich den ganzen Tag nichts anderes als weinende Kinder gehört. Mir platzt bald der Kopf", fügte er leiser hinzu. „Was gibt's?"

„Es gab heute einen großen Brand."

„Ja, das habe ich in den Nachrichten gesehen."

38

„Es war an Fishers Arbeitsplatz", erklärte JD. „Ich habe ihn heute auf der Straße zum Umkehren aufgefordert und … er hat gewirkt, als wüsste er nicht, was er tun soll."

„Einen Moment", sagte Donald und einige Sekunden später war der Hintergrundlärm verschwunden. „Und wie soll ich da helfen? Ich habe ihn nur gestern Abend kurz kennengelernt."

„Ich weiß", sagte JD. Vermutlich hätte er nicht anrufen sollen. „Ich weiß nicht, was ich machen soll."

„Was willst du denn machen?", fragte Donald mit seiner besten ‚Psychiater-der-dich-auf-der-Couch-liegen-hat'-Stimme.

„Na, vielen Dank." Das hier half ihm nicht.

„Ich meine das ernst. Ich kann nicht in Fishers Kopf kriechen und dir den Schlüssel zu den Vorgängen dort besorgen. Das kann ich selbst bei Carter nicht, auch wenn ich es mir weiß Gott manchmal wünsche. Also was willst du machen?"

„Ich habe ihn nach Hause geschickt, weil es dort nichts für ihn zu tun gab. Ich möchte hinfahren und sehen, ob es ihm gut geht. Er hat so zerbrechlich gewirkt, als bestünde er plötzlich aus Glas."

„Okay. Dann lass mich dich fragen: Wann hast du dich das letzte Mal so gefühlt? Manchmal kann man sich Fragen zu anderen Menschen beantworten, indem man sich in sie hineinversetzt."

JD erschauderte. Er erinnerte sich daran, sich wie aus Glas gefühlt zu haben, so als würde er jeden Moment zersplittern. Als er vor seinen Eltern gestanden hatte, während er von ihnen angeschrien worden war, bevor sie ihm den Rücken zugekehrt hatten. Nicht in der Lage, zu glauben oder zu begreifen, was wirklich vor sich ging, hatte er einfach nur dastehen können. Dann war er zu Tante Lillibeth gegangen und … JDs Kopf begann zu pochen, während er vor seinem Haus anhielt. „Ich verstehe es."

„Und weißt du, was du tun willst?"

„Ja. Danke. Ich melde mich später." Er beendete das Gespräch und stieß die Autotür auf. Irgendwie gelang es ihm, es bis ins Badezimmer zu schaffen, bevor er die Überreste seines Mittagessens von sich gab. Als er es hinter sich hatte, spülte er sich den Mund aus und starrte sein Spiegelbild an. Er war ein Schwindler und er wusste es. Immer fröhlich nach außen, aber hohl und leer im Innern. Sein Beruf verlangte von ihm, stark, souverän und selbstsicher zu wirken. Draußen auf der Straße lauerten überall Gefahren, also sorgte er dafür, dass er neben kugelsicheren Westen, Waffen und körperlicher Fitness auch in eine Aura aus Selbstbewusstsein und Unbesiegbarkeit gehüllt war. Es war ein Bild, das er vermittelte, weil Schwäche ausgenutzt werden konnte. Doch das war nur Schauspielerei. Er fühlte sich zu Fisher hingezogen, weil er sich selbst in ihm erkannte, nur noch heftiger.

In Situationen wie dieser, wenn er ratlos gewesen war, hatte er stets seine Tante angerufen. Doch das war nun nicht mehr möglich und er war noch mehr auf sich allein gestellt. JD trank einen Schluck Wasser und verließ mit zügigen Schritten das Badezimmer. Er schlüpfte in einen Pullover und zerrte sich seinen Mantel über die Arme, bevor er hastig das Haus verließ. Anstatt zu fahren, schritt er den Gehweg entlang, streckte seine Beine, während er die Hände in die Manteltaschen geschoben hatte und entschlossen nach vorn blickte. Wer ihm im Weg war, machte ihm lieber Platz, denn er hatte eine Mission.

JD war nicht sicher, wo er zuerst nachsehen sollte, doch seine Füße trugen ihn zum Platz und dort saß Fisher auf der üblichen Bank und musterte seine Schuhe, Arme an den Körper gezogen und den Kopf gesenkt, als wollte er sich so klein wie möglich machen. JD sah ihn an und fragte sich, ob er etwas sagen sollte. Stattdessen setzte er sich neben Fisher und wartete. Worte kamen einem leer vor, wenn man sich wie Fisher fühlte. Den Grund mochte JD nicht vollständig verstehen, aber er kannte das Gefühl des Verlusts und der Zerschlagenheit. Nach einigen Minuten stellte er fest, dass er sich selbst immer mehr zusammenkauerte und seine Gedanken sich nach innen richteten.

Erst bemerkte JD es nicht, doch dann sagte ihm die Wärme, die in seinen Körper drang, dass Fisher näher an ihn herangerückt war. Er hob den Kopf und riss sich von den Gedanken an seine Tante und die sie stets umgebende Wärme los. Fishers Hand lag neben seiner, in einen Lederhandschuh gehüllt, doch JD legte trotzdem seine eigene darauf und lächelte leicht, als sich Fishers Finger um seine schlossen.

„Manchmal weiß ich, dass ich mich wegen einer Sache albern verhalte, aber ich weiß nicht, wie ich es stoppen kann", sagte Fisher.

„Was sagt dein Arbeitgeber?", fragte JD. Es war leichter, nach einer Lösung für Fishers Problem zu suchen, als sich seinen eigenen Verlusten und Ängsten zu stellen.

„Dass man noch nichts Genaues weiß. Immerhin wurde mir gesagt, dass sie uns noch einige Zeit weiterbezahlen und wissen lassen werden, wenn sie eine Entscheidung über die Zukunft getroffen haben."

„Also gut. Dann scheinst du ja einige Tage unerwarteten Urlaub zu haben. Warum versuchst du nicht, ihn zu genießen? Optima wird ein neues Lager brauchen und die verlorene Ware ersetzen müssen, also ist es doch naheliegend, dass sie auch für das neue Lager verlässliche Leute brauchen."

„Aber wenn sie beschließen, es nach Kansas oder Ohio oder so zu verlegen? Ich kann es mir nicht leisten, dahin umzuziehen." Fisher hob den Kopf. „Ich kann mich nicht nach einer neuen Stelle umsehen, nicht im Moment. Ich komme nicht gut mit fremden Menschen zurecht, und wenn ich in so einem Büro stehe, erstarre ich und mein Mund bewegt sich, aber nichts kommt heraus, weshalb ich wie ein dummer Fisch aussehe."

JD lachte und Fisher lächelte leicht, bevor er fortfuhr: „Seit dem Unfall sehe ich in vielen Situationen nicht besonders gut aus. Räume voller Menschen überwältigen mich. Bei der Arbeit sitze ich in diesem kleinen Häuschen am Rand des Geländes und leite die Lastwagen an ihren Platz. Meistens bin ich allein und damit komme ich zurecht. Es gibt Struktur und Routine, und das tut mir gut." Fisher schloss seine Hand fester um JDs. „Ich war mal wie alle anderen. Na ja, größtenteils wie alle anderen, vor dem Unfall, und jetzt fällt es mir schwer, manche der Dinge zu tun, die alle anderen tun."

„Gehst du zu einem Arzt?", fragte JD.

„Ja, jeden Monat. Bei meinen Medikamenten ist regelmäßige Anpassung notwendig." Er wandte sich ihm zu und JD sah, wie seine Wangen sich röteten. „Die Leute denken, man nimmt ein paar Pillen und dann ist alles in Ordnung, aber das ist es nicht. Ich werde nie wieder so sein wie vor dem Unfall." Fisher ließ seine Hand los und erhob sich langsam. „Hier zu sitzen macht nichts leichter und ändert auch nichts."

„Vielleicht nicht, aber immerhin ist es nicht allzu kalt", sagte JD.

Fisher setzte sich wieder. „Warum bist du gekommen?", fragte er.

„Ich wollte sehen, ob es dir gut geht."

„Aber du hast so deprimiert gewirkt, wie ich es manchmal bin. Was ist passiert?"

JD zögerte. „Meine Tante ist gestern gestorben. Donnerstag ist die Beerdigung und ich glaube, ich vermisse sie." Er wandte sich Fisher zu. „Hast du diese eine Person in der Familie, die dich einfach versteht? Der du am nächsten bist und die immer für dich da ist, egal, was passiert? Das war meine Tante für mich. Ich glaube nicht, dass ich es ohne sie auch nur mit dem geringsten Bisschen an gesundem Verstand bis ins Erwachsenenalter geschafft hätte. Sie war die ältere Schwester meines Vaters. Hat nie geheiratet und immer gesagt, sie hätte keine Zeit für einen Mann, und wenn sie einen bräuchte, gäbe es genug, die man mieten könnte."

Fisher lachte. „Sie klingt großartig."

„Das war sie ... Tante Lillibeth kam immer in einem ihrer riesigen Autos vor dem Haus vorgefahren. Dann haben wir uns alle hineingezwängt, sie hat uns mit offenem Verdeck in die Stadt gefahren und wir hatten den größten Spaß. Von meiner Mutter gab es dafür reichlich finstere Blicke, aber Daddy hatte viel für seine Schwester übrig und wollte nichts gegen sie hören."

„Aber warum gehst du dann nicht zur Beerdigung? Man würde dir sicher freigeben. Das machen doch die meisten Arbeitgeber bei einer Beerdigung."

„Was meine Familie angeht, bin ich nicht willkommen", sagte JD.

Fisher nickte. „Das kenne ich gut." Er hielt inne und biss sich auf die Unterlippe. „Willst du darüber reden?"

„Gott, nein", antwortete JD und sie tauschten ein Lächeln. „Ich glaube, wir beide hatten für einen Tag genug depressive Gedanken." Als sein Magen knurrte, warf er einen Blick auf seine Armbanduhr. Jetzt hatte er Hunger. „Ich hatte vor, eine Kleinigkeit zum Abendessen zu finden. Vorhin wurde mir ziemlich flau, also muss ich vorsichtig sein."

„Ich habe frisches Brot und wollte Nudeln kochen. Du kannst mir gern Gesellschaft leisten. Es ist genug da."

JD dachte kurz darüber nach. „Ich habe noch Root Beer zu Hause. Das richtig gute, von einer kleinen Brauerei mit Rohrzucker gebraut. Das könnte ich holen."

„Klingt nach einem guten Plan", sagte Fisher.

Sie setzten sich in Bewegung. Vor Fishers Wohnblock verspürte JD den Drang, ihn zum Abschied zu küssen, doch stattdessen versicherte er Fisher lediglich, dass er bald zurück sein würde, und ging weiter zu seinem Haus. Dort machte er sich gleich auf den Weg zum Kühlschrank, um das Root Beer zu holen. Da ihm nichts einfiel, was er sonst noch mitnehmen könnte, setzte er sich schließlich nur damit in sein Auto. Zwar kam es ihm albern vor, das kurze Stück zu fahren, aber es würde später kalt sein, was den Weg zu Fuß für seinen Südstaatenkörper sehr ungemütlich gemacht hätte.

Mit etwas Glück fand er einen Parkplatz in der Nähe des Hauses und ging hinein. Er hatte damit gerechnet, erst mit dem Türsummer ins Gebäude gelassen zu werden, und war überrascht, als sich die Außentür einfach öffnete. Nachdem er eingetreten war, überprüfte er die Türfalle und stellte fest, dass diese beschädigt war.

„Hau ab!", hallte es aus der Etage über ihm zu ihm hinunter.

„Warum hast du mir die Bullen auf den Hals gehetzt?", verlangte eine schroffe Stimme zu wissen. JD stellte die Getränke ab und bewegte sich vorwärts, erklomm langsam die Treppe. Ein schwarzer Mann stand in der Tür zu Fishers Wohnung und verhinderte, dass dieser sie schließen konnte. Als JD diesem Mann das letzte Mal begegnet hatte, lag der Mann mit dem Gesicht nach unten auf dem Gehweg, nachdem JD ihn nach seinem Fluchtversuch zu Boden geworfen und wegen Drogenhandels verhaftet hatte. JDs Herz klopfte vor Aufregung, als er jetzt sein Handy aus der Tasche zog und einen kurzen Anruf erledigte.

„Ich glaube nicht, dass Sie das tun wollen", rief er dann barsch und setzte seine Stimme als Waffe ein.

„Was mischst du dich ein?", fragte der Mann spöttisch. „Mein Freund und ich unterhalten uns nur. Du solltest verschwinden." Jemand anderen hätten die drohend gefletschten Zähne vielleicht beeindruckt, aber JD würde sich davon nicht aufhalten lassen.

„Da Sie gerade nur gegen Kaution auf freiem Fuß sind, muss ich mich sogar einmischen. Ich habe Ihre Drohungen gehört und Sie sind hier nicht erwünscht. Die Polizei ist bereits auf dem Weg."

„Was geht dich das Ganze an?"

„Ich bin der Mann, der Sie gestern verhaftet hat." JD packte ihn beim Arm, drehte ihn gegen die Wand und hielt seine Hände hinter seinem Rücken fest. „Heute ist nicht gerade Ihr Glückstag, oder? Die Entscheidung, Sie freizulassen, wird rückgängig gemacht werden, und Sie dürfen bis zum Prozess in Untersuchungshaft sitzen, bevor es dann ins Gefängnis geht." Er hielt den Mann fest, bis seine Kollegen eintrafen. JD erklärte, was passiert war, und nachdem die Jungs kurz mit Fisher gesprochen hatten, nahmen sie den Mann mit der Zahnlücke mit.

„Alles in Ordnung?"

„Ja, er hat mir nichts getan", sagte Fisher, auch wenn er blass aussah.

„War das Türschloss vorher schon beschädigt?", fragte JD.

„Nein. Das muss er gewesen sein. Ich werde den Hausmeister anrufen müssen, damit er es repariert. Er wird nicht begeistert sein."

„Es ist nicht deine Schuld", sagte JD. „Ich hole eben, was ich mitgebracht habe. Bin gleich zurück." Er eilte die Treppe hinunter, schnappte sich das Sixpack mit dem warm werdenden Bier und kehrte zurück. Der Mann musste ihm und Fisher gefolgt sein, als sie vom Platz zum Haus gegangen waren. Zwar hatte JD niemanden bemerkt, doch er hatte auch nicht darauf geachtet. „Ich hätte auf unserem Rückweg aufmerksamer sein sollen."

„Du glaubst, er ist uns gefolgt?", fragte Fisher und JD nickte. „Ja, sieht wohl so aus. Ich habe ihn nicht bemerkt, aber wie hätte er dich sonst finden sollen?" Fisher schloss die Tür und verriegelte sie.

Die Wohnung war klein, aber warm, mit Möbeln, die ihre eigene Geschichte hatten. JD überreichte Fisher die Getränke und dieser brachte sie in die winzige Küche, während JD auf dem Sofa im Wohnzimmer Platz nahm. „Hier ist etwas Käse und ein paar Cracker", sagte Fisher und stellte einen Teller auf dem Couchtisch ab. „Ich bekomme nicht oft Besuch."

Die Wohnung war makellos, ohne ein Staubkorn oder verirrte Papierstapel. „Sind die Möbel Familienerbstücke?"

„Ja. Viele von ihnen stammten von meiner Großmutter. Sie hatte draußen in Old Mooreland ein großes Haus und als sie starb, durften wir uns alle etwas aussuchen. Damals war ich gerade ausgezogen, also habe ich viel mitgenommen, um meine erste Wohnung einzurichten, und seitdem habe ich sie." Fisher zögerte kurz und eilte dann davon, nur um wenige Minuten später mit Flaschen des von JD mitgebrachten Root Beers und Gläsern mit Eiswürfeln zurückzukehren. „Ich erinnere mich daran, dass du gesagt hast, der Polizeiberuf läge in der Familie."

„Nein. Das Gesetz liegt in der Familie. Mein Großvater war Richter und hatte Einfluss in mehreren bedeutsamen Fällen. Außerdem ist es ihm gelungen, die Position zu nutzen, um eine Menge Geld zu verdienen. Ich weiß nicht genau, wie, weil niemand darüber redet. Mein Vater ist Seniorpartner einer großen Anwaltskanzlei in Charleston. Er kümmert sich um die großen Fälle und kennt alle wichtigen Regierungsmitglieder. Meine Eltern waren wenig begeistert, als ich mich für die Strafverfolgung entschieden habe. Sie wollten, dass ich in die Fußstapfen meines Vaters trete, die Kanzlei übernehme, eine Südstaatenschönheit heirate und dann brave, hübsche und anständige Kinder bekomme." Er nahm das Glas entgegen, das Fisher ihm reichte.

„Wissen sie, dass du schwul bist?", erkundigte sich Fisher.

„O ja. Aber das spielt keine Rolle. Ich sollte trotzdem tun, was man von mir erwartet - eine Frau heiraten, die ich nicht liebe, um ihre Visionen zu erfüllen. Das konnte ich nicht, aber meine Todsünde war es, meine eigenen Entscheidungen zu treffen. Ich habe die Polizeiakademie besucht, den besten Abschluss gemacht und wurde direkt von der Polizei in Charleston eingestellt. Das ist ungewöhnlich. Normalerweise werden dort erfahrene Beamte aus anderen Departments beschäftigt, aber mich haben sie sofort genommen. Und glaubst du, meine Eltern waren stolz darauf?" JD schüttelte den Kopf. „Kein bisschen."

„Was ist mit deiner Schwester?"

„Rachel ist ziemlich cool, wenn sie allein ist, aber das ist sie kaum noch und sie muss sich anpassen. Sie hat Jura studiert und Dad bereitet sie jetzt darauf vor, die Kanzlei zu übernehmen."

„Und du hast nicht ins Schema gepasst?", fragte Fisher, während er aufstand und in die Küche ging. „Ich weiß, wie sich das anfühlt." Töpfe schlugen lauter als nötig aneinander und verstummten dann. „Entschuldige. Ich höre zu, aber ich muss das Nudelwasser aufsetzen." Er füllte den Topf mit Wasser und stellte ihn auf den Ofen.

„Wo war ich? Ach ja. Nein, ich habe nicht in ihr Schema gepasst, aber ich dachte, sie würden mich irgendwann akzeptieren. Tja", seufzte er. „Familie Burnside beweist, dass man sich ewig der Realität verschließen kann. Sie verbringen jeden Tag in ihrer eigenen Welt. Wenn etwas nicht in ihr Weltbild passt, ignorieren sie es, bekämpfen es oder, wenn nichts anderes mehr hilft, schneiden es ab und werfen es fort." Es steckte noch mehr dahinter, aber er hatte schon genug geredet und allmählich wurde der Abend verdammt deprimierend.

„Lass uns über etwas Angenehmeres reden als enttäuschte Familien. Ich bekomme den Eindruck, dass wir ein Buch mit solchen Erfahrungen füllen könnten."

„Ja. Lass uns über etwas Angenehmeres reden. Wie wäre es mit Völkermord?"

„Oder vielleicht das Leid syrischer Flüchtlinge?", bot Fisher an.

JD lächelte. Es gefiel ihm, dass Fisher seinen Humor verstand. „Okay, kein Völkermord, keine Flüchtlinge und lass uns auch Politik und Religion überspringen." JD stand auf. „Da bleibt nicht viel ..." Grinsend näherte er sich Fisher. „Ein fröhliches Thema?", fragte er und Fisher nickte.

„Vielleicht sogar etwas Aufregendes?", fragte JD, woraufhin sich Fishers Lippen öffneten, seine Augen sich weiteten und seine Wangen rot wurden. „Vielleicht auf ganz kribbelnde Weise?"

Fisher atmete schneller, als JD sanft seine von leichten Stoppeln bedeckte Wange streichelte. Fisher lehnte sich der Berührung entgegen und JD konnte nicht widerstehen. Am Vorabend hatten diese vollen, üppigen Lippen so gut geschmeckt, also wagte er es. Und sie waren wirklich genau wie in seiner Erinnerung, nur noch süßer und heißer, da sie nicht von eisiger Luft abgekühlt waren. Verdammt, als er Fisher an sich zog, gab dieser so bereitwillig nach, zitterte leicht, als JD ihn umarmte.

„Wurdest du schon mal geküsst?", fragte JD, als sie sich voneinander lösten, um zu Atem zu kommen.

„Ja, aber vor dem Unfall. Ich war schon mit einigen Typen zusammen." Fisher versteifte sich.

„Warst du mit jemandem zusammen, als du den Unfall hattest?", fragte JD und Fisher nickte. „Meine Güte." Allein Fishers Gesichtsausdruck verriet ihm, dass er ins Schwarze getroffen hatte. Er musste lernen, den Mund zu halten.

„Er hieß Gareth. Er war Ire und umwerfend, mit rötlichen Haaren, Muskeln und einem Lächeln, das den Raum erleuchten konnte. Ich habe mich immer gefragt, was er an mir fand, aber er war aufmerksam, nett und liebevoll und konnte in den passenden Momenten auch mal mit den Augen rollen, wenn du verstehst, was ich meine. Daran erinnere ich mich und auch daran, wie er mich nach dem Aufwachen im Krankenhaus besucht hat. Wir hatten darüber gesprochen zusammenzuziehen, aber als ich entlassen wurde, hat er mich in meine Wohnung gebracht und gesagt, ich bräuchte vermutlich einige Zeit, um mich zu erholen. Am nächsten Tag kam er vorbei, um mir zu sagen, dass es mit uns nichts werden könne und dass es besser wäre, wenn wir uns nicht mehr sähen."

„Der Mistkerl", fluchte JD.

„Ja. Ich brauchte Hilfe für alltägliche Dinge. Meine Hände haben gezittert und ich konnte zwar gehen, aber nur langsam. Gareth hat quasi einen Blick auf mich geworfen und so schnell wie möglich die Flucht ergriffen. Seitdem war da niemand. Warum sollte sich auch jemand die Mühe machen, wenn er jemanden haben kann, der gesund ist und keine Ansammlung von Problemen, Stimmungsschwankungen und Depressionsschüben? Vor einem Jahr habe ich Gareth gesehen. Er ist Arm in Arm mit diesem atemberaubenden Mann durch die Stadt spaziert. Es sah nach einem Schaufensterbummel aus. Tatsächlich glaube ich, sie sind eher die Straße entlanggegangen, um ihr Spiegelbild in den vielen Schaufenstern zu bewundern."

JD lächelte.

„Ich hoffe, er ist glücklich", sagte Fisher.

„Unsinn", widersprach JD. „Ich hoffe, er bekommt Filzläuse, seine Eier explodieren und sein Schwanz schrumpft zur Größe eines jungen Champignons zusammen."

Fisher bemühte sich um eine entsetzte Miene, bevor er in Gelächter ausbrach. „Mann, das fühlt sich gut an. Beim Gedanken an ihn konnte ich schon lange nicht mehr so lachen." Fisher rückte dichter an JD und legte ihm seinen Kopf auf die Schulter. „Zu der Sache mit dem Hirntrauma gehört auch, dass man schwer über etwas hinwegkommt. Wenn einem Erinnerungen fehlen, klammert man sich an denen fest, die man hat, und das Vergessen wird schwieriger. Sowohl die guten als auch die schlechten Erinnerungen neigen dazu zu bleiben." Fisher bewegte sich nicht und JD wurde klar, wie gut es sich anfühlte, jemanden zu umarmen und von ihm umarmt zu werden. „Ich weiß, dass du schon geküsst wurdest."

„Wie das?"

„Weil du ein guter Küsser bist."

„Ja. Während meiner Zeit an der Akademie war ich mit jemandem zusammen, aber er hat sein Schwulsein so sehr verheimlicht, dass er sich wahrscheinlich bis heute nicht vor die Tür traut. Im Dienst hatte ich dann eine Beziehung mit einem anderen Polizisten, aber wir konnten nur knapp ein Desaster vermeiden und haben beschlossen, lieber Freunde zu sein. Er lebt jetzt mit seinem Mann in Key West und wenn ich auf dem neuesten Stand bin, hat er ein Haus voller Kinder - Drillinge oder so. Offenbar war die künstliche Befruchtung ein voller Erfolg."

Fisher lachte leise. „Ich glaube nicht, dass ich Kinder möchte."

„O…kay."

Fisher richtete sich auf. „Ich mag Kinder und verstehe mich gut mit ihnen. Aber ich glaube nicht, dass ich ein Kind den Stimmungsschwankungen aussetzen sollte, unter denen ich manchmal leide. Es wäre ihnen gegenüber unfair, einen Elternteil zu haben, der zeitweise nicht in der Lage ist, vernünftig zu sein und durchdachte Entscheidungen zu treffen. Was, wenn ich einen Depressionsschub habe und vergesse ein Baby zu füttern oder das Mittagessen zu kochen, weil ich gerade nicht zurechtkomme?" Fisher schüttelte den Kopf. „Das wäre nicht richtig."

JD öffnete den Mund, um zu sagen, dass nicht alles in Fishers Leben mit seiner Verletzung und Krankheit in Zusammenhang stehen musste. Aber wer war er schon, dass er die Wahrheit für sich beanspruchte? Fisher lebte in dieser Realität, während JD ihn erst vor einigen Tagen kennengelernt hatte. Wie sollte er beurteilen, was richtig war?

„Die Nudeln müssen ins Wasser", sagte Fisher und löste sich aus JDs Armen. Augenblicklich fühlten sich seine Arme leer an und der Raum wirkte kühler, als Fishers flammende Hitze nicht mehr neben ihm loderte. Fisher arbeitete still und auf seine Aufgabe konzentriert. Obwohl er lediglich Nudeln ins Wasser gab und die Soße erhitzte, ging er mit Bedacht vor. „Glaubst du, der Typ von vorhin kommt zurück?" Fisher hob den Blick und JD brauchte einen Augenblick, um dem völligen Themenwechsel zu folgen.

„Ich werde morgen alles überprüfen und dafür sorgen, dass er in Untersuchungshaft bleibt. Da er eingebrochen ist, wird seine Freilassung gegen Kaution widerrufen, und ich kann sicherstellen, dass im Bericht auch erwähnt wird, dass er dir gefolgt ist und dich belästigt hat. Dass er schon am ersten Tag gegen die Auflagen verstoßen und jemanden bedroht hat, sollte dafür sorgen, dass er keine zweite Chance bekommt. Ich möchte nicht derjenige sein, der diese Kaution gezahlt hat."

„Ich auch nicht", sagte Fisher und widmete sich wieder dem Umrühren der Soße. „Aber werden mich jetzt andere Leute belästigen? Ich habe nur kurz mit Red gesprochen und ich kann mir nicht vorstellen, dass er etwas gesagt hat." Da Fishers Hand zitterte, rührte er mit der anderen.

„Ich glaube, es war nur der eine Typ. Aber du hast meine Nummer und kannst mich jederzeit anrufen, wenn du dich nicht sicher fühlst. Wenn ich gerade arbeite oder im Einsatz bin, habe ich Freunde, die kommen werden." Verdammt, Fisher weckte überraschend stark seinen Beschützerinstinkt. Ja, es lag in seiner Natur, aber er verspürte nicht den Drang, die normale Bevölkerung in Decken zu wickeln und zu polstern, damit ihr nichts zustoßen konnte.

Fisher nickte zwar, wirkte jedoch immer noch sehr nervös und unruhig. Als die Nudeln gar waren, nahm er sie vom Ofen, wobei der Topf auf der Herdplatte klapperte. JD nahm den Topflappen von der Arbeitsplatte und half Fisher vorsichtig, die Nudeln abzuschütten. Fisher trat einen Schritt zurück, stand zitternd da und begann schließlich, in der winzigen Küche auf und ab zu gehen. Wenn er an JD vorbeikam, streifte seine Hand jedes Mal dessen Rücken.

„Wo sind die Teller?", fragte JD. Er versuchte, sich normal zu verhalten, und hoffte, dass was auch immer Fisher im Griff hatte, bald vorbeigehen würde. Er war nicht sicher, was er tun sollte. Fisher zeigte dahin, wo sich die Teller befanden. Er mischte Pasta und Soße und füllte alles in eine Schüssel um. Auch wenn er nicht wusste, ob Fisher noch mehr geplant hatte, brachte er die Schüssel und die Teller zum kleinen Esstisch.

Nachdem es JD gelungen war, Besteck zu finden, nahm er zwei weitere Flaschen Root Beer und führte Fisher zum Tisch.

„Ich habe eine Tüte Salat und Dressing im Kühlschrank", sagte Fisher. Er sprang auf und begann im Kühlschrank zu wühlen, wobei die in Wellen von ihm ausgehende Energie beinahe greifbar war. Wenige Minuten später kehrte er mit einer Schüssel Blattgemüse und einer Flasche Dressing zurück und platzierte beides auf dem Tisch.

Es war, als äße man mit einem hektischen Kaninchen. Fisher konnte kaum still sitzen und JD fragte sich, was er tun konnte, um ihn ein wenig zu beruhigen.

„Ist das eine deiner nervösen Phasen?", fragte JD.

„Scheint so." Fisher hörte auf zu essen und schloss die Augen. „Manchmal weiß ich nicht, dass ich in eine gerate, bevor es zu spät ist."

„Ich glaube nicht, dass es einen Grund zur Nervosität gibt. Ich bin hier und werde alles tun, was ich kann, um dich zu beschützen."

Fisher nickte und schien sich nach einigen Minuten tatsächlich zu beruhigen. Seine Augen waren geschlossen und er atmete tief durch. Schließlich entschuldigte sich Fisher und verließ das Zimmer. JD hörte ihn im Badezimmer, und als er zurückkam, waren seine Augen zwar noch immer aufgerissen, aber er wirkte ein wenig ruhiger. „Ich habe Medikamente, die ich nehmen kann, wenn es mir so geht. Aber damit muss ich vorsichtig sein."

„Es ist wie ein Kampf für dich, stimmt's?", fragte JD.

„Ja. Manchmal. Aber es ist so, dass ich mittlerweile merke, wenn ich anders bin und wie ich es handhaben kann. Ich habe nur eine Tablette genommen und die sollte ziemlich bald wirken. Ich nehme nie mehr davon, es sei denn, es ist richtig schlimm und ich gehe die Wände hoch. Das Schlimme an der Sache ist, dass sich diese aktiven Phasen ziemlich gut anfühlen. Ich habe Energie und das Gefühl, es mit der ganzen Welt aufnehmen zu können. Das richtig Schwere sind die depressiven Phasen."

„Also was war das hier genau?", fragte JD. „Du musst nicht antworten, wenn du nicht willst."

„Einfach ein Nervositätsanfall. Die bekomme ich auch manchmal." Fisher seufzte. „Können wir über etwas - irgendetwas - anderes reden als das?" Er nahm seine Gabel in die Hand und aß weiter. „Die meisten Leute um mich herum reden über meine Krankheit, als würde man das halt so machen."

„Deine Familie?"

„Die hat es auch immer so getan. Aber wir sehen uns nicht mehr." Fisher sah auf seinen Teller hinab und aß weiter. Wie im Restaurant war jede Bewegung präzise. Fisher nahm nur drei der Spaghetti auf seine Gabel, wickelte sie darum und aß sie, bevor er die Bewegung für den nächsten Bissen wiederholte.

JD senkte den Blick zu seinem Teller und konzentrierte sich ebenfalls aufs Essen. „Verdammt", murmelte er und hoffte dann, dass Fisher ihn nicht gehört hatte. Wie es aussah, hatte Fisher weder Familie noch Freunde. JD war stets der Meinung gewesen, dass er mit seiner Familie den Kürzeren gezogen hatte, und konnte endlos darüber reden, wie sie ihn behandelte. Doch Fisher hatte weniger Unterstützung als JD und erging sich nicht in Selbstmitleid oder stürzte sich in eine Litanei über seine Probleme. Tatsächlich hatte er es überhaupt nur erwähnt, weil JD es angesprochen hatte.

„Morgen muss ich sehr früh arbeiten", sagte JD. „Meine Schichten werden verschoben. Das Department glaubt, dass einige kriminelle Elemente unsere Schichten analysiert haben und deshalb die Schichtwechsel und all so etwas kennen. Am späten Nachmittag sollte ich fertig sein und vielleicht können wir dann durch einige Antiquitätenläden spazieren." Wenn er sich die Wohnung ansah, vermutete JD, dass Fisher Spaß daran hätte.

„Das ist nicht nötig", antwortete Fisher. „Ich weiß, was du hier versuchst, und das musst du nicht tun. Ich bin keine verlorene Seele, die du retten musst, und auch kein Fall der Wohltätigkeit, mit dem du Zeit verbringst, weil es deine gute Tat der Woche ist. Du bist ein netter Kerl, JD, und du könntest jede Menge Männer haben, wann immer du willst. Das weißt du auch. Ich komme zurecht, ehrlich, und ich möchte nicht dein neues Lieblingsprojekt werden."

„Dafür hältst du das hier?", fragte JD.

„Was zum Teufel sollte es sonst sein? Sieh es ein. Du hast mich auf dem Platz gesehen, hattest Mitleid und dachtest, ich könnte Hilfe gebrauchen, also hast du mir etwas zu essen gekauft. Und gestern hast du dasselbe getan. Heute ist dir klar geworden, dass mein Arbeitsplatz niedergebrannt ist, also was ist passiert? Dein polizeilicher Beschützerinstinkt hat sich gemeldet und du hast beschlossen, dass du mir helfen willst." Fisher legte Gabel und Löffel auf seinem nun leeren Teller ab. „Es ist nicht nötig, dass du deine gesamte Freizeit mit mir verbringst. Du hast Freunde - Menschen, mit denen man wesentlich besser etwas unternehmen kann als mit mir." Er griff nach seiner Flasche Root Beer. „Ich bin ein gebrochener Mensch, der jeden Tag an seine Medikamente denken muss, damit er nicht ausflippt und alle um sich herum blamiert." Fisher setzte die Flasche an die Lippen und leerte den letzten Rest.

JD saß stumm und verblüfft da. Er ließ sich nicht leicht überraschen, aber verdammt, das war mal eine Rede gewesen.

„Iss auf und dann verabschiede dich. Das wäre das Beste." Die Endgültigkeit in Fishers Stimme hallte von den Wänden wider wie der Knall eines Feuerwerkskörpers auf freiem Feld.

JD suchte nach einem Anzeichen, dass Fisher nur scherzte oder das Gesagte nicht wirklich so meinte, doch er fand nichts außer einer todernsten Miene. Fisher blinzelte nicht einmal, als er seine leere Flasche abstellte. JD hatte den größten Teil seiner Portion aufgegessen und das war eindeutig eine Aufforderung zum Gehen gewesen. Er stand auf, denn er war dazu erzogen worden, Gastfreundschaft niemals überzustrapazieren. „Es tut mir leid, dass du das so siehst."

Fisher nickte langsam. „Es ist wirklich besser für dich."

Nach kurzem Zögern näherte sich JD Fisher. Er beugte sich hinunter, um ihn auf die Wange zu küssen. „Bist du sicher, dass ich derjenige bin, um den du dir Sorgen machst?" Dann zog er Mantel und Handschuhe an und verließ die Wohnung. Er ging die Treppe hinunter, stieg ins Auto und fuhr in den Abend hinaus, während er noch versuchte zu begreifen, was soeben geschehen war.

„HI, ONKEL Jeffy", sagte Alex, als Carter JD am nächsten Nachmittag ins Haus führte. Alex sprang praktisch in seine Umarmung, bevor er wieder hinunterkletterte.

„Willst du ein Bier? Es ist noch etwas früh, aber ich finde, wir haben es uns heute verdient", sagte Carter, als er die Küche betrat und Donald einen Kuss gab, der am Tisch vor seinem Laptop saß und etwas vor sich hin brummelte.

„Vielleicht sollte ich wieder gehen", sagte JD.

Donald brummte noch etwas und klappte seinen Laptop zu. „Stör dich nicht an mir. Die ganze Bürokratie in meinem Beruf treibt mich in den Wahnsinn und ich muss mich sowieso mal ablenken." Er erhob sich und begrüßte JD mit einer Umarmung. „Was ist heute passiert, dass ihr um drei Uhr nachmittags ein Bier braucht?"

„Da ist irgendeine üble Sch... irgendein übles Zeug im Gange", erklärte Carter. „Kokain, Meth, was auch immer. Im Nordviertel wurden wir zu etwas gerufen, das wir für eine Ruhestörung hielten. Wie sich herausstellte, waren zwei Gruppen in nebeneinanderliegende Häuser gezogen. Es begann mit Geschrei und endete mit einer Schießerei zwischen konkurrierenden Drogenbanden. Sie haben von den Häusern aus aufeinander geschossen. Man hätte denken können, wir wären im innerstädtischen L.A. und nicht in Carlisle. Als wir zurückkamen, hat der Bürgermeister den Chief einbestellt, und danach zu urteilen, wie er anschließend aussah, wurde er richtig zusammengestaucht. Jetzt möchte der Chief eine Sondereinheit für die Drogenprobleme einrichten, um herauszufinden, was zum Teufel hier los ist."

„Wir dachten erst, es handelte sich nur um jemanden, der ein leeres Territorium besetzen möchte, aber das scheint nicht der Fall zu sein", warf JD ein. Der Verdächtige, von dem Fisher bedroht worden war, hatte sich zu einem Deal bereit erklärt und ihnen Informationen gegeben.

„Es gibt ein ganzes Netzwerk, vermutlich wegen des Highways und der Mautstraße. Die Gegend ist bekannt für Warenlager, also richtet nun jemand auch eins für Drogen ein. Hier gibt es so viele Lastwagen, große und kleine, dass man sich leicht im bereits existierenden Verkehr untertauchen kann." Carter öffnete zwei Bierflaschen und reichte eine davon JD. Alex kam mit Buntstiften und Papier herein, kletterte auf den Stuhl neben JD und begann zu malen.

„Was wird das?", erkundigte sich Carter.

„Ich male Onkel Jeffy. Er braucht ein Bild für sein Haus", antwortete Alex, ohne aufzusehen.

„Braucht er das?"

Alex nickte und konzentrierte sich auf seine Arbeit.

„Wie stehen die Dinge bei deinem neuen Freund?", fragte Donald. „Hat er etwas über seine Stelle herausgefunden?"

„Ich weiß es nicht. Ich habe ihn gestern Abend auf dem Platz gefunden und dann haben wir bei ihm gegessen. Es war etwas merkwürdig. Er war aus einem Grund aufgewühlt, den ich immer noch nicht ganz verstehe. Ich glaube, es könnte mit dem Typen zu tun haben, der in das Haus eingebrochen ist, und das ist noch mal eine ganz andere Sache, aber ich bin wirklich nicht sicher. Er wurde extrem nervös, musste Medikamente nehmen und hat mir dann sinngemäß gesagt, ich müsse kein Mitleid mit ihm haben und es sei wohl das Beste für mich, wenn ich ginge."

Donald nickte langsam und wirkte kein bisschen überrascht.

„Was?"

„Er hat ein Schädel-Hirn-Trauma erlitten und ist seitdem bipolar. Das ist eine ziemlich niederschmetternde Kombination, die ihm in Beziehungen vermutlich viel Kummer bereitet hat. Es ist nicht unverständlich, dass er sich vor weiterem Schmerz schützen möchte."

„Was ist? Du sitzt da, als wüsstest du etwas und ich wäre die dämlichste Person der Welt." JD trank sein Bier und wartete.

„Sag es ihm einfach", verlangte Carter.

Donald streckte ihm die Zunge heraus. „Man streckt nicht die Zunge raus", ermahnte ihn Alex.

„Genau", stimmte Carter in überheblichem Tonfall zu.

Donald rollte mit den Augen und wandte sich wieder an JD. „Habt ihr zwei … irgendetwas getan?"

„Wir haben uns geküsst", gab JD zu. Eigentlich erzählte er so etwas nicht gern herum.

„Iiih", sagte Alex. „Küssen ist eklig."

„Nein, das ist es nicht", widersprach Donald. „Dein Papa und ich küssen uns dauernd und es ist nicht eklig."

„Das glaubt ihr", antwortete Alex, was bei allen für schallendes Gelächter sorgte.

„Mal abgesehen von der Weltsicht eines Fünfjährigen war Fisher vielleicht einfach noch nicht bereit. Oder es hat ihm zu gut gefallen", sagte Donald. „Für jemanden wie ihn müssen sich Dinge langsam und in gleichmäßigem Tempo entwickeln. Ordnung, Routine und Vorhersehbarkeit sind für ihn der Schlüssel, um im Gleichgewicht zu bleiben. Vielleicht war alles zu viel für ihn, mit dir, dem Kuss, dem Brand an seinem Arbeitsplatz und dem Typen, der in das Haus eingebrochen ist … Denk mal drüber nach – all das an einem Tag wäre für jeden eine Menge und er hat reagiert, indem er sich in sichere Entfernung zurückgezogen hat."

„Das klingt logisch. Und was soll ich jetzt tun?", fragte JD, nahm noch einen Schluck und schob das Bier dann von sich. Es bekam seinem Magen nicht gut.

„Tun? Es gibt nichts zu tun. Er ist ein Mensch, der versucht, seinen Alltag zu meistern, ohne zu zerbrechen."

Carter stand auf und hob Alex in seine Arme. „Komm, wir lassen Daddy und Onkel Jeffy reden." Er rückte Alex in seinen Armen zurecht, bevor er ihn wie ein Flugzeug aus dem Zimmer flog. JD sah ihnen nach und wandte sich dann wieder Donald zu.

„Du magst ihn sehr", sagte Donald.

„Ja."

„Also war es ein guter Kuss?", fragte Donald. „Wurde mehr daraus, habt ihr euch berührt?"

„Nein. Na ja, nicht ernsthaft. Ich habe ihn umarmt und konnte ihn so ein bisschen spüren." JD unterbrach sich. Warum fühlte er sich wieder wie damals in der Highschool? Als Nächstes würden sie darüber diskutieren, bis zum wievielten Schritt er schon gekommen war. „Ich mag ihn", sagte er mit Nachdruck, um diese Richtung des Gesprächs hoffentlich zu beenden.

„Okay. Warum?", fragte Donald.

„Keine Ahnung. Warum magst du Carter?", erwiderte JD. „Ich habe gehört, ihr wärt erst wie Katze und Hund gewesen und er hätte dich immer als Eiszapfen bezeichnet. Wie seid ihr zusammengekommen?"

Donald beugte sich vor. „Hast du ihn dir mal angesehen?" Sein Gesicht nahm einen verträumten, entrückten Ausdruck an.

„Ja, eben. Kein anderer Grund, als dass er dein Typ ist", antwortete JD. „Warum sollte es bei mir mit Fisher anders sein?"

„Du hast ihn erst vor ein paar Tagen kennengelernt. Gib dem Mann etwas Zeit und Freiraum. Wenn ihr füreinander bestimmt seid, dann seid ihr es. Meine erste Begegnung mit Carter war eine Katastrophe und die zweite war nicht viel besser, aber wir hatten Glück. Wir hatten einen drei Jahre alten Verkuppler, der uns zusammengebracht hat." Donald wandte sich von dem lauten Gelächter ab, das von Vater und Sohn aus dem Wohnzimmer kam. JD musste zugeben, dass es wenige Geräusche gab, die glücklicher machten. Zumindest mal abgesehen vom Schlafzimmer.

„JD, du solltest auch wissen, dass Fisher sich nicht ändern wird", fuhr Donald fort. „Seine Probleme werden ihn für den Rest seines Lebens begleiten. Er wird sein Gedächtnis nicht zurückerlangen. Er wird immer wieder unter bipolaren Depressionen und extremer Manie leiden. Eine Heilung gibt es nicht. Ich bin sicher, er weiß das …" Donald verstummte mitten im Satz. „Da ist noch mehr, oder?"

„Ja." JD zog sich vom Tisch zurück. „Ich verstehe es jetzt. Er hatte einen Unfall und anschließend hat ihn sein Freund für einen anderen verlassen. Und er sagt, er hat keinen Kontakt zu seiner Familie." JD ballte die Fäuste. „Alle anderen haben ihn von sich gestoßen und bevor es noch einmal passieren konnte, hat er mich von sich gestoßen."

„Auf diese Weise behält er zumindest die Kontrolle", sagte Donald. „Viele Menschen mit Verletzungen dieser Art verlieren die Kontrolle über ihr Leben. Sie verlieren ihre Arbeit, in ihren Familien entstehen Spannungen, bis sie zerbrechen, manche werden obdachlos oder Schlimmeres. Das erlebe ich immer wieder. Eltern, die sich mit allen möglichen Medikamenten zudröhnen, um die guten Phasen zu verlängern und sich die Depressionen vom Leib zu halten. Es funktioniert nicht und macht alles nur noch schlimmer."

„Aber ich möchte nicht, dass Fisher so einsam ist. Das muss er nicht sein."

„Ich weiß, aber es ist seine Entscheidung und die musst du respektieren." Donald beugte sich über den Tisch. „Wenn du meinen Rat willst: Gib ihm Zeit und wenn ihr euch wieder über den Weg lauft, lass alles in seinem Tempo geschehen. Du darfst nichts erzwingen."

„Also gut. Aber ich bin nicht unbedingt für meine Geduld bekannt, vor allem, wenn ich etwas sehe, das ich haben möchte."

„Ja. Das scheint in der Natur der Sache zu liegen. Carter ist auch nicht für seine Geduld bekannt." Donald senkte seine Stimme. „Er kann geradezu penetrant werden."

„Das habe ich gehört", rief Carter. „Daddy ärgert mich."

Alex lachte quietschend und JD erhob sich. „Ich sollte jetzt gehen und euch etwas Familienzeit gönnen. Es sieht nicht so aus, als würden wir in näherer Zukunft viel Freizeit haben, wenn es nach dem Chief und dem Bürgermeister geht." Er umarmte Donald, ging ins Nebenzimmer, um sich bei Carter für das Bier zu bedanken, und machte sich dann zu Fuß auf den Weg nach Hause.

Draußen war es noch hell und etwas wärmer als in den letzten Tagen. Als JD den Platz erreichte, sah er sich nach Fisher um, doch die Bank war leer. Ohne nachzudenken, setzte er sich und sah den vorbeigehenden Menschen zu. Er vermisste Fisher. Ja, er wusste, wie dumm es war, jemanden zu vermissen, dem er nur wenige Male begegnet war, aber er tat es. Er hatte einige Freunde und hätte gern geglaubt, dass er freundlich gewesen war und versucht hatte, Fisher zu helfen, indem er ihn mit einbezog, doch das war eine Lüge. Ja, Fisher war einsam, allerdings nicht wesentlich mehr als JD. Zeit mit Fisher zu verbringen, hatte Spaß gemacht. Sie hatten sich Geschichten erzählt - größtenteils deprimierende, aber Fisher hatte auf JDs Probleme so empört und mitfühlend reagiert wie er auf Fishers und sie hatten miteinander gelacht. Es war schön gewesen, einen neuen Freund zu finden. Verdammt, es war noch schöner gewesen, einen Mann zu küssen, der die Hitze erwiderte, ohne danach eine ganze Ladung von Schuldgefühlen zu verspüren.

JD lehnte sich auf der Bank zurück und stellte fest, dass Fisher absolut recht hatte. Die Menschen gingen vorbei, ohne jemanden zu sehen. Allein indem er sich hingesetzt hatte und still blieb, war er weitgehend unsichtbar geworden. Anwälte eilten auf dem Weg zu Terminen im Gerichtsgebäude auf der anderen Straßenseite vorbei. Geschäftsinhaber gingen ihrer täglichen Arbeit nach. Fitnessbegeisterte bewegten sich beim Powerwalking zwischen den Kriegsdenkmälern und Blumenbeeten hindurch, und niemand schenkte ihm auch nur das geringste bisschen Beachtung. Die Gedanken, die ihm durch den Kopf schwirrten, gefielen JD nicht. Unsichtbar zu sein war mies und er hasste die Vorstellung, dass Fisher sich regelmäßig so fühlte. Er stand auf und bewegte sich von der Bank fort und über den Platz, ging die Hanover Street hinunter und wählte eine Route, die ihn auf dem Nachhauseweg nicht an Fishers Haus vorbeiführte.

4

MIT EINEM Hauch von Erleichterung beendete Fisher das Telefongespräch. Seit drei Tagen rief er Optima an, um nach den weiteren Plänen zu fragen, und heute hatte er endlich Neuigkeiten erhalten. Die Firma hatte bereits als Notlösung Lagerraum im selben Logistikkomplex angemietet und rechnete damit, ihre Mitarbeiter bald wieder einbestellen zu können. Außerdem hatte man Fisher versichert, dass sie ihre Vollzeitkräfte für den Rest der Woche bezahlen würde. Damit war ihm eine schwere Last von den Schultern genommen worden. Er ließ sich auf dem Sofa nieder und schaltete den Fernseher ein. Drei Tage lang hatte er hauptsächlich hier gesessen und sich das Tagesprogramm angesehen, und es war ziemlich trostlos.

Normalerweise hätte er einen Spaziergang gemacht und vermutlich einige Zeit damit verbracht, im Freien zu sitzen, doch nun fürchtete er sich davor. Auch wenn er es sich nicht eingestehen wollte, fürchtete er, dass er bei einem Spaziergang durch die Stadt oder auf dem Platz von einem der Freunde des Mannes gesehen werden könnte, der bei ihm eingebrochen war und ihn bedroht hatte. Außerdem war es möglich, dass er JD über den Weg laufen würde, und er war nicht sicher, ob er sich ihm stellen konnte. Als er am folgenden Morgen aufgewacht war, hatte sich das gesamte Gespräch noch einmal in seinem Kopf abgespielt. Wenn er seine Medikamente nahm, brachte es manchmal seine Erinnerungen durcheinander, und er war nicht allzu sicher, was Wirklichkeit war und was sich sein Verstand nur zusammengesponnen hatte, aber beim Gedanken daran, dass er sich einer netten Person gegenüber wie ein selbstgerechtes Schwein verhalten hatte, war er zusammengezuckt und hatte sich geschämt. An diesem Abend hatte er viel Zeit damit verbracht, sich an die mit JD erlebten Küsse zu erinnern und sich von seiner Fantasie auf einen Höhenflug führen zu lassen, der damit endete, dass er aufstehen und duschen musste.

Aber jetzt konnte er nichts mehr ändern. Er hatte es sich mit JD wirklich verscherzt, so wie er es sich auch mit seiner Familie verscherzt hatte. Wie er es auch drehte und wendete, war der Mist, den er in seinem Leben baute, selbst verschuldet.

Fisher stand vom Sofa auf und näherte sich dem Fenster zur Straße. Die Sonne schien und draußen war es wärmer. Eine Menge Leute bewegten sich über den Gehweg und schienen gut zurechtzukommen. Fisher ging zu seinem Kleiderschrank, um einen Mantel und eine Sonnenbrille herauszuholen.

Vielleicht konnte er sich hinter dieser verstecken. Nachdem er sich angemessen angezogen hatte, verließ er die Wohnung, schloss ab und eilte die Treppe hinunter und auf den Gehweg hinaus. Der Hausmeister hatte die Eingangstür bereits repariert und verstärkt. Es beruhigte Fisher, dass er die Sicherheit der Bewohner so ernst nahm.

Nachdem er zweimal tief durchgeatmet hatte, um seine Nerven unter Kontrolle zu bringen, spazierte er an den zwei gewerblichen Häuserblöcken der Pomfret entlang, sah in die Schaufenster und genoss die frische Luft. Er tastete in seiner Tasche nach seinem Handy. Nicht, dass ihn jemals jemand anrief, aber er musste wissen, dass es da war, nur für alle Fälle.

Niemand beachtete ihn. Er sah sich sogar einige Male um, doch natürlich folgte ihm auch niemand. Er versuchte den paranoiden Gedanken zu verdrängen, dass er es wahrscheinlich nicht mal bemerken würde, wenn es jemand täte. Gerade kehrte er um, als er direkt gegen jemanden prallte. Fisher hatte Glück, dass er nicht auf seinem Hinterteil landete.

„Tut mir leid, ich habe nicht …"

Fisher sah auf und stellte fest, dass er in Gareths Augen starrte. Er blinzelte und wich zurück. „Ähm …" Er war nicht sicher, was er sagen sollte. „Ich muss jetzt weiter."

„Ich habe dich lange nicht gesehen. Wie geht es dir?", fragte Gareth.

„Ich meistere einen Tag nach dem anderen." Das hielt er für eine gute Antwort.

„Also ist es nicht besser geworden? Letzte Woche habe ich deine Mutter getroffen und sie sagte, dass du noch immer gegen deine inneren Dämonen ankämpfst. Wir haben uns unterhalten und sie hat erzählt, dass sie versucht hätte, dir professionelle Hilfe zu besorgen. Hat sie sich bei dir gemeldet?"

„Meine Verletzung hat bei mir für eine bleibende Behinderung gesorgt, Gareth", antwortete er und ging einen Schritt auf ihn zu. „Dagegen kann ich nichts tun außer zu lernen, mit den Einschränkungen zu leben, meine Medikamente zu nehmen, ein möglichst guter Mensch zu sein und auf mich Acht zu geben. Und das habe ich ohne deine Hilfe oder die meiner Familie geschafft. Ich habe mir mein Leben so gut wie möglich wiederaufgebaut. Und was hast du geleistet? Oh, warte, du bist immer noch ein Arschloch." Er wandte sich ab und ging zur Straßenecke, bog ab und entfernte sich so schnell wie nur möglich.

Fisher konnte kaum glauben, dass er das wirklich gesagt hatte. Eine Sekunde lang war er stolz darauf, sich gegen Gareth behauptet zu haben. Vielleicht kam er allmählich wirklich über das Drama mit dem Unfall hinweg und ließ es hinter sich.

„Fisher", rief Gareth ihm nach und er erhöhte nochmals das Tempo, eilte im Takt mit seinem schneller werdenden Herzschlag voran. Was, wenn Gareth ihm folgte? Er lief noch hastiger und wagte es nicht, sich umzusehen.

„Großer Gott", flüsterte er. Gareth hatte mit seiner Mutter geredet. Die beiden Menschen, die ihm das Leben zur Hölle gemacht hatten, sprachen über ihn, tauschten sich aus und entschieden, was er ihrer Meinung nach brauchte. Fisher hatte all das einmal durchgemacht und hatte nicht vor, es ein zweites Mal durchzumachen. Er schnappte nach Luft, rannte nun beinahe. Er erreichte die Hauptstraße, sah sich nach Autos um und eilte hinüber. Hinter ihm dröhnte eine Hupe, doch er blieb nicht stehen. Falls Gareth ihm folgte, sollte das Auto ihn etwas bremsen. Fisher hielt nicht an oder sah sich um; er blickte nach vorn, schaute die Menschen an, die ihm entgegenkamen. Obwohl seine Füße und Beine kribbelten und seine Hände zitterten, wagte er es nicht, stehen zu bleiben. Er würde nicht in irgendein Krankenhaus zurückgehen, in dem er in Bezug auf sein eigenes Leben keine Kontrolle und kein Mitspracherecht besaß. Das kam überhaupt nicht infrage. Diesen Gedanken unterstrich er mit einem heftigen Kopfschütteln und rannte weiter, nur fort von dem, was ihn verfolgte.

Nach und nach sickerten Realität und Erkenntnis durch die Ränder seines Verstandes und wurden klarer, bis Fisher seine Schritte verlangsamte, dann anhielt und sich vorbeugte, um Luft in seine brennende Lunge zu saugen. „Ich bin okay", flüsterte er immer wieder. „Es geht mir gut. Niemand verfolgt mich. Es war nur eine Panikattacke und die ist vorbei. Was Gareth sagt, ist egal. Er ist ein Arschloch und ich muss nicht auf ihn hören. Ich bin sicher und er kann mir nie wieder wehtun." Er wiederholte diese Gedanken wie ein Mantra, wieder und wieder, und fügte andere hinzu, bis er sich schließlich wieder aufrichten konnte.

Fisher wusste nicht, wo er war. Keines der Häuser auf der Straße kam ihm bekannt vor. Er grübelte darüber nach, wo er sich befand und was passiert war, doch seine Erinnerung war verschwommen und er war nicht sicher, wie er an diesen Ort gelangt war. Ein scharfes Geräusch durchschnitt die Luft und Fisher blieb wie erstarrt stehen, während er sich fragte, was geschah. Ein Mann, dessen Gesicht von der Kapuze eines grauen Sweatshirts verdeckt wurde, raste auf ihn zu. Fisher sprang zur Seite, als ein zweiter Mann, dieser in einem marineblauen Kapuzenpullover, auf ihn zustürzte.

„Du bist tot, Hurensohn", brüllte der Mann im blauen Pullover, während beide hintereinander her rannten, als wäre der Teufel hinter ihnen her. Ein Schuss hallte durch die Luft, dann ein zweiter. Fisher warf sich in einen Vorgarten und sank zu Boden, schützte seinen Kopf mit den Armen und zitterte wie Espenlaub. Er sah nicht vom Boden auf, wimmerte und stöhnte, wiegte sich von einer Seite zur anderen - alles, um seinen Kopf vom Explodieren abzuhalten. Blätter pressten sich gegen sein Gesicht und er atmete Staub und Schmutz ein, was ihn zum Husten brachte, doch er war zu verängstigt, um sich irgendetwas anzusehen.

Ein Schmerz in seiner Seite erregte seine Aufmerksamkeit. Erst fragte er sich, ob er angeschossen worden war, bis er schließlich begriff, dass sich lediglich sein Handy in seine Hüfte bohrte. Er zog es heraus, hoffte, dass es nicht beschädigt worden war, und drückte auf die Wiederwahltaste für die letzte gewählte Nummer.

„Hilfe", flüsterte er, als sich am anderen Ende eine Stimme meldete. „Ich weiß nicht, wo ich bin, ich brauche einfach Hilfe." Dann ließ Fisher das Handy auf den Boden fallen und schützte wieder seinen Kopf mit den Armen, während er sich fragte, ob die beiden sich verfolgenden Männer wieder auftauchen würden.

Stille sickerte in seinen Verstand. Es gab keine Schritte, keine Schüsse, nur im Wind raschelnde trockene Blätter. Dennoch wagte er keine Bewegung.

„Fisher."

Er zuckte zusammen und wich zurück, als ihn jemand berührte. „Tun Sie mir nichts", jammerte er, flehte er, er wusste nicht, was er tat. Die Worte entkamen ihm, bevor er denken konnte. „Tun Sie mir nur nicht weh. Ich habe nichts gesehen, ich …"

„Fisher, ich bin es, JD."

Er hob den Kopf von den Blättern. „Was?"

„Du hast mich angerufen. Gott, es war schwer, dich zu finden." JD half ihm, sich aufzusetzen, und zog ihn in seine Arme. „Du bist in Sicherheit. Hast du dich verletzt? Was ist passiert?" Nach kurzem Zögern sagte er in sein Funkgerät: „Red, ich habe ihn auf der Straße gefunden, kurz vor der Ecke D und College."

„Die … ich …" Fisher wusste nicht, wo er beginnen sollte, während ihm Tränen in die Augen stiegen. Er vergrub sein Gesicht an JDs Schulter und begann zu weinen. Es war lange her, dass er Tränen vergossen hatte, aber er war verwirrt, die verschwundene Angst musste durch irgendetwas ersetzt werden und das war alles, was er hatte.

„Lass dir Zeit", sagte JD, ohne sich von der Stelle zu bewegen.

„Ich habe rennende Männer gesehen, einer hat den anderen verfolgt. Vielleicht Schüsse. Ich bin nicht sicher", sagte Fisher und wischte sich über die Augen.

„Was machst du hier draußen? Bist du den ganzen Weg zu Fuß gegangen?"

„Ich glaube, ja", antwortete Fisher. „Muss ich wohl, aber ich erinnere mich nicht genau. Ich habe Gareth getroffen und er war mies zu mir und hat mir nachgerufen. Ich wollte weg, also bin ich immer weitergelaufen. Dann kamen mir Männer rennend entgegen. Ich glaube, ich habe Schüsse gehört und ich bin auf dem Boden geblieben, bis du kamst."

Als Sirenen aufheulten, verspannte sich Fisher.

„Das ist nur Red", versicherte JD. „Uns wurden aus der Gegend Schüsse gemeldet, also waren wir hier, um nachzuforschen, und dann hast du angerufen. Wir konnten deinen Anruf zurückverfolgen, allerdings nur bis in den Stadtteil."

„Es waren eindeutig Schüsse", sagte Red, als er aus dem Auto stieg und sich Fisher näherte, der noch auf dem Boden saß. „Wurdest du getroffen?"

„Nein. Aber ich habe vielleicht den Mann gesehen, der geschossen hat. Ich bin nur nicht ganz sicher." Fisher versuchte, sich zu beruhigen und seine Gedanken und Erinnerungen zu ordnen. „Ein Mann in Jeans und grauem Kapuzenpullover ist auf mich zu gerannt, gefolgt von einem anderen, der ihm nachgeschrien hat, er würde ihn umbringen." Fisher bemühte sich, mit möglichst fester Stimme zu sprechen, obwohl allein das Erzählen der Ereignisse wieder Panik in ihm aufsteigen ließ.

„Ich werde all das melden", sagte Red. „Wir brauchen hier Leute, die die Gegend absuchen können und hoffentlich etwas finden."

Fisher schluckte Galle hinunter, die ihm in die Kehle stieg. „Sie sind in diese Richtung gerannt. Die ersten Schüsse kamen von da drüben und die letzten aus der Richtung, in die sie gelaufen sind. Sonst habe ich nichts gesehen."

„Danke", sagte Red und begann, mit seinem Funkgerät Personen zu kontaktieren. Bald heulten in der Ferne weitere Sirenen auf und wurden lauter. JD half ihm auf die Füße und öffnete die hintere Tür seines Streifenwagens, damit er einen Platz zum Sitzen hatte.

„Entspann dich einfach und atme tief durch. Soll ich einen Krankenwagen herbestellen? Du bist immer noch rot und atmest schwer."

„Ich bin okay", sagte er. Die Angst hatte nachgelassen und nachdem er jetzt alles gesagt hatte, was er wusste, schloss er die Augen und ließ JD übernehmen. Als die anderen Autos eintrafen, besprachen sich die Polizisten außer Hörweite, bevor sie ausschwärmten.

„Brauchen Sie jemanden, der Sie nach Hause bringt?" Als er die fremde Stimme hörte, sah er auf. „Ich bin Detective Cloud. Officer Burnside hat ein paar Sachen zu erledigen. Er wird bald zurück sein und wenn Sie so lange warten wollen, bringt er Sie nach Hause."

„Danke. Das wüsste ich zu schätzen."

„Konnten Sie sehen, wer die Schüsse abgegeben hat?", fragte Cloud.

„Nein. Ich habe sie gehört und die rennenden Männer gesehen, aber das war alles. Ich habe Red und JD alles erzählt und sie haben es sich notiert."

„Wohnen Sie in der Nähe?"

„Nein. Ich wohne auf der Pomfret Street", antwortete er.

„Was haben Sie dann ohne ein Auto so weit draußen gemacht?", fragte der Detective mit Nachdruck.

„Es war ein Spaziergang." Fishers Magen verkrampfte sich und die Ruhe, die sich allmählich über ihn gesenkt hatte, verschwand. „Ich habe einen Spaziergang gemacht und ... mich verlaufen." Er fragte sich, wie er alles erklären sollte, ohne so verrückt zu klingen, wie seine Familie und Gareth ihn sahen. Gott, warum hatte er sich aus seiner Wohnung gewagt? Nach seiner Begegnung mit Gareth hätte er nach Hause gehen, seine Tür abschließen und daheimbleiben sollen. Der Detective sah ihn an, als hielte er ihn für einen Freak oder vermutete, dass er etwas mit den Geschehnissen zu tun haben könnte.

„Das ist eine ziemliche Entfernung", sagte Detective Cloud.

„Aaron", rief JD, als er sich näherte, und Fisher seufzte erleichtert, als der Detective sich entfernte. Nachdem er kurz mit JD geredet hatte, nickte der Detective ihm zu und wandte sich an die anderen Polizisten. „Komm", sagte JD.

„Meine Schicht ist vorbei und Aaron sagt, ich soll dich nach Hause fahren." Fisher setzte sich auf den Beifahrersitz und JD schloss die Tür. Dann stieg er ein und begann die Fahrt durch die Stadt.

„Er dachte, ich hätte etwas mit der Schießerei zu tun", sagte Fisher.

„Es ist seine Aufgabe, Fragen zu stellen und Dingen auf den Grund zu gehen. Er ist ein misstrauischer Mann, aber sehr gut in seinem Beruf. Ich habe ihm erklärt, was passiert ist und warum du hier warst. Außerdem habe ich ihm gesagt, dass ich dich kenne, und dass wir einige Beweisstücke wie Patronenhülsen und anderes finden konnten, hat ebenfalls geholfen."

Fisher fragte nicht genauer nach. Im Augenblick wollte er nicht über Blutspuren oder Leichen nachdenken. JD fuhr über abgelegenere Straßen und bald hatten sie die Station erreicht. „Ich muss meine Sachen holen und dann fahre ich dich mit meinem Auto nach Hause." Sie stiegen aus und Fisher folgte JD hinein und nahm im Eingangsbereich Platz, während dieser sich um seine Angelegenheiten kümmerte.

Polizisten kamen und gingen, und jedes Mal, wenn einer von ihnen in seine Richtung sah oder auf ihn zuging, erwartete Fisher beinahe, von ihm in einen dieser kleinen Räume gezerrt zu werden, die sie hier sicher hatten, um weitere Fragen beantworten zu müssen.

„Lass uns gehen", sagte JD, der sich ihm plötzlich näherte, und Fisher stand auf, folgte ihm aus dem Gebäude und stieg in JDs Auto. Da er damit gerechnet hatte, zu seiner Wohnung gebracht zu werden, war er überrascht, als JD vor einem kleinen Haus anhielt.

„Wo sind wir?"

„Hier wohne ich. Ich glaube nicht, dass du jetzt allein sein solltest. Du brauchst Zeit, um dich zu beruhigen." JD stieg aus und eilte um das Auto herum, um ihm die Tür zu öffnen. „Komm einfach eine Weile rein."

„Du musst dich nicht um mich kümmern", protestierte Fisher. Seine Beine begannen wieder zu kribbeln, als seine Beunruhigung zunahm, und als er einen Schritt machte, gab das linke unter ihm nach. JD fing ihn auf und trug ihn beinahe zur Tür. Als Fisher wieder sicherer auf den Beinen stand, führte JD ihn hinein und half ihm zum Sofa.

„Ich hole dir ein Glas Wasser und dann kannst du dich entspannen. Es gibt keinen Grund, nervös zu sein. Ich habe ein paar Cracker und Käse oder Obst, falls du etwas zu essen brauchst." JD eilte aus dem Zimmer und kehrte mit einer Flasche Wasser zurück. Fisher starrte sie an. „Ich bin es", sagte JD, woraufhin Fisher nickte und ausdruckslos die Flasche entgegennahm. „Du beunruhigst mich."

„Mir geht es gut. Ich bin nur etwas erschöpft und verwirrt. Ich brauche Zeit, um darüber nachzudenken, was passiert ist und …" Fisher hob den Blick und stellte dankbar fest, dass JD sich auf einen Sessel neben dem Sofa setzte. Er brauchte jetzt Stille und Ruhe und ein herumwuselnder JD machte ihn nur noch nervöser.

„Was ist mit Gareth passiert? Was hat er gesagt?", erkundigte sich JD.

„Dass er mit meiner Mutter gesprochen habe und sie mir Hilfe besorgen wollen." Fisher öffnete die Wasserflasche. „Das letzte Mal, als meine Mutter beschlossen hat, mir zu helfen, hat sie versucht, mich in eine Privatklinik zu stecken. Ich schätze, dort hat man ihr gesagt, man könne mich wieder hinkriegen. Aber ich habe mich gewehrt und sie konnte nichts dagegen tun. Ich habe das Recht, meine eigenen Entscheidungen zu treffen. Als ich ihr mitgeteilt habe, dass ich nicht ins Krankenhaus gehen werde, hat sie mir den Rücken zugekehrt, und Gareth sagte, dass sie vorhat, es wieder zu versuchen." Zumindest hatte er Gareth so verstanden und er hatte nicht vor, es zuzulassen.

„Ich hoffe, du hast Gareth die Meinung gesagt", merkte JD an.

Fisher begann zu kichern. „Allerdings. Ich habe ihm gesagt, dass ich zwar psychisch krank, er aber immer noch ein Arschloch sei." Er trank aus der Flasche. „Aber dann hat er mich angeschrien und ich dachte, er würde mir folgen, also bin ich schneller gegangen. Da ich nicht wusste, ob er immer noch hinter mir war, bin ich nicht stehen geblieben, und dann war ich an einem fremden Ort und hatte eine Panikattacke. Dann rannten die schreienden Männer auf mich zu und ich hörte Schüsse, also habe ich mich auf den Boden geworfen. Als meine Hüfte wehtat, wurde mir klar, dass ich mein Handy in der Tasche hatte, und ich habe dich angerufen." Er holte Luft und trank noch etwas Wasser. „Das ist alles." Er bemühte sich, das Zittern seiner Hand zu stoppen.

„Versuch einfach, dich zu entspannen."

„Ich war dabei, aber dann hast du mich mit diesem Detective allein gelassen und er hat mich befragt und getan, als wäre ich der Schütze gewesen. Haben Polizisten denn bei Zeugen kein Fingerspitzengefühl oder so?" Gott, er steigerte sich hinein und sein Mund wollte sich nicht bremsen lassen.

„Ich fürchte, nein. Manchmal bekommen wir mehr Antworten, wenn wir die Fragen aggressiver stellen. Es ist Teil unseres Berufs." JD verließ erneut den Raum. Fisher zog seinen Mantel aus, lehnte sich zurück und betrachtete die merkwürdige Ansammlung von Dingen. Fisher wusste, dass er ziemlich pingelig war, wenn es um die Ordnung in seiner Wohnung ging. JD schien da weniger Skrupel zu haben. Nicht, dass sein Haus schmutzig gewesen wäre, es war nur ein wenig unordentlich. Aber vielleicht sprach da auch nur seine eigene Gründlichkeit aus ihm. Die meisten Menschen hätten das Haus vermutlich sehr nett gefunden, doch Fisher konnte nicht anders, als die dünne Staubschicht unter JDs Stuhl zu bemerken, und fragte sich, ob es JD wütend machen würde, wenn er aufstände und ihn wegputzte.

Schließlich kehrte JD zurück und platzierte einen Teller mit Käse und Crackern auf dem Tisch. Fisher nahm etwas davon, um daran zu knabbern, und trank mehr Wasser. Wenigstens hatte er etwas zu tun.

„Bekommst du diese Attacken häufig?", wollte JD wissen.

„Nein. Ich hatte ein paar davon, bevor die Ärzte mir diese Medikamente verschrieben haben, die sie regulieren. Es sind bipolare Panikattacken und sie überfallen mich einfach. Als ich das erste Mal eine hatte, dachte ich, ich würde Stimmen hören, und habe mich gefragt, warum ich nicht mehr verstehen konnte, was andere Leute sagten. Ich habe wirklich gedacht, Gott würde zu mir sprechen, obwohl ich zugleich wusste, dass das nicht stimmte. Aber dann habe ich die Medikamente bekommen und wir haben an der richtigen Dosierung und so gearbeitet." Er hielt inne, als er bemerkte, dass er schon wieder pausenlos redete. „Das ist schon einige Jahre her und ich wünschte, ich wüsste, woher diese Attacke kam." Er schnaubte und blies Luft nach oben, sodass sie den Haarwirbel an seiner Stirn traf. „Die letzte Attacke hatte ich vor zwei Jahren, und bevor du fragst: Ich habe meine Medikamente genommen."

„He. Das wollte ich nicht fragen. Und ich bin froh, dass es dir besser geht."

Fisher nickte, sank dankbar tiefer in die Polster der Couch und ließ sich von ihrer Bequemlichkeit umfangen. Er atmete tief durch und bemühte sich, seine Gedanken auf einen einzelnen Gegenstand zu richten. Als er die Augen öffnete, betrachtete JD ihn mit einem leicht albernen Lächeln, also konzentrierte er sich auf dieses und stellte bald fest, dass er es erwiderte. „Was ist?", fragte er schließlich.

„Nichts. Nach dem letzten Mal habe ich nur nicht damit gerechnet, dich wiederzusehen, und dann hast du mich angerufen."

Fisher bemerkte das Zittern seiner Hand und stellte das Wasser auf einem Untersetzer ab. „Das tut mir leid. Ich weiß, dass es keine gute Entschuldigung ist, aber ich kann manchmal überreagieren und …"

JD stand auf und setzte sich zu ihm auf die Couch. „Schon gut. Ich war zu voreilig."

„Daran liegt es nicht. Leute stoßen mich von sich, also habe ich dich wohl fortgestoßen, bevor du es tun konntest." Er griff nach seinem Wasser, doch JD nahm stattdessen seine Hand. „Hör zu. Ich bin ziemlich verkorkst, wie du heute sehen konntest. Ich komme nicht gut mit Stress zurecht oder mit Überraschungen, und was ‚normale' Menschen sehen und verarbeiten überwältigt mich oft." Das war die einfachste Weise, es zu erklären. Die Wahrheit war, dass manchmal etwas passierte und er darauf reagierte, ohne zu wissen, warum. Fisher bemerkte dann, dass er etwas tat, und hörte seine Worte, aber sie schienen ihren eigenen Willen zu haben. Er wollte stoppen, was er tat oder sagte, doch es war nicht möglich. Manchmal war es, als sähe er sich in einem Film über eine Klippe fahren, ohne etwas dagegen unternehmen zu können. „Ich weiß es zu schätzen, dass du nett zu mir bist. Das tue ich wirklich, und ich kann dir gar nicht sagen, wie viel es mir bedeutet, dass du gekommen bist, als ich angerufen habe."

„Natürlich bin ich gekommen. Ich habe dir doch gesagt, dass du anrufen sollst, wenn du etwas brauchst."

„Aber ich war so ein Idiot."

JDs Finger schlossen sich kräftiger um seine, was Fisher gefiel. Er tat ihm nicht weh, aber sein Griff war fest und ruhig. „Warum lassen wir das nicht hinter uns? Versprich mir einfach, dass du erst mit mir redest, bevor du die Initiative ergreifst und Dinge tust, wie zum Beispiel mich von dir zu stoßen, weil du es für das Beste für mich hältst oder weil du dich fürchtest."

„Aber manchmal … überkommt es mich einfach."

„Über etwas zu reden kann helfen."

Fisher wandte den Kopf und blickte tief in JDs leuchtend blaue Augen. „Meine Güte, du bist wunderschön", sagte er. „Warum solltest du eine verkorkste, verrückte Person wie mich in deinem Leben haben wollen?"

JD grinste, wobei er makellose weiße Zähne zeigte. „Sagen wir einfach, ich habe eine Vorliebe für blonde Männer mit markanten Gesichtern, ozeanblauen Augen und einem Schmollmund." JD strich mit den Fingern durch Fishers Haar und streichelte an seinem Kiefer entlang. „Du hast ja keine Ahnung, wie gut du aussiehst." JD beugte sich vor. „Und ich mag es, dass du beim Lächeln Grübchen hast."

„Die habe ich nicht." Fisher versuchte, nicht zu lächeln, und versagte kläglich.

JD lehnte sich zurück und stieß einen leisen Triumphschrei aus.

„Wofür war das?"

„Ich habe dich zum Lächeln gebracht. Jetzt habe ich das Bedürfnis, einen dieser Football-Ententänze wie bei einem Touchdown in der Endzone aufzuführen."

„Also das würde ich gern sehen", sagte Fisher und wartete ab, ob JD tatsächlich mit Armen und Beinen wedeln würde, nachdem er einen imaginären Football auf den Boden geworfen hatte. Er tat es nicht. Stattdessen beugte er sich weiter zu ihm herüber und das Lächeln verschwand von seinen Lippen.

„Wie wäre es mit Fühlen?"

„JD. Das war beim letzten Mal die Stelle, wo alles schiefging."

„Das Küssen ging schief?"

„Nein. Aber alles ging so schnell und …"

JD wich nicht zurück. Er blieb einfach ruhig und blinzelte. „Dir hat es nicht gefallen, dass ich dich geküsst habe?"

„Natürlich hat es mir gefallen. Du bist ein echt guter Küsser, aber …"

Und natürlich kam ihm JD noch näher, woraufhin Fisher sein männlicher Geruch mit einem Hauch von Schweiß in die Nase stieg, das Parfüm der Götter. „Dann genieß es. Sei einfach glücklich und gestatte dir vorübergehend ein bisschen Spaß und Freude. Nicht alles muss weltbewegend sein. Manchmal bedeuten ein Kuss oder eine Berührung nur …", JD legte seine Hand auf Fishers, umgab sie mit Wärme, „dass sich zwei Menschen hallo sagen … mit der Option für mehr." JD überbrückte den Abstand zwischen ihnen.

Augenblicklich flammte Hitze in Fisher auf und ehe er sich versah, hatte er die Arme um JDs Nacken geschlungen und seine Hände und Arme wurden von JDs Haaren gekitzelt. Das war schön - nein, mehr als schön, hinreißend - und es weckte in ihm die Sehnsucht nach Dingen, von denen er nicht geglaubt hatte, sie haben zu können. Als JD seine Arme um Fishers Taille legte, um ihn näher an sich zu ziehen, verstummten die Sorge und die mahnenden Stimmen in seinem Kopf für einen Moment. Alles, was existierte, war JDs Mund auf seinem und die Art, wie er seine Lippen öffnete, um leicht mit der Zunge gegen den Rand von Fishers unteren Zähnen zu stupsen. Ein leises Stöhnen glitt durch den Raum und Fisher realisierte, dass es von ihm stammte.

„Siehst du, du darfst dir erlauben, glücklich zu sein."

„Aber das ist keiner dieser Momente für so einen Touchdown-Ententanz, oder?", fragte Fisher.

JD schüttelte ein einziges Mal den Kopf, ließ ihre Blicke miteinander verschmelzen und legte Fisher eine Hand an den Kiefer, um ihre Lippen wieder zusammenzuführen. Als sich JD einige Zeit später von ihm löste, war Fisher errötet, schwitzte leicht und sein Puls hämmerte ihm in den Ohren. Er wollte nicht, dass es aufhörte. Er fühlte sich lebendig und vollständig, zumindest für eine kurze Zeit. Er konnte sich einbilden, dass er keine Probleme hatte und JD ihn wollte und mit ihm glücklich sein könnte.

„Beweg dich nicht", flüsterte JD. „Was auch immer dich gerade aussehen lässt, als wärst du kurz davor, in einen Pool voll Schlagsahne zu springen, halt es fest, verwahre es und hol es in schwereren Zeiten wieder hervor."

„So machst du das?"

„Ja, nur dass ich den Gesichtsausdruck aufheben werde, den du im Moment gerade hast." JD streichelte mit dem Daumen über Fishers Lippen und natürlich musste er gähnen. Fisher versuchte vergeblich, es zu verhindern.

„Du hast in den letzten Stunden eine Menge mitgemacht. Falls du dich etwas ausruhen magst, habe ich ein Gästezimmer, wo du dich hinlegen kannst." JD sprang auf und eilte aus dem Raum. Er kehrte mit einer Decke zurück, die er neben Fisher auf das Sofa legte.

„Ich bin okay", sagte Fisher, direkt, bevor sein Mund ihn erneut verriet. JD sammelte Teller und Gläser ein und ließ Fisher allein im Wohnzimmer zurück. Er nahm die Decke und streckte sich auf dem Sofa aus, das überraschend bequem war. Er hätte wirklich nach Hause gehen sollen, doch bei jemandem zu sein war schön und er fühlte sich sicherer. Fisher schaute auf die Uhr und erinnerte sich daran, dass er seine Tabletten nehmen musste. Also stand er auf und fischte den Reisebehälter heraus, in dem er Tabletten bei sich trug. Er ging in das Badezimmer im Erdgeschoss, um sie zu schlucken, bevor er zum Sofa zurückkehrte.

„Ist das besser?", fragte JD und schaltete das Licht aus. Bevor Fisher antworten konnte, klingelte es an der Tür und JD verließ das Zimmer. Fisher machte es sich bequem und lauschte, als JD die Tür öffnete und leise mit jemandem sprach. Er hörte, wie die Tür sich schloss, und dann folgte er JD mit den Blicken, als er einen großen Umschlag durch das Wohnzimmer in die Küche trug.

Fisher war neugierig. Natürlich hatte er nicht das Recht zu fragen, aber nach seiner Erfahrung brachten große Umschläge selten gute Neuigkeiten. Große

Umschläge brachten einstweilige Verfügungen, die ihn aufforderten, sich von dem Zuhause fernzuhalten, in dem er aufgewachsen war. Fisher schob den Gedanken so gut wie möglich von sich. Er war albern. Es handelte sich nur um ein Päckchen, das JD bekommen hatte, nichts weiter.

„Verdammt", hörte er JD in der Küche flüstern. Er öffnete die Augen und blickte in den anderen Raum hinüber, konnte JD jedoch nicht sehen. Er schob die Decke von sich, stand auf und näherte sich langsam, bis er JD am Tisch entdeckte, wo er mit den Unterlagen vor sich und in die Hände gestütztem Kopf dasaß. Fisher kannte diese „Was-mache-ich-bloß?"-Haltung nur allzu gut.

„Alles in Ordnung?"

JD hob den Kopf und Fisher war nicht sicher, wie er seine Miene deuten sollte. „Der Brief ist von einem Anwalt in Charleston wegen Tante Lillibeth. Sie hat mir ihr Erbe hinterlassen. Das gesamte."

„Was ist mit deinem Vater?", fragte Fisher.

„In ihrem Testament schreibt sie, dass er selbst genug hätte und nichts von ihr bräuchte und dass sie nicht möchte, dass meine Mutter irgendetwas von ihr in ihre Krallen bekommt. Ich schätze, meine Tante hatte selbst ein paar Krallen." JD sah wieder auf die Unterlagen hinab. „Ich bin nicht einmal zur Beerdigung gegangen. Ich habe mir von meiner Mutter Schuldgefühle einreden lassen und bin hiergeblieben, anstatt allen zu zeigen, dass sie mich mal können, und zu tun, was richtig gewesen wäre." JD keuchte.

„Ist es etwas Schlimmes?"

„Nein. Ich weiß nicht, was all das bedeutet. Hier wird Grundbesitz an der Küste aufgelistet, ihr Haus und ein Strandhaus, außerdem Kunstgegenstände und Autos."

„War deine Tante reich?", wollte Fisher wissen.

„Ich weiß es nicht. Ich meine, ich kenne das Haus, in dem sie gewohnt hat. Es war schön - sehr alt und nicht riesig oder so. Und ich habe sie früher am Strand besucht, aber ich wusste nicht, dass das Haus dort ihr gehörte. Ich dachte, sie hätte es jedes Jahr gemietet." Er bewegte sich nicht, starrte noch immer auf die Papiere vor sich.

Fisher näherte sich ihm von hinten und legte ihm sanft die Hände auf die Schultern. Langsam massierte er mit den Fingern JDs Nacken. Der Raum wurde von einer Anspannung erfüllt, die vor zehn Minuten noch nicht vorhanden gewesen war, und Fisher konnte beinahe die Anwesenheit eines Phantoms aus Schuldgefühlen spüren, das in der Zimmerecke anwuchs, bis es drohend über ihnen aufragte wie ein Bär, der sich zum Angriff bereit machte.

„Was soll ich tun? Ich verdiene das alles nicht. Ich war nicht einmal bei ihrer Beerdigung, weil ..." JD beendete den Gedanken nicht.

„Weil du Angst hattest?", schlug Fisher vor. „Ich kenne mich damit aus, sich vor etwas zu fürchten. Ich verbringe mein Leben in einem Zustand nervöser Sorge, in dem ich darauf warte, welche schlimme Sache mir als Nächstes zustößt, und das Schrecklichste daran ist, dass die schlimmen Dinge tatsächlich passieren."

„Aber deshalb sind sie nicht unbedingt deine Schuld", antwortete JD. „Das hier habe ich selbst getan. Ich habe mir von meiner Mutter ausreden lassen zu tun, was ich für das Richtige hielt, und jetzt sieh mich an. Ich habe mich von der Beerdigung der einzigen Person in meiner Familie ferngehalten, die mir nicht den Rücken zugekehrt hatte." Er wandte sich um und Fisher ließ seine Hände sinken. „Und warum? Um Menschen glücklich zu machen, die mich niemals akzeptieren oder wieder als Teil ihres Lebens betrachten werden? Weshalb hat es mich interessiert, was sie denken?"

„Weil du bei der Beerdigung deiner Tante keinen Streit verursachen wolltest. Außerdem ist deine Tante nicht mehr unter uns. Sie war nicht dort. Es war nur ihr Körper und dieses ganze Beerdigungszeug ist für die Lebenden. Der Mensch im Sarg lebt nur in uns weiter, in unseren Herzen." Fisher zog den Stuhl neben JD vom Tisch zurück und setzte sich. „Und falls deine Tante auf dich herabsieht, dann versteht sie, was mit deiner Familie passiert ist, und wird es dir nicht verübeln."

JD wandte sich von den Papieren ab. „Tante Lillibeth hat immer gewusst, was sie wollte, und es auch getan. Und sie konnte meine Mutter schneller reizen als … jeder andere."

„Also mochte sie deine Mutter nicht?"

„Nein."

„Dann wird sie dir keine Vorwürfe machen. Ich würde es nicht tun."

JD sah zu ihm auf und sein Blick wurde wärmer. „Gibt es in deiner Familie noch jemanden, mit dem du in Kontakt bist?"

„Nein. Alles in meiner Familie geht über meine Mutter oder muss an ihr vorbei, einschließlich meines Vaters. Niemand behauptet sich gegen sie."

„Wieso? Nicht, dass ich mich gegen meine eigene Mutter behauptet hätte."

„In meiner Familie hat Mom das Geld, und zwar eine Menge davon. Mein Vater hat während der gesamten Ehe davon profitiert und auch mein jüngerer Bruder möchte nicht davon abgeschnitten werden, also verhält er sich ruhig und mischt sich nicht ein. Meine Schwestern sind alle die Töchter ihrer Mutter. Mom gibt den Ton an und wer sich in ihrem Wirkungskreis befindet, zieht entweder mit oder geht ihr aus dem Weg. Nach meinem Unfall wollte sie alles in meinem Leben kontrollieren und als sich herausstellte, dass ich Probleme hatte, die nicht verschwinden würden und ihr peinlich sein könnten, sollte ich ihr aus den Augen gehen."

„Anscheinend haben unsere Mütter viel gemeinsam." JD nahm die Unterlagen und schob sie wieder in den Umschlag. „Warst du nicht müde?"

„Das war ich. Aber du hast aufgebracht gewirkt, also …"

„Leg dich wieder hin, wenn du möchtest. Du hattest recht. Ich war wegen etwas aufgebracht, das ich nicht ändern kann, und meine Tante wäre sauer, wenn sie wüsste, dass ich mir von meiner Mutter so zusetzen lasse. Wie ich meine Tante kenne, hat sie mir alles hinterlassen, damit ich frei von meiner Mutter leben kann, wenn ich es so möchte."

„Und möchtest du das?", fragte Fisher.

„Mehr als alles andere. Na ja, mehr als fast alles andere."

Etwas an JDs Tonfall ließ einen Schauer, gefolgt von plötzlicher Hitze über Fishers Rücken laufen. Er rutschte unruhig auf seinem Stuhl hin und her, als das Gefühl wie das glatte Gleiten einer Delfinflosse über seinen Rücken tanzte. Er war nicht einmal ganz sicher, was genau JD meinte, aber er war ziemlich sicher, dass es sich auf ihn bezog, weil sich JDs Blick sich nicht von ihm löste.

Wenn er ganz ehrlich war, wusste Fisher nicht, was er davon halten sollte, das Objekt der Begierde zu sein, das JDs ganze Aufmerksamkeit auf sich zog. Es war ein schönes Gefühl, aber keine seiner Beziehungen, weder romantische noch andere, hatten seinen Unfall und die Folgen überstanden. Was würde passieren, wenn JD wie alle anderen erkannte, dass Fisher die Mühe nicht wert war? „JD."

„Ich weiß. Ich muss es langsamer angehen und dich Schritt halten lassen."

Er wusste nicht, ob ihm das gefiel. „Das klingt, als wäre ich ein verletztes Pferd, bei dem alle darauf warten müssen, bis es die Ziellinie überquert."

„Nein." JD zog an seinem Kragen. „Ich habe vor einigen Tagen mit Donald geredet. Er sagt, du hast dir dein Leben mit Routinen und Vertrautem aufgebaut hast. Er hat auch noch viel anderes Zeug gesagt, aber ich glaube, es lief darauf hinaus, dass ich ein Teil deiner Routine werden muss, anstatt sie durcheinanderzubringen."

Fisher stand auf und ging zum Sofa zurück, denn er brauchte einen Moment, um den Gedanken zu verarbeiten, dass JD mit Donald über ihn geredet hatte.

„Es war nichts Schlimmes, versprochen. Ich brauchte seinen Rat, nachdem du dich beim letzten Mal so verhalten hast und ich verletzt und überrascht war. Er hat mir einige Einblicke verschafft und mir gesagt, ich müsse Geduld haben."

„Aber woher wusstest du, dass ich dich anrufen würde?", fragte Fisher, als er sich setzte und die Decke über seine Beine zog. JD ließ sich neben ihm nieder und breitete den Stoff ebenfalls über seine Beine.

„Das wusste ich nicht. Ich konnte nur hoffen, dass wir uns noch einmal über den Weg laufen würden. Dass es am Schauplatz einer Schießerei sein würde, damit habe ich nicht gerechnet, aber ich war froh – zumindest ein paar Sekunden lang –, als deine Nummer auf meinem Handy auftauchte. Allerdings habe ich mir vorgenommen, eine mögliche zweite Chance so gut wie möglich zu nutzen. Also werde ich mich jetzt bemühen, dein Tempo einzuhalten und mich nach dir zu richten. Ich bin kein geduldiger Mensch, aber bei dir werde ich versuchen, Geduld zu haben."

„Du hast mit anderen Leuten über mich geredet?" Fisher fiel es schwer, darüber hinwegzukommen.

„Wärst du mir nicht wichtig, hätte ich nicht mit ihm gesprochen."

„Okay." Er würde versuchen, das zu akzeptieren. „Oh, ich sollte dir sagen, dass ich ab Montag wieder arbeite. Ich habe endlich eine Antwort bekommen.

Anscheinend sollen bis dahin die Systeme wiederhergestellt und bereinigt werden. Wir müssen die Lagerplatzinformationen neu eingeben und dann können wir wieder Lieferungen erhalten."

„Kannst du dabei helfen? Ich habe keine Ahnung, worum es dabei geht, aber es klingt gut."

„Ja. Die Firma sagt, dass wir vorübergehend auf einem anderen Gelände arbeiten, aber dass geplant ist, das Lager auf dem alten Grundstück wiederaufzubauen. Also ist zumindest meine Arbeit sicher." Das hatte ihm eine große Last von den Schultern genommen.

„Ein Stressverursacher weniger", sagte JD und dem konnte Fisher nicht widersprechen. „Komm her." JD zog ihn für einen weiteren Kuss an sich und diesmal ließ Fisher seine Bedenken hinter sich und gab ihm nach.

„Ich mag es, dich zu küssen", sagte Fisher, als sie sich zum Luftholen trennten.

JD gestikulierte Enttäuschung. „Du *magst* es nur? Du solltest wissen, dass mich das Perfektionieren meiner Kussfähigkeiten viel Mühe und Arbeit gekostet hat."

„Wie viel dieser Mühe und Arbeit hast du genau aufgewendet und wo sind all diese Männer, die du geküsst hast?" Er versuchte, den neckenden Tonfall beizubehalten, den JD benutzt hatte, obwohl sich tief in seinem Innern Eifersucht regte. Der Gedanke, dass JD andere Menschen küsste, gefiel ihm absolut nicht. „Ich hoffe, das ist keine kürzlich unternommene Reise der Selbstfindung und -verbesserung."

„Nein. Ich habe meine Studien vor längerer Zeit abgeschlossen und konnte mein theoretisches Wissen schon seit einer Weile nicht mehr praktisch umsetzen."

„Gut", antwortete Fisher und schloss die Lücke zwischen ihnen. Er kam sich ein wenig wie ein Teenager vor, der auf dem Sofa seiner Eltern mit jemandem herummachte, nur dass er das niemals mit jemandem auch nur in der Nähe der wertvollen, empfindlichen „Setz-dich-nicht-drauf"-Möbel seiner Mutter getan hatte.

Nach einigen Minuten des Küssens ließ Fisher in der Hoffnung, dass es in Ordnung war, unter der Decke seine Hände ein wenig wandern. JDs Beine waren kräftig, dehnten seine Jeans, und die Muskeln bebten unter Fishers Hand. Als er sich weiterbewegte, stieß er auf eine ansehnliche Wölbung und JD schloss die Augen, leise stöhnend. Verflucht, er hatte keinen falschen Eindruck erwecken wollen und zog seine Hand zurück, auch wenn er sich wünschte, noch etwas mehr erkundet zu haben.

JD zog ihn an sich und Fisher stützte sich mit einer Hand an JDs Brust ab. „Bist du aus Stein gemacht?", brummte er, während er JDs Brust tätschelte. „Netter Stein. Heißer Stein." Schon hatte er die Hand unter JDs T-Shirt geschoben und ... „Will dich berühren, bis in meinem Kopf Steine explodieren."

„Schatz, du kannst tun, was du willst. Ich trainiere viel, weil es zu meiner Arbeit gehört, in erstklassiger körperlicher Verfassung zu sein. Es führt dazu, dass ich mich selbst und die Öffentlichkeit besser schützen kann." JD klang wie der Sprecher eines Werbevideos.

„Du trainierst viel, weil es dir gefällt, wie du dadurch aussiehst", sagte Fisher. „Aber dagegen gibt es nichts einzuwenden. Ich mag dein Aussehen." Er kuschelte sich näher an JD, als dieser seine Arme um ihn schlang.

„Aber für meine Arbeit muss ich wirklich fit bleiben."

„Mag sein, aber es ist nicht der einzige Grund." Er legte seinen Kopf auf JDs muskulöse Schulter, bis JDs Handy klingelte. „Verflucht."

„Hoffentlich nicht meine Arbeit." JD griff nach seinem Handy und stöhnte.

„Ich kann nach Hause gehen, wenn es nötig ist", sagte Fisher und schob die Decke von sich, um aufzustehen.

„Wenn man vom Teufel spricht." JD zeigte ihm das Display, auf dem „Mom" stand, bevor er das Gespräch annahm. „Ich bin im Moment etwas beschäftigt", sagte er in das Handy. „Ich habe mich ferngehalten, wie du es wolltest. Jetzt möchte ich, dass du mich eine Weile in Ruhe lässt, damit ich auf meine Weise trauern kann." Er wartete kurz. „Ich habe gerade Besuch. Du kannst mich später anrufen." JD legte auf und wirkte selbstzufrieden. „Das tat gut."

„Du hättest mit ihr reden können. Was ist, wenn es um etwas Wichtiges ging?", fragte Fisher besorgt.

„Es gibt nichts, was so wichtig sein könnte, und sie erwartet ständig von jedem, alles stehen und liegen zu lassen, wenn sie mit der Hand wedelt. Meine Mutter hat ihren eigenen Sohn im Stich gelassen, also verdient sie keine hohe Priorität." Er stand auf und schlenderte zu den Fenstern auf der Vorderseite. „Es ist schön draußen."

„Willst du etwas unternehmen?", fragte Fisher.

„Wir könnten uns die Antiquitätenläden draußen an der Mautstraße ansehen. Da gibt es ein paar nette und ich brauche einen Schirm für eine Lampe, die ich im Secondhandladen gefunden habe. Ich hatte vor, mich nach einem umzusehen, bin aber noch nicht dazu gekommen." JD ließ die Vorhänge wieder an ihren Platz fallen. „Wir fahren natürlich."

„Wenn du möchtest." Eine Panikattacke, wie er sie erlebt hatte, entzog ihm normalerweise seine gesamte Energie. Als JD ihm vorgeschlagen hatte, sich hinzulegen, war es eine gute Idee gewesen, und wäre er still liegen geblieben, wäre er eingeschlafen. Doch JD versprühte so viel Energie und Fisher wollte ihre gemeinsame Zeit nicht verschlafen. Er konnte früh ins Bett gehen und ausschlafen, da er noch nicht wieder arbeiten musste. „Einer der Läden da draußen hat ein Spielzimmer mit Flipperautomaten."

„Oh, die liebe ich."

„Ich auch. Ich bin echt gut", prahlte Fisher.

„Bist du mutig genug, den Meister herauszufordern?" JD schob seine breite Brust vor. „Dann los, damit wir sehen können, wer von uns der Meister im Flippern ist." Er holte sich einen Mantel, reichte Fisher seinen und sie verließen das Haus.

Die Fahrt verging schnell und sie hielten am ersten Laden an, den sie erreichten. Er existierte seit vielen Jahren und war mit der Art von Dingen angefüllt, die seine Großmutter fortgeworfen hatte. Viele Gegenstände waren beschädigt oder in schlechtem Zustand. Es schien der Ort zu sein, an den ungewollte Sammlerstücke zum Sterben kamen. Zumindest war das Fishers erster Eindruck. Er betrachtete die ersten Schaukästen und spazierte weiter, ohne die Objekte näher zu beachten, da ihm nichts besonders ins Auge fiel.

„Die ist schön", sagte JD.

Fisher kehrte die wenigen Schritte zu der Stelle zurück, an der JD sich etwas ansah. „Das ist eine Nachbildung, vermutlich aus dem letzten Jahr. Leute lassen sich davon täuschen", erklärte Fisher und staunte, als JD ihn skeptisch ansah. „Und du bist der Polizist. Diese chinesischen Vasen sind schon seit längerer Zeit beliebt und begehrt und daher bilden Leute sie gerne nach. Einige sind gut und andere ... weniger gut." Fisher hob die Vase hoch. „Diese ist annehmbar, aber ..." Er drehte sie um. „Der Ton ist zu hell und die Abnutzung zu gleichmäßig. Auch die Bodenmarke ist nah dran, aber knapp daneben ist auch vorbei." Fisher stellte die Vase wieder ins Regal.

„Woher weißt du das?"

„Jahrelanges Ansehen von *Antiques Roadshow*, Lesen von Büchern und eine gewisse Erfahrung." Er ging weiter durch die Reihen, vorbei an einer Vitrine mit alter Halloweendekoration. „Außerdem: Wenn es zu schön erscheint, um wahr zu sein, dann ist es das wahrscheinlich auch." Vor allem in einem Laden wie diesem. Zwar sprach Fisher das nicht laut aus, dachte es aber. Auch wenn es möglich sein mochte, zwischen abgeschlagenem Steingut und altem Buntglas eine echte Kostbarkeit zu finden, war es nicht wahrscheinlich.

„Ein alter Feuerhydrant", stellte JD fest, als er beinahe über einen mit einigen letzten roten Farbresten stolperte.

„Warum nicht? Sie eignen sich gut als Gartendekoration", sagte Fisher. „In einem solchen Laden kann fast alles landen."

„Aber echt", antwortete JD. „Bisher bin ich an solchen Läden nur vorbeigefahren, aber ich dachte, da du einige Antiquitäten besitzt, würden sie dir gefallen. Ich wusste nicht, dass du Experte bist."

„Bin ich nicht. Aber man muss wissen, was man hat, und sich einige grundlegende Kenntnisse aneignen, um Dinge zu erkennen." Fisher nahm ein silbernes Sahnekännchen aus einem Teeservice in die Hand.

„Versilbert", sagte JD.

„Ja, aber schau dir die Stellen an den Füßen an, wo das Silber abgenutzt ist. Sie sind grau, nicht kupferfarben. Das ist ein Hinweis auf Sheffield-Silber und echte Qualität." Er stellte das Kännchen wieder auf das Tablett. „Das könnte die versteckte Perle in diesem Laden sein und alle gehen daran vorbei, weil es schwarz und schmutzig aussieht." Fisher ging weiter in den hinteren Teil und bald hatten sie den Laden durchquert und näherten sich der Kasse.

„Was ist?", fragte JD hinter ihm. Fisher hatte nicht einmal bemerkt, dass er stehen geblieben war und regungslos dastand. „Fisher …", flüsterte JD.

„Das ist …" Er zwang seine Beine, sich zu bewegen, und ging weiter auf das Ende des Ladens zu. „Das hinter der Theke ist Gareths neuer Freund. Zumindest ist es der Mann, den ich vor Kurzem mit Gareth gesehen habe."

„Willst du gehen?", fragte JD.

Fisher atmete tief durch und wünschte sich kurz, die Luft wäre Whiskey. „Nein. Ich komme klar."

„Es ist okay, deshalb aufgebracht zu sein."

„Nein, das ist es nicht." Fisher straffte den Rücken und wischte das vertraute Verlustgefühl fort, das aus seinen Augen zu strömen drohte. „Ich war Gareth nicht genug wert, um mich nach meinem Unfall zu behalten, also steht dieser Mann vielleicht auch plötzlich als Zuschauer da, sobald er etwas tut, was Gareth nicht gefällt." Er kehrte zu dem Teeservice zurück und sah sich den Preis an. Dann fasste er einen Entschluss und hob das Tablett samt Geschirr hoch. „Was kann man bei dreißig Mäusen falsch machen?"

„Aber was willst du damit?", fragte JD.

„Ich bin nicht sicher", antwortete Fisher und ging wieder auf die Kasse zu. Als er sich näherte, betrat ein Mann den Laden und schritt direkt vor Fisher zur Theke. „Ich hatte wegen der Cloisonné-Vase angerufen. Sie wollten sie für mich reservieren. Unter dem Namen Spencer."

Fisher stellte das Tablett am Rand ab und trat zurück, um den Mann abholen zu lassen, wofür er gekommen war.

„Natürlich", sagte Gareths Freund mit einem zu strahlenden Lächeln. Er holte eine große Cloisonné-Vase hervor und packte sie in eine Tüte. Der Mann bezahlte und nahm seinen Kassenzettel entgegen, bevor er den Laden verließ.

„Selbst er scheint es eilig zu haben, hier wieder rauszukommen." Es gab keine Fenster und Fisher fühlte sich allmählich wie eingesperrt. Das Geschäft roch muffig und zwar nicht auf angenehme Weise. Vielleicht war modrig das bessere Wort, so als verfiele das Gebäude zusammen mit seinem Inhalt.

„War alles zu Ihrer Zufriedenheit?", erkundigte sich Gareths Freund.

„Ja. Ich habe mich gefragt, ob ich das hier für zwanzig bekommen könnte", sagte Fisher. *In einem solchen Laden muss man immer feilschen.* Gareths Freund schien ihn nicht zu erkennen, stimmte nach einigen Sekunden seinem Vorschlag zu und kassierte. Anschließend wickelte er die Stücke in Papier, verstaute sie in einer Einkaufstüte und reichte sie Fisher. „Danke für Ihren Besuch", sagte er.

„Danke", erwiderte Fisher und sie verließen den Laden. Nachdem JD das Auto aufgeschlossen hatte, legte Fisher seinen Einkauf im hinteren Fußraum ab.

„Kam dir das seltsam vor?", fragte JD.

„Was?" Fisher drehte sich zu ihm um.

„Nichts", antwortete JD. „Das ist wohl nur der Polizist in mir." Er ließ den Motor an, lenkte den Wagen vom Parkplatz und fuhr die Mautstraße entlang.

An ihrem nächsten Ziel durchstreiften sie die Gänge, ohne etwas zu finden, und beendeten den Besuch im Spielraum. An der Rückwand aufgereiht standen ein Dutzend alte Flipperautomaten. Fisher liebte sie und wünschte sich, genug Platz zu haben, um einen kaufen und in seine Wohnung stellen zu können. „Ein Mann in Newville kauft sie und setzt sie instand." Er trat an einen mit Weltraummotto heran und startete das Spiel. „Das ist das Schöne daran - man braucht keine Münzen." Er spielte eine Runde, bevor er den Automaten JD überließ. Am Ende lachten sie viel und hatten Spaß.

Fisher hatte nicht mehr an den Wettstreit gedacht, bis JD ihn ansprach und sich dann anschickte, ihn fertigzumachen. Die Kugeln landeten überall, wo JD sie haben wollte, während Fisher nichts als Pech hatte.

„Also, was ist mein Preis?", erkundigte sich JD.

„Ein Essen?", bot Fisher an. Da klingelte JDs Handy. JD nickte, während er es aus der Tasche zog. Es musste sich um seine Mutter handeln, denn er hatte denselben Gesichtsausdruck wie bei ihrem letzten Anruf.

„Was ist, Mutter?", fragte er mit einem desinteressierten Seufzer und Fisher spürte noch immer seinen hitzigen Blick auf sich. „Ja." JD versteifte sich und der verwirrte Ausdruck wich aus seinem Gesicht. „Das wirst du nicht tun." Er lauschte kurz und Fisher trat näher an ihn heran, als er den Schmerz in JDs Stimme wahrnahm. „Dafür gibt es keine Grundlage, und das weißt du auch. Sie hat ihren Wunsch eindeutig klargemacht." JD hörte noch kurz zu, bevor er mit dem Finger auf das Display stieß und das Handy wieder in die Tasche schob.

„Was ist los?"

JD schüttelte den Kopf und ging auf den Ausgang zu. Der spaßige Teil des Tages schien definitiv vorbei zu sein. Fisher folgte JD zum Auto hinaus und sie stiegen ein.

JD packte das Lenkrad und seine Fingerknöchel waren weiß, als er scheinbar versuchte, die Lenksäule aus dem Fahrzeug zu reißen. „Sie sagt, dass sie das Testament meiner Tante anfechten wird und, noch viel schlimmer, dass sie ins Flugzeug steigen und morgen hier eintreffen wird, um mit mir darüber zu reden."

„Sag ihr, sie soll dich in Ruhe lassen. Du musst dich nicht mit ihr treffen, das weißt du", sagte Fisher. Er wusste, dass es der Wahrheit entsprach, aber er wusste auch, dass bei einem solchen Anruf von seiner eigenen Mutter die Programmierung aus seiner Kindheit durchkommen und er sie willkommen heißen würde, selbst in dem Wissen, dass der Besuch vermutlich mit Kummer und Wut enden würde.

„Doch, das muss ich." JD löste seine Finger vom Lenkrad. „Sie will etwas von mir und benutzt dieses Testament, um zu versuchen, es zu bekommen. Ich kann nur herausfinden, was es ist, indem ich diesem Barrakuda von einer Mutter einen Besuch gestatte."

„Ich kann dabei sein, wenn du möchtest", bot Fisher an. „Sie ist wahrscheinlich weniger gemein, wenn jemand anders in der Nähe ist. Außerdem habe ich Erfahrung mit haifischartigen Müttern."

„Bist du sicher? Sie hat schon einen Flug gebucht und wird morgen Nachmittag ankommen. Also darf ich den Morgen damit verbringen, die Straßen von Bösewichten zu befreien, nur um dann den Nachmittag und Abend mit einem in meinem eigenen Haus zu verbringen."

„Vielleicht kannst du es ihr ausreden", sagte Fisher. „Wenn das Testament rechtskräftig ist, kann sie nicht viel tun. Das Testament deiner Tante muss von einem Notar beglaubigt worden sein, also kontaktiere ihn und sag ihm, was deine Mutter vorhat. Du musst das nicht ganz allein durchstehen. Such dir Menschen, die dir helfen können." Fisher berührte JDs Arm. „Ich helfe dir. Ich weiß nicht, was ich tun kann, außer dir zuzuhören, aber ich werde mein Bestes geben." JD war nett zu ihm gewesen, also fand Fisher, dass er als Gegenleistung für ihn tun sollte, was er konnte.

„Danke. Aber du musst dich nicht in mein Familiendrama hineinziehen lassen."

„Wenn du keine Hilfe willst, ist das in Ordnung." Fisher konnte nicht verhindern, dass er verletzt klang, auch wenn er wusste, dass er keinen Grund hatte, sich verletzt zu fühlen. Es handelte sich um eine Familienangelegenheit und vielleicht wollte JD nicht, dass ein Fremder private Dinge hörte.

„Es ist nur so, dass meine Mutter … Du solltest nicht meiner Mutter ausgesetzt sein."

„Das hört sich an, als wäre sie eine Krankheit", stellte Fisher fest.

JD schnaubte und ließ den Motor an. „Das ist eigentlich keine schlechte Beschreibung. Meine Mutter, die Krankheit. Lass mal sehen: Die Symptome, die sie auslöst, sind heftige Verdauungsstörungen, Magenverstimmungen und Herzrasen mit gelegentlichen Schmerzen, weil sie einem auf die Eier geht. Ja, ich denke, ich möchte sie lieber unter Quarantäne stellen, damit ihr möglichst wenige meiner Freunde ausgesetzt sind."

„Aber zu mehreren ist man vor Gefahren sicherer, und es ist angenehmer, nicht allein zu sein." Er saß ruhig da, während JD fuhr und Verärgerung und Anspannung verströmte. „Wären die Rollen vertauscht und meine Mutter würde versuchen, sich in mein Leben zu drängen, würdest du anbieten, für mich da zu sein?" Diese Frage war für Fisher sehr bedeutungsvoll.

JDs Armmuskeln lockerten sich ein wenig und die Anspannung ließ nach. „Du weißt, dass ich das tun würde."

„Wie kannst du dann erwarten, dass ich nicht für dich da bin? Es sei denn, von deiner Seite ist alles nur so eine Mitleidsgeschichte." Vielleicht ging er etwas zu weit, aber er musste wissen, ob JD ihn wirklich als jemanden betrachtete, der es wert war, dass man ihn küsste und anderes mit ihm tat, oder ob er ihn nur als mitleiderregende Person sah, die ihm leidtat.

„Es ist keine Mitleidsgeschichte." JD bog in die Pomfret ein und hielt vor Fishers Wohnblock an.

„Dann betrachtest du mich als gleichwertig? Oder bin ich nur ein gebrochener Mensch, der nicht Teil der Vorgänge in deinem Leben sein soll? Beides geht nicht, JD."

„Ich weiß. Aber meine Mutter kann grausam sein und wenn sie ihren Willen nicht bekommt, neigt sie dazu, rücksichtslos und mit unfairen Mitteln zu kämpfen. Nicht körperlich, aber sie nutzt alles, was sie finden kann, um einen zu verletzen und damit zu ermüden, bis man schließlich aus Erschöpfung aufgibt."

„Sie weiß nichts über mich und kennt mich nicht. Also kann sie um sich schlagen, so viel sie möchte. Aber wenn du nicht allein bist, verhält sie sich vielleicht nicht ganz so unfair." Fisher stieg aus dem Auto, holte seine Tüte aus dem Fußraum und wartete auf JD. Erst fragte er sich, ob JD einfach nach Hause fahren würde. Aber JD öffnete seine Tür und stieg aus, um sich Fisher auf dem Gehweg zu nähern.

„Ich denke, es wäre sehr schön, wenn du uns morgen Gesellschaft leisten würdest." JDs steife Formulierung brachte ihn kurz aus dem Konzept. „Sei dir nur bewusst, dass meine Mutter nicht an Widerstand gewöhnt ist, und wie ich mich kenne, werde ich mich ihr aus Prinzip in den Weg stellen."

„Verstanden", antwortete Fisher. Er schloss auf und führte JD in seine Wohnung hinauf. Er hatte das Gefühl, einen kleinen Sieg errungen zu haben. Trotzdem war er noch immer nicht ganz sicher, wie genau JD ihn sah - oder vielleicht war das Problem, wie er selbst sich sah. Manchmal fühlte er sich wie ein emotionaler Teenager, der zwischen Niedergeschlagenheit und Hochgefühlen und dann wieder zurück zu neuen Tiefpunkten voller Selbstzweifel und Unsicherheit hin und her wechselte.

„Ich glaube nicht, dass du das tust", sagte JD, der hinter ihm die Treppe erklomm. „Es stimmt, was du sagst. Ich muss das nicht allein tun. Denn ich habe Freunde, die sich um mich sorgen und hinter mir stehen. Ich muss aufhören, mir einzureden, dass meine Mutter sie alle vertreiben wird. Und ich muss mich daran erinnern, dass es keine Rolle spielt, wie sie sich fühlt oder wie unangenehm es ihr sein wird, mich mit dir zu sehen, denn sie ist diejenige mit dem Problem, nicht ich, und ich werde mein Leben nicht nach ihren Wünschen ausrichten." Mit jeder dieser Feststellungen wurde JDs Stimme lauter.

Fisher schloss seine Wohnungstür auf und ließ sie hinein, bevor das gesamte Gebäude erfuhr, worüber sie redeten. „Du bist Polizist. Du gehst jeden Tag mit Kriminellen und schlechten Menschen um."

„Und trotzdem kann ich nicht mit meiner Mutter umgehen", murrte JD und ließ sich auf das Sofa plumpsen.

Fisher zog seinen Mantel aus und hängte ihn und JDs auf, dann verstaute er seine Einkäufe und ließ sich neben JD auf dem Sofa nieder. „Ich setze mich selbst jederzeit lieber mit achtzehn knallharten Lkw-Fahrern auseinander, die seit zwölf Stunden hinter dem Steuer sitzen, als mit meiner Mutter", gestand er.

„Das kannst du laut sagen", antwortete JD und ergriff Fishers Hand. „Gott, ich möchte einfach nicht mehr an Mütter und Testamente denken …"

„… oder daran, verfolgt zu werden und mich zu fürchten", fügte Fisher hinzu.

JD nickte zustimmend und legte Fisher eine Hand an die Wange, lenkte ihn näher zu sich heran. „Das ist der beste Weg, den ich kenne, um etwas zu vergessen: Die schlechten Gedanken durch etwas sehr Gutes zu ersetzen." Die Intensität in JDs Blick brannte sich in seinen Körper und Fisher zögerte nicht. Sein Puls raste und sein Herz klopfte. Er hatte so viele Höhen und Tiefen durchgemacht, dass sein Körper voller Energie zu sein schien, und JDs Nähe und Energie waren wie Benzin, das man auf einen Waldbrand goss. Er schob sich vor, fing JDs Lippen mit seinen ein und presste ihn nach hinten gegen das Sofa.

„Mann", stöhnte JD leise und Fisher löste sich von ihm, starrte ihm in die Augen und fragte sich, ob er etwas falsch gemacht hatte. „Ich hatte dich zurückhaltender erwartet."

Kurz dachte Fisher darüber nach, sich zurückzuziehen, doch es gefiel ihm, den Ton anzugeben. Es gab ihm das Gefühl, alles unter Kontrolle zu haben, was in vielen Bereichen seines Lebens nicht der Fall war. Als er JD erneut küsste und dessen Bemerkung ignorierte, legte JD seine Arme um ihn und zog ihn dicht an seinen großen, starken Körper heran. Verdammt, es war ein heißes Gefühl, JDs Kraft unter sich zu spüren und zu wissen, dass dieser jederzeit den Spieß umdrehen konnte, aber dennoch Fisher die Führung überließ.

„Verflucht, du bist wie ein Ofen", sagte Fisher und zupfte am Saum von JDs Shirt, und nachdem JD sich herausgewunden hatte, warf er es auf den Boden und bewunderte, wie wohlgeformt JDs Brust und Bauch waren. Er sah sich satt, hätte am liebsten alles gleichzeitig betrachtet, berührt und geschmeckt. JD zupfte an Fishers Hemd, um es zu öffnen, und schob den Stoff an seinen Armen hinab.

Fisher wollte sich abwenden. Er war dünn, zu dünn, und er fragte sich, was JD denken würde. Als er sich zwang, JD wieder in die Augen zu sehen, entdeckte er offen flackernde Hitze und Lust. Beinahe hätte er sich umgedreht, um zu sehen, ob jemand anders hinter ihm stand. „Wie kannst du mich so ansehen?"

„Wie denn?", wollte JD wissen, während er mit den Fingern über Fishers Brust strich und eine Brustwarze anstupste, bis Fisher sich unter der Berührung windete.

„Als wäre ich dein Mittagessen und du kurz vor dem Verhungern", antwortete Fisher, als JD ihn dichter an sich zog, bis seine Brust auf JDs lag und JDs Hitze seine Haut fast versengte. Er schloss die Augen und nahm es in sich auf.

„Das liegt daran, dass es so ist. Du bist wunderschön, schlank und geschmeidig wie eine stolze Katze." JD streichelte ihm langsam über den Rücken.

„Das bin ich nicht", widersprach Fisher kleinlaut, obwohl er gern geglaubt hätte, was JD sagte.

„Doch, das bist du. Wer auch immer deinen Kopf mit diesen ‚Ich-bin-nicht-gut-genug'- Gedanken gefüllt hat, hat Mist erzählt. Du bist klug, stark, rücksichtsvoll ..." Fisher öffnete den Mund, um zu widersprechen, doch die Worte erstarben auf seinen Lippen, als JD sich aufsetzte und mit der Zunge eine seiner Brustwarzen neckte. „Siehst du? Wie eine Katze." Fisher bog den Rücken durch und JD saugte etwas heftiger, was Hitze durch seinen Körper rasen ließ. Es dauerte nur Sekunden, bis sich Fishers Hose viel zu eng anfühlte und sein Schwanz auf der Suche nach Freiheit gegen seinen Reißverschluss presste.

JD schob ihn langsam nach hinten, wobei er ihm in die Augen sah. „Ist das okay?"

Fisher nickte, woraufhin JD ihn auf die Polster legte.

„Verflucht", flüsterte JD und zupfte an seinem Gürtel. „Du bist wirklich ein Anblick."

„Nein, ich bin nur ..."

JD legte ihm einen Finger auf die Lippen. „Wo ich herkomme, ist es üblich, dass man sich für ein Kompliment bedankt, anstatt ihm zu widersprechen."

„Zu einem Zeitpunkt wie diesem spielst du die Südstaatenkarte?", fragte Fisher und brachte gerade eben so die Worte heraus, bevor er aufstöhnte, weil JD den Knopf seiner Jeans öffnete.

„Liebling, ich werde alle Karten ausspielen, die ich habe." JD zog an Fishers Jeans und der Stoff teilte sich. Fisher seufzte erleichtert, als sein Schwanz sich in seiner Unterwäsche vorschieben konnte. JD schob den Stoff hinunter und packte ihn fest, strich mit der Hand über seinen Schaft und grinste, als hätte er den ersten Preis gewonnen. „Ich wünschte, du könntest sehen, was du gerade für ein Anblick bist."

„Ich?"

„Ja." JD bewegte erneut seine Hand und Fisher hob die Hüften vom Sofa, wollte so verzweifelt mehr, dass sein Sichtfeld sich verengte und er nichts mehr außer JD sah. „So könnte ich dich ewig ansehen. Deine Augen sind so tiefblau wie der Himmel, bevor ein Gewitter aufzieht, und deine Wangen sind so rosig errötet. Das Beste daran ist zu wissen, dass du meinetwegen so reagierst."

„Ja", hauchte Fisher. „Okay ..." Er wand sich unter JDs Liebkosungen, denn er wollte einerseits mehr, aber andererseits auch nicht, dass sie endeten. Außerdem hätte er JD gern nackt gesehen, schien jedoch im Moment unfähig, seine Arme zu bewegen ... oder irgendetwas anderes. Als JD sich auf dem Sofa nach unten schob, den Kopf senkte und ihn dann mit enger, feuchter Hitze umschloss, sandte es seine Gedanken in Millionen von Richtungen, die alle zu JD zurückführten.

Fisher wimmerte und stöhnte dann laut, als JD schnell und heftig saugte. Es war perfekt und er ließ JD wissen, wie sehr er das, was dieser mit seiner

Zunge machte und womit er Fishers Kopf fast zum Explodieren brachte, schätzte und liebte.

„Fisher", sagte JD.

Es dauerte eine Sekunde, bis er begriff, dass JD seine Reise in den Himmel unterbrochen hatte. „Ja", keuchte er. „Hör bitte nicht auf."

„Das werde ich nicht. Aber ist dir klar, dass du das schmutzigste Vokabular besitzt, das ich jemals gehört habe?"

Fisher errötete und blinzelte. „Ich habe nichts gesagt."

JDs Lippen näherten sich Fishers. „Liebling, du hast eine Reihe von Flüchen und Obszönitäten von dir gegeben, bei denen jedem Pornostar vor Erstaunen der Mund offen stünde."

„Tatsächlich?", fragte Fisher.

„Ja."

„Das war mir nicht bewusst", sagte er kleinlaut. „Dann höre ich auf." Fisher presste fest die Lippen aufeinander und JD saugte ihn wieder tief in den Mund. Sekunden später befand er sich wieder auf dem Weg zur Wonne und JD schien sich vorgenommen zu haben, ihn auf möglichst spektakuläre Weise hinzubringen. „Ich halte nicht mehr lange durch", erlaubte er sich schließlich zu sagen und JD lachte um seinen Schwanz herum, nahm ihn ganz in sich auf und hielt still, während Fisher durchgängig bebte. „Ich will …" Er verstummte und JD zog sich zurück. Auf gewisse Weise war Fisher erleichtert, denn er wollte kommen, aber war gleichzeitig noch nicht dazu bereit. Es ging zu schnell, und doch schrie jede einzelne seiner Gehirnzellen nach Erlösung.

Fisher holte Luft und stürzte sich auf JD. Er sprang regelrecht auf ihn, sodass er rückwärts auf die Polster fiel. Die Couch ächzte unter ihrem Gewicht, aber hielt durch.

„Du hast so viel Energie", sagte JD kichernd.

„Du lachst mich aus."

„Es freut mich nur, dass du so begeistert bist." JD küsste ihn so heftig, dass Fisher es bis in die Zehen spürte. Er wünschte sich, es würde niemals aufhören. Er liebte es, von JDs Wärme und Kraft umgeben zu sein. Im Augenblick war er sicher, und das half seinem Selbstbewusstsein.

Fisher stand vom Sofa auf, wobei sein Schwanz in JDs Richtung aus seiner offenen Hose hervorragte. Es war ein verdorbener Anblick und Fisher liebte es.

„Du siehst verrucht aus", teilte JD ihm mit.

„Nicht wirklich, aber ich arbeite dran." Er wandte sich dem hinteren Teil der Wohnung zu. „Vielleicht sollten wir ins andere Zimmer gehen."

JD stand auf und ergriff Fishers Hand, um ihn zum Schlafzimmer zu führen. „Manchmal machst du Dinge auf die liebenswerteste Weise."

Fisher zog an JDs Hand, um ihn zu stoppen. „Auf dem Sofa herumzumachen ist eine Sache, aber ins Schlafzimmer zu gehen bedeutet …" Er hielt inne, weil er nicht ganz sicher war, was er genau sagen wollte. „Das ist mein Schlafzimmer - wo ich schlafe und wo ich mich immer sicher fühle, wenn es nötig ist." Er wandte sich JD zu. „Verstehst du?"

„Ich würde dir niemals wehtun", antwortete JD.

Fisher schüttelte den Kopf und machte sich daran, wieder alles in seiner Hose zu verbergen. Anstatt sich sexy vorzukommen, fühlte er sich nun auf eine Art, mit der er nicht gerechnet hatte, entblößt und nackt. „Das weiß ich. Zumindest weiß ich, dass du es nicht vorsätzlich tun würdest. Aber davon rede ich nicht." Er schnaubte leise, fürchtete sich davor, die Worte auszusprechen. „Wenn du nur herummachen und Spaß haben willst, können wir auf dem Sofa bleiben, aber wenn wir ins Schlafzimmer gehen, dann … bedeutet es etwas." Er war nicht sicher, was, doch er wusste, dass JD nicht hineinlassen konnte, wenn es sich nur um einen schnellen Blowjob und eine einmalige Sache handelte.

JD zog ruckartig an seiner Hand, woraufhin Fisher in seinen Armen landete. „Wenn du nach Blumen und Versprechen für alle Ewigkeit fragst, kann ich sie dir nicht geben, zumindest nicht jetzt. Es ist zu früh. Aber wenn du fragst, ob du mein Freund bist, dann ist die Antwort ja. Ich möchte dich kennenlernen und herausfinden, was dich bewegt. Ich mag es, dass du ganz nervös wirst, wenn du dir einer Sache unsicher bist, aber wenn du dann deine Antwort findest, strahlst und den ganzen Raum erhellst."

„Ich bin dein Freund?", fragte Fisher.

„Ja. Wenn du es sein willst."

Nickend führte Fisher JD ins Schlafzimmer und dann zum Bett. Fisher liebte sein Schlafzimmer: es war hell, mit warmen, beruhigenden Farben. JD zog ihn an sich, und als Fisher ihm die Arme um den Nacken schlang, hob er an und legte ihn auf die Matratze.

JD liebkoste ihn, sah ihm tief in die Augen. Die Ängste und Sorgen, die Fisher ständig zu plagen schienen, verstummten fürs Erste. Wichtig war nur JD, der ihm die Hose auszog und ihn wieder auf das Bett legte, bevor er sich entfernte, um seine Schuhe und den Rest seiner Kleidung abzustreifen.

Was für ein Anblick - so viel warme Haut über kraftvollen Muskelsträngen, die mit jeder Bewegung zu tanzen schienen. JD kletterte auf das Bett und hielt inne. „Was soll der Blick?"

„Du bist derjenige, der wie eine Katze aussieht", erklärte Fisher.

„Nein. Ich bin ein Bär, na ja, nur ohne das Fell. Für eine Katze bin ich zu groß." JD setze sich rittlings auf seine Beine und Fisher fragte sich, was er vorhatte. „Ich bin ein kräftiger Kerl, aber du bist schlank, glatt und drahtig."

„Hässlich", merkte Fisher an, bevor er sich bremsen konnte.

„Nein. Jeder möchte das sein, was er nicht ist. Ich bin kräftig, aber ich mag Männer, die schlank und groß wirken." JD beugte sich vor. „Du musst versuchen, dich von deinem Selbstbild zu lösen." JD schaute nach unten und Fisher folgte seinem Blick zu JDs aufragendem Schwanz. „Siehst du, was du mit mir machst? Das ist kein Schwindel und keine Einbildung. Du machst mich an."

Fisher schluckte. Er wollte JDs Worte mehr als allem anderen auf der Welt glauben. „Wirklich?"

„Schatz, du bist eine heiße Nummer." Bevor Fisher widersprechen konnte, küsste JD ihn und beugte sich vor, bis ihre Körper aneinandergepresst waren. Fisher schlang seine Beine um JDs und ließ es geschehen. Er labte sich an dem Gefühl von Haut an Haut, schweißfeucht und unglaublich heiß. JD war vorsichtig und sanft, aber doch entschlossen genug, um ihn so zu berühren, dass er bebte und zitterte. Als JD an seinem Körper hinabglitt, um wieder schnell und heftig an ihm zu saugen, bog Fisher den Rücken durch. Er warf den Kopf auf dem Kissen hin und her und ließ sich von JD an den Ort führen, an den er sie beide bringen wollte.

„JD", flüsterte Fisher, kurz bevor er den Gipfel seiner Lust erreichte. „Ich kann nicht …"

JD rieb ihm über den Bauch, saugte ihn kräftiger und tiefer in seinen Mund, entzog ihm das letzte bisschen Beherrschung. Er kam mit einem Schwall der Lust, der wie Wellen durch seinen Kopf rauschte. Er spürte, wie auch JD erbebte, und dann hielt er ihn in den Armen. Sich sicher und geborgen zu fühlen, auch wenn nur für kurze Zeit, hatte etwas für sich.

5

„WEITER ZUR Ecke Bedford and Louther", forderte ihn die Zentrale auf. JD
bestätigte, schaltete Blaulicht und Sirene ein und trat aufs Gaspedal. Die Situation
schien schlechter anstatt besser zu werden. Er hatte während seiner Schicht bereits
auf drei Notrufe reagiert und zwei davon hingen mit Drogen zusammen. Sie
mussten die Quelle finden und stilllegen.

JD hielt hinter Reds Streifenwagen an und stieg aus. Ein Verdächtiger lag
auf dem Boden.

„Er will nicht kooperieren", erklärte Red.

Anscheinend lag der junge Mann einfach steif da und weigerte sich, aus
eigener Kraft in den Streifenwagen zu steigen.

„Vielleicht solltest du ihm einen Tritt in den Magen verpassen? Hier
ist niemand, der es sieht oder den es interessiert." JD zwinkerte Red zu, als der
Verdächtige sich plötzlich aufsetzte.

„Das ist Polizeigewalt."

„Nein", verbesserte ihn JD. „Auf diese Art bringen wir Sie nur dazu zu tun,
was wir wollen." Leise lachend half er Red, den Verdächtigen auf den Rücksitz zu
bugsieren, und schloss die Tür. „Als ich vor einer Stunde auf dem Revier war, hat
der Bürgermeister schon wieder den Chief in seinem Büro besucht."

„Ich weiß. Hast du die Zeitung gelesen? Dort wurde unsere Stadt praktisch
als Drogenumschlagplatz bezeichnet", sagte Red erbittert. „Wo kommt diese ganze
Scheiße her? Wir haben in der Stadt nicht so viele Konsumenten. Wer verbreitet
es also? Wir haben Leute festgenommen, aber abgesehen von dem Typen, der in
Fishers Haus eingebrochen ist, redet niemand."

„Man sollte denken, wenigstens einer von ihnen würde nachgeben."

Red schüttelte den Kopf. „Kein einziger. Sie wissen, dass es uns schwerer
fällt, Beweismaterial gegen sie zusammenzutragen, wenn sie den Mund halten, und
es geht um viel zu viel Geld, als dass sie es freiwillig aufgeben würden. Irgendwer
hat direkt vor unserer Nase eine Drogenzentrale aufgebaut, aber wir sehen sie
nicht."

„Was ist mit der Information, die er uns gegeben hat, dass sie Lastwagen
benutzen?", fragte JD.

„Zu allgemein. Weißt du, wie viele Lastwagen jeden Tag über die Mautstraße
fahren?"

„Wie habt ihr dann den letzten erwischt?", fragte JD.

„Beinahe reines Glück. Terry und ich sind fast zufällig darüber gestolpert. Nein, diese Leute sind gerissen und erfinderisch. Wie sie es auch anstellen, sie tun es direkt vor unserer Nase. Das weiß ich. Möglicherweise hat es sogar schon einer von uns mitangesehen, ohne zu begreifen, was vor sich ging." Red schnaubte. „Ich muss ihn jetzt zum Revier bringen, um seine Daten aufzunehmen."

„Meine Schicht ist bald vorbei und dann muss ich mich meiner Mutter stellen. Sie hat mir geschrieben, dass sie auf dem Weg vom Flughafen zu mir ist." Er warf einen sehnsüchtigen Blick auf die Rückbank von Reds Streifenwagen. „Ich würde lieber den Rest des Abends auf Patrouille in den finstersten Gassen der Stadt verbringen, um jeden einzelnen Freund dieses Typen aufzustöbern, als fünf Minuten mit meiner Mutter."

„So schlimm?", fragte Red.

„Falls es eine Schießerei gibt, ruf mich auf jeden Fall an. Die wäre weniger stressig." JD wartete, bis Red eingestiegen war, und fuhr ihm bis zur Polizeiwache hinterher. Nachdem er sich abgemeldet hatte, schickte er Fisher eine Nachricht und dieser rief ihn gleich an.

„Soll ich direkt zu deinem Haus kommen?", fragte Fisher, als JD abnahm.

„Du musst das nicht tun", sagte er zum millionsten Mal. Seiner Mutter wollte er Fisher wirklich nicht aussetzen. Er wollte lediglich herausfinden, was seiner Mutter so gegen den Strich ging, ihr ausreden, Tante Lillibeths Testament anzufechten, und sie dann dazu bringen, die Stadt wieder zu verlassen. „Meine Mutter kann für jeden zu viel sein." JD wünschte, der Gehweg würde sich auftun und ihn verschlingen.

„Ich bin in zehn Minuten da. Ich hole nur meinen Mantel."

„Bist du sicher, dass du zurechtkommst?" Manchmal war Fisher so nervös, aber manchmal auch so unbekümmert und mutig wie jeder andere. JD wusste, dass es Teil von Fishers Krankheit war, und er musste lernen, es zu akzeptieren und einzuschätzen, wie er sich fühlte. „Red hat mir heute erzählt, dass wir die gestern an der Schießerei beteiligten Männer nicht erwischt haben. Einige von uns sehen sich immer noch um und reden mit den Nachbarn. Es gab eine Blutspur, aber die hat aufgehört." JD sprach es nur ungern an, weil er Fisher nicht beunruhigen wollte, allerdings war es auch nicht gut, ihm Dinge zu verheimlichen. „Diese Männer haben dich sehr wahrscheinlich gesehen. Aber es ist nicht sehr wahrscheinlich, dass sie geschickt genug sind und die entsprechenden Ressourcen haben, dich ausfindig zu machen." Er wollte nicht, dass Fisher etwas zustieß. „Sei einfach vorsichtig und bleib aufmerksam."

„Ich habe mein Handy bei mir und du bist ja auch gleich da." Er klang geradezu munter. Es war wunderbar und JD fragte sich, ob der Grund dafür ihre gemeinsame Nacht war. JD wusste, dass er selbst von Fishers Wärme umgeben und mit einem Lächeln aufgewacht war. Zugegeben, er hatte früh gehen müssen und es hatte ihm nicht gefallen, einen noch schlafenden Fisher zu verlassen. Da er ihn allerdings auch nicht hatte wecken wollen, war er gegangen, nachdem er Fisher noch einige Sekunden lang beim in die Decke gemummelten Schlafen betrachtet hatte.

„Also gut. Wir sehen uns in ein paar Minuten." JD hoffte, dass sie vor seiner Mutter ankommen würden. Sie hatte ihm mitgeteilt, dass sie ein Auto mieten und sich den Weg erklären lassen würde. Er legte auf, stieg in sein Auto und fuhr so schnell, wie er es wagte. Unterwegs sah er Fisher nicht, aber als er parkte, näherte sich Fisher dem Auto und spähte mit einem breiten Grinsen durch das Fenster. JD hatte nicht realisiert, wie besorgt er gewesen war, bis er ihn heil und gesund vor sich sah.

„Da ist jemand glücklich", stellte JD fest. Fisher errötete kräftig, als JD seine Hand ergriff, um mit ihm zusammen zur Haustür zu gehen. „So gefällst du mir. Du hast ein tolles Lächeln." JD führte sie hinein und schloss die Tür. Als er sich gerade für einen Kuss Fisher zuwandte, hörte er ein ankommendes Auto. Er schaute durch das Seitenfenster neben der Tür und stöhnte. Seine Mutter hatte schon immer das perfekte Timing besessen, wenn es darum ging, einen Schatten über das Glück anderer zu werfen.

„Ist das deine Mutter?", fragte Fisher hinter ihm. „Sie weiß aber schon, dass sie nicht auf dem Weg zum Tee im Country Club ist?"

„Das ist meine Mutter. Die einzige Gelegenheit, bei der sie sich leger kleidet, sind Gartenpartys, und dann ist es immer noch ein leichtes Kleid … von Chanel oder irgendeinem anderen Designer." JD entfernte sich vom Fenster, ergriff Fishers Hand und führte ihn in den hinteren Teil des Hauses.

„Aber sie ist da."

„Und ich will sie nicht auf den Gedanken bringen, dass wir sie erwarten." Die Klingel ertönte. „Setz dich ins Wohnzimmer. Ich lasse sie rein." Er wurde von Sekunde zu Sekunde nervöser und hasste es. Er näherte sich der Haustür, um sie zu öffnen.

„Jefferson Davis, willst du mich den ganzen Tag hier draußen in der Kälte stehen lassen?"

Er trat zurück. „Du hättest einen Mantel anziehen können." Er hatte nicht vor, sich von ihr reizen zu lassen, komme, was da wolle. Sie trat ein und sah sich um, wobei sich ihre Nase ein wenig hob. JD schloss die Tür und deutete auf das Wohnzimmer.

„Ich hätte gern etwas heißen Tee", sagte sie.

„Ich wusste nicht, dass ich etwas serviere", antwortete JD.

„Ich bin Gast in diesem Haus."

„Einer, der sich selbst eingeladen hat. Ich bin erst vor ein paar Minuten von der Arbeit gekommen." Seine Mutter blieb stehen, als sie Fisher sah. „Mom, das ist Fisher Moreland, mein Freund. Fisher, das ist Mary Lynn Burnside, meine Mutter."

Seine Mutter stand steif wie eine griechische Statue im Kunstmuseum da und starrte ungläubig. JD gefiel es, dass er sie sprachlos gemacht hatte. Vielleicht würde es ihm in dem Spiel, das sie spielte, eine Chance geben.

„Fisher. Das ist ein interessanter Name", sagte sie, wobei sie ihre Hände nah am Körper hielt.

„Manieren, Mutter", presste JD zwischen seinen Zähnen hervor und warf ihr einen finsteren Blick zu. „Du bist in meinem Haus." Den ‚Unter-meinem-Dach'-Vortrag hatte er sich häufig anhören müssen und es verschaffte ihm unendliche Genugtuung, es ihr heimzahlen zu können. Fisher hatte sich erhoben und versicherte ihr, wie schön es sei, sie kennenzulernen, woraufhin sie endlich die Hand ausstreckte, damit Fisher sie schütteln konnte. „Bitte setz dich."

„Ich kann einen Tee kochen, wenn Sie möchten", bot Fisher an.

„Danke", erwiderte seine Mutter.

„Der Tee ist im Schrank neben dem Kühlschrank und die Kanne steht auf der Arbeitsplatte." JD lächelte Fisher zu und dieser schien erleichtert darüber zu sein, sich entfernen zu können.

„Er hat Umgangsformen und weiß wenigstens, wann er einen Raum verlassen sollte", merkte seine Mutter an.

„Schade, dass du deine in Charleston vergessen hast", konterte JD und setzte sich auf das Sofa gegenüber von ihrem Sessel. „Warum bist du gekommen, Mutter? Du willst etwas und es hat nichts mit Tante Lillibeths Testament zu tun."

„Lillibeth war die Schwester deines Vaters und hätte alles ihm hinterlassen sollen", verkündete sie.

„Leider bist du nicht diejenige, die das entscheidet. Tante Lillibeth hat in ihrem Testament deutlich erklärt, was sie von dir hält und warum sie so entschieden hat. Jeder Richter würde dich auslachen. Anscheinend hat Tante Lillibeth mit deinem kleinen Wutausbruch gerechnet. Also gib es auf und sag mir, was du willst."

„Ich habe mit deinem Vater geredet." Vermutlich eher auf den armen Mann *ein*geredet, aber JD ließ es ihr durchgehen. „Es war falsch von mir, dich anzurufen und zu verlangen, dass du der Beerdigung fernbleibst. Das war egoistisch und ich hätte mir mehr Gedanken darüber machen sollen, was deine Tante gewollt hätte."

„Danke", sagte JD und entspannte sich ein wenig. Er wusste aber nur allzu gut, dass seine Mutter sich möglicherweise lediglich bei ihm einschmeicheln wollte. Schließlich war die Beerdigung vorbei. JD war ihr bedauerlicherweise wirklich ferngeblieben und seine Mutter hatte letztendlich bekommen, was sie wollte. Sich jetzt zu entschuldigen, wenn nur sie beide anwesend waren, stellte für sie also kein großes Opfer dar. „Aber ich frage noch einmal: Was willst du?" Der Teekessel pfiff, woraufhin JD aufstand, um Fisher zu helfen.

„Wie läuft es?", flüsterte Fisher.

JD zuckte mit den Schultern und holte einige Kekse aus dem Schrank. Es handelte sich um gekaufte, aber sie waren alles, was er hatte. Dass seine Mutter vermutlich die Nase rümpfen würde, war kein Problem. Immerhin hatte er ihr etwas angeboten. Er legte sie auf einen Teller und folgte Fisher, der das Tablett mit dem Tee ins Wohnzimmer trug.

In den nächsten Minuten ging es darum, Tee einzugießen und wieder Platz zu nehmen. JD war erfreut, als Fisher sich zu ihm auf das Sofa setzte. Es kam ihm so normal und gemütlich vor, auch wenn seine Mutter ihnen böse Blicke zuwarf. Was für sie natürlich auch normal war.

„Also, warum der Besuch, Mutter?"

Sie stellte ihre Tasse ab. „In letzter Zeit hatten dein Vater und ich ... einige der Investitionen, die wir vor mehreren Jahren getätigt haben, haben sich nicht rentiert." Die Röte ihrer Wangen nahm stetig zu.

„Ihr seid pleite?", fragte er, während er seine Tasse an die Lippen hob.

„Das sind wir natürlich nicht, aber die Zeiten sind schwerer, als sie sein sollten. Wir hatten damit gerechnet, dass deine Tante deinem Vater ..." Sie öffnete ihre Handtasche und nahm ein Taschentuch heraus, mit dem sie ihre Augenwinkel betupfe. „Die letzten Monate waren grauenvoll."

„Nein, Mutter", sagte JD mit fester Stimme und antwortete ihr, bevor sie die Frage stellen konnte. „Weder werde ich mich Tante Lillibeths Wünschen widersetzen noch werde ich dir geben, was du willst." Er stellte seine Tasse auf dem Tablett ab. „Du verbrauchst Geld, als wäre es Wasser."

„Dein Vater und ich haben hart gearbeitet ..."

JD schüttelte den Kopf. „Du hast nicht einen einzigen Tag in deinem Leben gearbeitet. Du hast Wohltätigkeitsveranstaltungen ausgerichtet, bist den richtigen Clubs beigetreten, hast mit den richtigen Leuten gesprochen und dich um das Familienimage gesorgt. Und darum, wie alles auf ebenso oberflächliche Menschen wie dich wirkte, ohne dich je darum zu kümmern, wie viel Dad verdiente." JD stand auf. „Vor Monaten hast du mich aus dem Haus geworfen, weil ..." Er wandte sich zu ihr um. „Weil ich deinen Erwartungen an das Image der perfekten Familie und des perfekten Lebens nicht gerecht geworden bin."

„Du hast dich von allem abgewandt, wofür unsere Familie steht und seit Generationen arbeitet. Dank unseres gesellschaftlichen Status können wir vielen Menschen helfen." Sie durchbohrte Fisher mit ihrem Blick und JD ergriff seine Hand.

„Ich war der Mensch, der ich bin. Aber du hast mir unabsichtlich einen Gefallen getan. Ich konnte nicht zu dir und Dad zurückgehen oder mich auf unseren glanzvollen Familiennamen stützen. Ich habe gelernt, mir mein Geld einzuteilen und für mich selbst zu sorgen. Und ihr werdet dasselbe lernen müssen."

Seine Mutter erblasste. „Dein Vater sagt, dass wir einige unserer Grundstücke verkaufen müssen ..."

„Tut, was nötig ist. Ich habe vor, das, was Tante Lillibeth mir vermacht hat, zu hüten. Ich habe nicht die Absicht, Geld in eure selbstgeschaffene Geldnot zu geben." Er ließ Fishers Hand los, um sich seiner Mutter zu nähern und sich über sie zu beugen. „Mom, die Kleider an deinem Körper kosten mehr, als ich im Monat verdiene, und trotzdem bittest du mich um Geld."

„Immerhin hatte ich keine Affäre mit dem Sohn des Bürgermeisters", kreischte sie. „Wie peinlich war das? Alle in der Stadt haben gesagt, du hättest ihn verführt, du hättest ihn vom rechten Weg abgebracht, und als …"

JD wandte sich an Fisher. „Robert Jay und ich hatten eine Beziehung."

„Deinetwegen hat er sich umgebracht", warf ihm seine Mutter vor und brach in Tränen aus. Mal wieder.

„Mrs. Burnside", sagte Fisher leise, doch sie hatte sich schon zu weit hineingesteigert.

JD war nicht sicher, ob es sich um echten Schmerz oder Schauspielerei handelte. „Es spielt keine Rolle. Robert Jay und ich waren zusammen und es ist herausgekommen. Sein Vater ist ausgerastet und Bobby konnte es nicht ertragen, seinen Vater zu enttäuschen, also hat er Tabletten geschluckt. Danach hat sich die Wut jeder wichtigen Person in der Stadt gegen mich gerichtet, da ich der Einzige war, der sie noch entgegennehmen konnte. Der Bürgermeister ist zurückgetreten und seine Frau hat sich aus allen gesellschaftlichen Kreisen zurückgezogen."

„Dann hast du die Stadt verlassen und bist hergekommen?", wollte Fisher wissen und JD nickte. „Darüber bin ich froh. Nicht über die schlimmen Dinge, die passiert sind, aber ich bin froh, dass du hergekommen bist und ich dich kennenlernen durfte. Und du trägst keine Verantwortung für Bobby oder irgendjemand anderen außer dir selbst." Fisher wandte sich mit einem Blick, in dem Wut aufblitzte, an JDs Mutter. „Die einzigen Schuldigen sind Bobbys Eltern, weil sie ihren Sohn im Stich gelassen haben, und Sie, Mrs. Burnside, weil Sie sich nicht für Ihren Sohn eingesetzt haben. Wenn Sie jemanden beschuldigen wollen, müssen Sie nichts weiter tun, als in den Spiegel zu sehen." Er stand auf, so mit Wut erfüllt, wie JD es bei ihm nicht für möglich gehalten hatte. „Wo ist die bedingungslose Liebe? Die soll doch von Eltern kommen. Sie sollten Ihren Sohn so akzeptieren, wie er ist, und Außenstehenden die Stirn bieten. Das tut eine Familie nämlich, anstatt sich gegen einen von ihnen zu wenden." Mit zitternden Händen drehte sich Fisher um und stürzte aus dem Zimmer.

„Lässt du wirklich zu, dass er so mit mir redet?"

JD folgte Fisher mit Blicken, bevor er sich wieder seiner Mutter zuwandte. „Er hat recht und das hier ist mein Haus, also kann er mit dir reden, wie es ihm gefällt." JD ging zur Tür. „Entschuldige mich." Er verließ den Raum und folgte Fisher in den hinteren Teil des Hauses, wo er ihn in dem kleinen Wohnzimmer vorfand, das zum Garten führte. JD ließ sich auf dem Korbstuhl neben Fishers nieder.

„Es tut mir leid", sagte Fisher und bedeckte sein Gesicht mit den Händen.

„Ist schon in Ordnung. Verdammt, du hattest doch recht, und was sie gesagt hat, war zu dicht an dem, was dir passiert ist, stimmt's?"

„Andere Gründe, aber das Ergebnis war dasselbe. Eltern sollten ihre Kinder besser behandeln", antwortete Fisher. „Ich weiß, dass ich verwirrt sein kann und meine Gefühle aus dem Gleichgewicht geraten, aber ich bin immer noch ihr Sohn."

JD ignorierte das Drama, welches er im anderen Raum zurückgelassen hatte, und schloss Fisher in die Arme. „Wenn du recht hast, dann richtig." Er wiegte sich langsam vor und zurück, tröstete Fisher und sich selbst. „In einer Familie sollte es um mehr gehen, als was du für sie tun kannst oder wie Dinge auf andere wirken. Deine Familienmitglieder sollten diejenigen sein, die dich so lieben, wie du bist. Sie sollten dein wirkliches Ich sehen - mit all seinen Fehlern - und dich dennoch lieben."

„Ich sollte nach Hause gehen, damit du dich um deine Mutter kümmern kannst." Da Fisher sich nicht bewegte, hielt JD ihn weiter in den Armen. „Ich wollte für dich da sein, anstatt alles noch schlimmer zu machen."

„Das haben Sie nicht", sagte JDs Mutter hinter ihm. JD drehte sich um und hielt Fisher noch fester, als seine Mutter in der Zimmertür erschien. „Ich glaube nicht, dass mein Verhältnis zu meinem Sohn wesentlich schlechter werden könnte."

„Warte im Wohnzimmer. Ich bin in ein paar Minuten zurück", wies JD sie an. Im Augenblick war Fisher seine Priorität.

„Warum lächelst du?", fragte Fisher, als er sich über die Augen wischte.

„Weil es ein wunderschöner Anblick war, wie du dich meiner Mutter entgegengestellt hast. Du bist mit der Beharrlichkeit eines Bären auf sie losgegangen. So hat sich seit sehr langer Zeit niemand für mich eingesetzt. Und dann noch bei der Drachendame persönlich. Das hat mehr Mumm erfordert, als ich je in meinem Leben hatte."

„Nein, hat es nicht. Sie ist nicht meine Mutter und ich wurde nicht von Geburt an darauf programmiert, ihr zu gehorchen und sie zu respektieren. Sie war einfach jemand, der mich in Rage gebracht hat."

„Trotzdem war es schön, wie du mich verteidigt hast."

„Warte ab, bis ich mal im falschen Moment die Klappe aufreiße", sagte Fisher, woraufhin JD die Augen verdrehte. „Und jetzt solltest du herausfinden, was sie möchte."

„Ich weiß, was sie möchte", antwortete JD.

Fisher schüttelte den Kopf. „Sie ist wegen etwas Wichtigem hier und das ist nicht das Geld. Dein Nein zu ihrer Bitte hätte sie sich auch am Telefon abholen können. Ich glaube, da ist noch etwas anderes, und es fällt ihr schwerer, darüber zu sprechen."

JD kniff die Augen zusammen. „Woher weißt du das?"

„Ich weiß es nicht. Es ist nur ein Gefühl. Wenn es dir recht ist, bleibe ich hier sitzen, während du mit ihr redest. Wenn du mich brauchst, lass es mich einfach wissen, dann komme ich."

JD seufzte. „Ich habe meiner Mutter nichts zu sagen." Er stand auf und verschränkte die Arme vor der Brust. Als Fisher lachte, senkte JD den Blick, denn ihm wurde klar, dass er wie ein bockiges Kind wirkte. „Also gut. Wenn es dich glücklich macht, rede ich mit ihr."

„Man hat nur eine Mutter, und auch, wenn es nicht so aussieht, als hätte einer von uns bei seiner den Jackpot gewonnen, ist deine immerhin den ganzen Weg hergekommen. Also besteht vielleicht etwas Hoffnung." Fisher zog den Weidenhocker zu sich heran und streckte seine langen Beine aus. Ein Bild blitzte in JDs Kopf auf - Fisher, wie er nackt seine langen Beine ausstreckte, während JDs Hände daran hinaufglitten, bis sie … Er blinzelte und holte seinen Verstand an den richtigen Ort zurück. Bevor er ein weiteres Mal abgelenkt werden konnte, kehrte er ins Wohnzimmer zurück. Er setzte sich und wartete darauf, dass seine Mutter sprach, während er an einem Keks knabberte, als käme er nicht praktisch vor Neugier um.

„Du wirst uns wirklich nicht helfen?", fragte sie schließlich.

„Mom, warum sollte ich meine Zukunft verpfänden, um eure schlechten Gewohnheiten zu unterstützen? Ihr zwei habt ausreichend Kapital. Hört auf, nur Designerzeug zu kaufen. Verzichtet auf alles, was nicht wichtig ist." Er rutschte an den Rand des Sofas. „Als Kinder hatten wir immer alles. Als Rachel ein Pferd wollte, hast du ihr eins gekauft. Ich habe mit sechzehn ein Auto bekommen, genau wie sie. Ja, Dad ist einmal im Jahr mit mir auf die Jagd gegangen, aber das war unsere einzige gemeinsame Aktivität. Du und Dad, ihr wart immer so beschäftigt, dass ihr uns Dinge gekauft habt, aber das war alles."

„Wir haben alles für euch getan, was wir konnten", widersprach sie.

„Wirklich, Mom?", bohrte JD nach. „Ich musste erst herziehen, um alles klarer zu sehen. Hier habe ich keinen Zugang zu eurem Geld und euren Kreditkarten. Ich lebe nur von dem, was ich verdiene. Glaub mir, das war anfangs ein Schock. Ich gehe jetzt nicht mehr für jede Mahlzeit aus. Meine Möbel wurden schon von jemand anderem benutzt und mein Haus wurde nicht von einem Innenarchitekten eingerichtet. Aber es gehört mir und ich habe dafür gearbeitet." Er rutschte wieder nach hinten, da er nicht zu ihr durchdrang - nicht, dass er ernsthaft damit gerechnet hatte. „Weshalb bist du wirklich hier?"

„Nichts hat sich so entwickelt, wie ich dachte", begann sie und betupfte wieder ihre Augen, bevor sie das Taschentuch senkte. „Ich hatte unrecht, in Ordnung?", stieß sie hervor. „Dein Freund hatte recht. Ich habe dich für Dinge verantwortlich gemacht, die nicht deine Schuld waren. Diese Sache mit dem Schwulsein verstehe ich nicht und ich bezweifle, dass ich es je werde. Nach der Kirche habe ich letztes Wochenende mit dem Pfarrer gesprochen und er sagt, ich muss für deine Seele beten und den Herrn darum bitten, dich wieder auf den rechten Weg zu führen."

„Deshalb bist du also hier? Weil du um meine Seele fürchtest? Dann muss ich dir leider sagen, dass unser toller Pfarrer gern große Töne spuckt, aber stell dich mal an einem Freitagabend in die Nähe dieses Ladens am Stadtrand, wo *diese*

Videos verkauft werden, und schau, ob du nicht ein bekanntes Gesicht entdeckst." JD blickte ihr fest in die Augen. „Ja, Mom. Ich war Polizist, schon vergessen? Ich habe die schlechtesten Seiten von Leuten gesehen und habe trotzdem nichts gesagt, als sie es auf mich abgesehen hatten." Es gefiel ihm, dass er die Welt seiner Mutter ein wenig ins Wanken bringen konnte. „Glashäuser und Steine, Mutter."

„Na gut", fauchte sie und stand auf. „Ich weiß nicht, was ich mir von meiner Reise hierher erwartet hatte."

„Du kommst immer noch nicht zur Sache. Sag einfach das, weshalb du hier bist."

Sie wandte sich ab. „Dein Vater will mich verlassen", erklärte sie den Fenstern. „Er sagt, ich hätte unseren Sohn vertrieben und uns mit meinen Ausgaben an den Rand des Bankrotts getrieben." In ihrer Stimme schwang etwas mit, was JD darin noch nie zuvor gehört hatte: Furcht. Seine Mutter fürchtete sich vor nichts und niemandem. „Er macht mich für alles verantwortlich. Vor einer Woche ist er ausgezogen und seitdem habe ich ihn nicht mehr gesehen. Rachel hat gesagt, es wäre meine eigene Schuld, und hat dann vorgeschlagen, eine Auktion zu veranstalten, um Dinge zu verkaufen." Sie senkte den Kopf und ihre Schultern bewegten sich langsam auf und ab. „Ich weiß nicht, was ich tun soll."

„Also dachtest du, du kommst her, bittest mich um Geld und dann wird alles wieder wie vorher? Du weißt, dass es so nicht funktioniert." Er stand auf, aber näherte sich ihr nicht. Er würde sich davor hüten, ihr zu viel Mitgefühl zu zeigen. „Liebst du Dad? Ich meine, liebst du ihn wirklich, tief in deinem Innern?"

„Ich weiß es nicht. Er ist seit dreißig Jahren mein Mann. Ich …"

„Dann glaube ich, dass das die Frage ist, die du dir als Erstes beantworten musst." JD betrat völliges Neuland. „Geld ist nicht die Lösung für dieses Problem. Du musst dir mit Dad zusammen Gedanken darüber machen, was ihr jetzt vorhabt und ob das Euer Miteinander noch einschließt." Diese unerwartete Entwicklung machte ihn schwindlig. Vielleicht hatte sein Vater nach all den Jahren genug davon, dass seine Mutter das Reden und alle verdammten Meinungen für sich beanspruchte.

Fisher betrat das Zimmer, woraufhin JD eine Hand ausstreckte. Fisher sah erst seine Mutter an, dann ihn, bevor er JDs Hand kurz in seine nahm. Sie tauschten ein schnelles Lächeln aus, dann zog sich Fisher wieder in den anderen Raum zurück.

„Er ist nur hinter deinem Geld her", sagte seine Mutter.

„Woher willst du das wissen?", fuhr JD sie an. „Was für eine bösartige Aussage, vor allem von dir. Wenn jemand in diesem Haus hinter meinem Geld her ist, dann du. Du bist in meinem Haus und ich habe deine Zickereien satt." Es war Zeit, die Sache zu Ende zu bringen.

„Nenn mich nicht Zicke", zischte sie, wobei sie eine Schlange hervorragend nachahmte.

Er würde ihr nicht in die Falle gehen. „Als ihr mich im Stich gelassen habt, hat es furchtbar wehgetan. Aber das ist nichts im Vergleich zu dem, was Fishers Familie ihm angetan hat. Also wag es nicht, abfällige Bemerkungen über ihn zu machen! Fisher ist ein guter Mann mit einem großen Herzen - etwas, worüber du sehr wenig weißt. Wärst du etwas liebevoller gewesen und hättest dir weniger Sorgen um die Meinungen der Schwachköpfe in deinen Wohltätigkeitsorganisationen gemacht, könntest du vielleicht eine gute, aufrichtige Person erkennen." JDs Wut steigerte sich schnell und seine Wangen wurden heiß.

„JD", sagte Fisher leise von der Tür her. „Deine Mutter weiß nichts über mich. Sie darf misstrauisch sein, wenn sie möchte. An ihrer Stelle wäre ich es auch."

JD und seine Mutter starrten ihn an.

„Mrs. Burnside, ich bin JDs Freund. Ich bin nicht an irgendwelchem Geld interessiert, das er möglicherweise bekommt." Er kam näher. „Mein Arbeitsplatz hat angerufen, weil dort gerade Hilfe gebraucht wird. Man hat mich gefragt, ob ich kommen könnte. Ich gehe jetzt nach Hause und ziehe mich um." Er wandte sich an JDs Mutter. „Es war schön, Sie kennenzulernen." Dann holte Fisher seinen Mantel und verließ leise das Haus.

Seine Mutter wirkte verunsichert. „Ist er immer so?"

„Wie? Nett? Ja, das ist er. Fisher ist ein besserer Mensch als wir beide." Er trat ans Fenster, um zuzusehen, wie Fisher die Straße überquerte und über den Bürgersteig eilte. „Meistens denkt er zuerst an andere und versucht nicht, jemandem seine Meinung aufzuzwingen."

„Er kommt mir etwas merkwürdig vor", sagte sie.

JD wandte sich um und sah sie an. „Fisher ist anders, aber er war klug genug, um dich in etwa zwei Sekunden zu durchschauen, und stark genug, um dich in die Schranken zu weisen." Er ließ den Vorhang wieder an seinen Platz sinken. „Weißt du was?", fragte er. „Ich habe jetzt genug hiervon."

„Wovon?"

„Vom Streit und den Angriffen. Ich bin dein Sohn, aber ich bin auch ein Mensch, der Respekt verdient. Du bist meine Mutter und verdienst ebenfalls Respekt. Also hier ist der Deal: Du behandelst mich mit Respekt oder du gehst. Ich brauche dich nicht mehr. Du hast mich im Stich gelassen und ich glaube, ich mache nun dasselbe. Verhalte dich höflich und behandle mich respektvoll, ansonsten weißt du, wo die Tür ist. Es ist deine Entscheidung. Ich werde dich nicht darum bitten, mich zu akzeptieren oder zu dir zurückkommen zu dürfen. Charleston ist ein Ort voller Geschichte. Es ist stolz auf seine Vergangenheit und alles, was dort passiert ist. Nun, für mich ist Charleston Geschichte und ich gehe nie wieder zurück. Ich habe mein Leben hier."

„Also willst du verkaufen, was deine Tante dir vermacht hat? Das Haus befand sich schon vor dem Bürgerkrieg in der Familie." Er konnte praktisch hören, wie sie ihr hohes Ross bestieg. „Das lasse ich nicht zu."

„Dann kauf es doch." Er grinste schelmisch. „Du scheinst zu glauben, dass du etwas zu sagen hast. Hast du aber nicht. Vielleicht ist das das Problem." Er ließ sie kurz entrüstet stottern. „Ich habe es satt, mich mit dir wegen etwas zu streiten, was dich nichts angeht. Du hast mich rausgeworfen und jetzt soll ich dich wieder an mich heranlassen. Es ist nur so, dass ich nicht sicher bin, ob ich das möchte." Es war eines der schwersten Dinge, die er je ausgesprochen hatte, und er wusste, dass er ein gefährliches Spiel spielte.

„Du willst nicht Teil deiner Familie sein?", keuchte sie.

„Nicht, wenn du als Preis für die Mitgliedschaft verlangst, alles zu kontrollieren. Mein Leben hier gefällt mir und ich werde es nicht hinter mir lassen. Ich werde meine Angelegenheiten, geschäftliche und andere, auf meine Weise regeln. Meine Fehler werden meine eigenen sein und damit kann ich leben." Allmählich begriff er den eigentlichen Grund dieses Besuchs. Seine Mutter mobilisierte stets Unterstützung für ihre Angelegenheiten, und das hatte sie sich vermutlich auch hier erhofft. „Wie lange wolltest du bleiben?"

„Mein Rückflug ist morgen", erklärte sie. JD musste ihr Respekt zollen. Er war unerbittlich zu ihr gewesen, und doch stand sie gerade und aufrecht da wie immer, in stolzer Haltung.

„Hast du ein Hotelzimmer gebucht?", fragte JD gerade, als sein Handy klingelte. Er zog es aus der Tasche, sah Fishers Nummer und nahm den Anruf an. „Alles okay?"

„Nein. Vor meinem Haus sind Leute. Sie hängen da herum und einen von ihnen kenne ich. Er ist der mit der Pistole von gestern. Er trägt denselben Kapuzenpullover."

„Wo bist du?"

„Im Painted Unicorn auf der anderen Straßenseite", antwortete Fisher mit zitternder Stimme.

„Bleib da. Ich melde es und komme, so schnell ich kann." JD legte auf und meldete es der Zentrale, während er schon durchs Haus ging und sich seinen Mantel schnappte. „Mom, ich muss los. Fisher ist in Gefahr. Mach es dir gemütlich und ich werde so bald wie möglich zurück sein." Er wartete nicht auf eine Antwort. Er hatte bereits das Haus verlassen und sprang in sein Auto.

Zu Fuß wäre er genauso schnell gewesen, doch das Auto bot ihm Schutz. Er parkte vor dem Geschenkartikelladen Painted Unicorn, während er bereits aus verschiedenen Richtungen Sirenen hörte. Als er hineinging, entdeckte er im hinteren Teil des Ladens Fisher, der mit einer Tasse in der Hand auf einem Hocker saß.

„Alles in Ordnung. Hier wird uns nichts passieren", versicherte ihm eine weißhaarige Dame mit beruhigender Stimme, als sie sich neben Fisher setzte.

„Was ist passiert?"

„Er ist hereingekommen und sagte, er wolle sich umsehen, aber er wirkte verstört, also habe ich ihn nach hinten geführt", erklärte die Dame lächelnd.

„Der Mann, der gestern geschossen hat, kam aus meinem Haus. Ich bin in den Laden gegangen und habe dich angerufen." Fisher zitterte wie Espenlaub. „Was, wenn er in meiner Wohnung war?"

„Danke", sagte JD an die Dame gewandt. „Ich bin Polizist, im Moment nicht im Dienst, und Fisher ist mein Freund. Er hatte in letzter Zeit einige Probleme mit Gangstern."

„Die haben wir alle, junger Mann. Diese Halbstarken kommen herein und denken, der Laden gehört ihnen." Sie warf einen bösen Blick in Richtung des vorderen Teils.

„Ma'am, ich muss Fisher zu den Vorgängen befragen, aber danach würde ich gern auch mit Ihnen reden. Vielleicht hängt alles zusammen."

„Darauf wette ich", sagte sie. „Alle haben Angst und manche Leute reden schon davon, ihre Geschäfte zu schließen. Diese jungen Leute kommen und sagen uns, wir seien in ihrem Revier. Was auch immer das bedeuten soll." Sie schüttelte den Kopf. Verdammt, sie war echt unerschrocken.

„Ich bin JD Burnside. Ich werde versuchen zu helfen." Das Ganze hatte das Potenzial, der gesamten Stadt zu schaden. Er wandte sich an Fisher. „Sag mir, was du gesehen hast."

„Es war der junge Mann, der geschossen hat. Er kam aus meinem Haus, mit einem blauen Kapuzenpullover, auf dem Michigan stand. Außerdem hatte er orange-rote Sneaker an, die hässlichsten Dinger, die ich je gesehen habe. Die hat er auch gestern getragen - fällt mir jetzt wieder ein. Dazu eine Sonnenbrille", erklärte Fisher mit belegter Stimme.

„Okay. Bleib hier und Sie auch", wies JD beide an. „Ich gehe raus und rede mit den anderen. Ich bin so bald wie möglich zurück."

„Okay. Ruth wird sich um mich kümmern", sagte Fisher.

Die Dame tätschelte Fisher lächelnd die Hand. „Natürlich, mein Lieber", sagte sie und goss ihnen Tee nach.

Als JD aus dem Laden eilte, fand er dort Carter und Kip mit einem Verdächtigen vor. „Er wollte flüchten, als wir ankamen." Er passte genau auf Fishers Beschreibung, bis hin zur Sonnenbrille.

„Ich glaube, er ist unser Schütze von gestern", sagte JD mit einem Lächeln, das der Verdächtige mit einem höhnischen Blick erwiderte. Während Kip ihn in den Streifenwagen brachte, wandte sich JD an Carter. „Wir müssen uns Fishers Wohnung ansehen. Sollte er eingebrochen haben, hätten wir weitere Anklagepunkte." Außerdem musste er es wissen. Wenn sie in Fishers Heim eingedrungen waren, würde ihn das noch mehr aus der Fassung bringen.

„Hat Fisher dir eine gute Beschreibung gegeben?", fragte Carter.

„Ja. Sie passt perfekt. Man sollte eigentlich denken, der Idiot würde sich mal umziehen."

„Wir können nicht nur nach der Kleidung gehen."

„Die Schuhe verraten ihn definitiv", sagte JD, während sie die Straße überquerten. Das Schloss an der Eingangstür zum Haus war erneut aufgebrochen worden. Mittlerweile waren weitere Einheiten eingetroffen und sie erklärten ihnen kurz, was geschehen war.

„Versucht, auf den beschädigten Teilen Fingerabdrücke zu finden, vielleicht haben wir Glück", forderte Carter die Kollegen auf. Dann betraten sie das Gebäude und stiegen langsam die Treppe hinauf. JD überließ Carter die Führung und hielt sich zurück.

„Die Tür steht offen", sagte Carter und forderte Verstärkung an, bevor er sich langsam näherte. „Die Wohnung scheint leer zu sein." Er ging hinein und JD blieb draußen, bis Carter Entwarnung gab. Abgesehen vom beschädigten Türschloss wirkte die Wohnung unberührt. Das war eine Erleichterung, auch wenn Fisher erneut den Hausmeister würde anrufen müssen. „Sie haben sich für nichts in der Wohnung interessiert."

„Also haben sie speziell Fisher gesucht", stellte JD fest.

„Ich verstehe nicht, warum", sagte Carter, als sie sich wieder der Tür näherten. „Hätten sie es gut sein lassen, hätten wir sie wahrscheinlich nicht erwischt, aber sie haben es zu weit getrieben und nun haben wir den einen Kerl verhaftet."

JD dachte einige Sekunden darüber nach. „Ich habe eine Idee. Setz dich mit Detective Cloud in Verbindung und frag ihn, ob wir den anderen Verdächtigen, der es vorher auf Fisher abgesehen hatte, und diesen hier gegeneinander ausspielen können."

„Ging es bei dem nicht um Drogen?", fragte Carter, als sie das Haus verließen.

„Ja. Und dieser Typ hat einen anderen mit einer Waffe verfolgt. Das hing wahrscheinlich auch mit Drogen zusammen. Vielleicht haben wir Glück und finden heraus, dass diese beiden sich kennen. Wäre das nicht interessant?"

Carter ließ sich die Idee durch den Kopf gehen und nickte. „Es ist einen Versuch wert."

„Ich kümmere mich jetzt um Fisher. Sorgst du dafür, dass die Wohnung gesichert ist?", bat JD und Carter stimmte zu. JD überquerte die Straße und fand Fisher bei Kip, der ihm Fragen stellte.

„Ich muss jetzt zur Arbeit", sagte Fisher nervös.

„Also gut, ich glaube, ich habe erst einmal alles Nötige", stimmte Kip zu.

„Ich fahre dich zur Arbeit", bot JD an.

„Du wolltest noch mit Ruth reden", erinnerte ihn Fisher.

„Mit Mrs. Carmine kann ich reden", sagte Kip.

JD führte Fisher zu seinem Auto und ließ sich dann den Weg zu seinem neuen Arbeitsplatz erklären.

„Du musst das nicht tun", sagte Fisher.

„Ruf mich einfach an, wenn du fertig bist, dann hole ich dich ab", teilte JD ihm mit. Einige Situationen mit Fisher waren beunruhigend knapp ausgegangen und was auch immer hier vor sich ging, er würde dafür sorgen, dass Fisher sicher war. „Das Schloss und deine Tür müssen repariert werden, also musst du heute vielleicht bei mir übernachten."

„Was ist mit deiner Mutter?", fragte Fisher und kaute auf seiner Unterlippe.

„Ich überlege mir etwas. Versuch, dir nicht zu viele Sorgen darum zu machen, und ruf mich bei Gelegenheit an." JD beugte sich zu Fisher vor, küsste ihn kurz und wartete, bis er ausgestiegen war. Nachdem Fisher zum Abschied die Hand gehoben hatte, fuhr JD davon. Es kam ihm vor, als hätte er sich an diesem Tag in eine Million verschiedene Richtungen bewegt, und nun musste er sich ein weiteres Mal seiner Mutter stellen.

Er fuhr nach Hause und ging hinein.

Als er eintrat, saß seine Mutter auf dem Sofa und las ein Buch. „Ist alles in Ordnung?", fragte sie.

„Nein." JD ging bis zur Küche weiter, wo er die Kühlschranktür aufriss. Er nahm ein Bier heraus, öffnete die Flasche und kehrte damit ins Wohnzimmer zurück.

„So früh trinkst du?"

„Fang nicht damit an, Mutter", entgegnete er und ließ sich auf die Couch fallen. Was sollte er bloß als Nächstes tun?

Geräuschlos legte sie ihr Buch auf dem Tisch ab. Manchmal hätte er schwören können, dass sie eine Katze war - nun, ein Panther vielleicht. „Du warst immer ein sehr aktives Kind. Vom Aufstehen bis zum Schlafengehen hieß es immer: los, los, los. Wie ich sehe, hat sich das nicht geändert."

„Und das ist etwas Schlimmes?", hakte er nach.

„Das habe ich nicht gesagt. Es war nur eine Feststellung." Sie warf einen Blick auf ihre Armbanduhr. „Vielleicht solltest du irgendwo Plätze für das Abendessen reservieren."

„Wohin möchtest du gehen? Wir können chinesisch essen, in einem schlichten Diner oder einer Bar, ansonsten mexikanisch, italienisch oder belgisch. Das letzte Restaurant wäre vermutlich die beste Wahl, aber ich wette, das ist für diesen Abend schon ausgebucht."

„Was hattest du denn geplant?", fragte sie in einem Ton, als hätte er ihr Kleid mit Bier übergossen.

„Ganz ehrlich?", fragte JD. „Eigentlich hatte ich damit gerechnet, dich bis dahin aus dem Haus zu haben, und dann hätten Fisher und ich entweder hier oder in seiner Wohnung essen können. Er ist ein richtig guter Koch, viel besser als ich, und er backt sogar Brot." Beim Gedanken daran knurrte ihm der Magen.

„Klingt, als würde er eine gute Ehefrau abgeben", murmelte sie.

JD schlug so heftig mit der Handfläche auf den Tisch, dass das Geräusch wie ein Schuss im Raum widerhallte. „Diese Art von Beziehungen führen wir nicht. Nicht, dass etwas falsch daran ist, Ehefrau und Mutter zu sein, aber so hast du es nicht gemeint. Du warst höhnisch und abfällig, und das lasse ich nicht zu. Fisher ist ein guter Mensch und ein toller Mann mit mehr Rückgrat als halb Charleston. Verdammt, er hat mehr Rückgrat, als Dad je besessen hat. Er hat sich gegen dich behauptet." JD stand kurz davor, sie aus dem Haus zu werfen. „Ich weiß, dass du nicht dumm bist, also tu nicht so. Das hier ist keines deiner oberflächlichen Treffen besserer Kreise, bei denen sich alle im Raum ein Gehirn teilen und es abwechselnd benutzen. Um deine Frage zu beantworten: Ich werde etwas kochen." Er stürmte aus dem Zimmer und öffnete den Gefrierschrank. Dort fand er ein Paket mit eingefrorenen Ravioli und setzte Wasser auf, dann holte er etwas Hackfleisch hervor, um es zu bräunen, und dazu ein Glas Soße.

„Was machst du hier drinnen?", fragte seine Mutter, die in die Küche gerauscht kam.

„Das Essen."

„Bitte", sagte seine Mutter und schob ihn zur Seite, reduzierte die Hitze der Herdplatte ein wenig und holte dann eine kleinere Pfanne aus dem Schrank, in der sie das Fleisch bräunte, sowie einen Topf zum Erhitzen der Soße. Sie sah die Gewürze in seinem Schrank durch, bis sie gefunden hatte, was sie suchte. „Deine Großmutter hat geglaubt, dass eine Frau wissen sollte, wie man kocht."

JD zog einen Hocker heran und setzte sich. „Ich habe dich niemals in einer Küche gesehen, außer um der Haushälterin Anweisungen zu geben."

„Es war, was von mir erwartet wurde", antwortete sie und streute etwas in die Soße, das wie Oregano aussah, bevor sie das Hackfleisch wendete und Salz und Knoblauch hinzufügte. „Meine Freundinnen haben nicht gekocht und ich konnte nicht einfach in der Küche verschwinden, wenn die Damen uns besucht haben, also hatten wir Magda."

„Und jetzt?", fragte JD so sanft wie möglich.

Sie unterbrach das Rühren. „Ich weiß es nicht. Ich schätze, dein Vater und ich müssen über vieles reden."

„Was ist damit, dass er dich verlassen möchte?"

Sie schüttelte den Kopf. „Dein Vater kann androhen, was er möchte, aber wir haben zu viel durchgemacht, um nun aufzugeben." Sie widmete sich wieder ihrer Aufgabe. „Vielleicht könnte ich ihm sein Mittagessen kochen?"

„Vieles spricht für ein schlichteres Leben ohne die vielen Verpflichtungen, Häuser, Einladungen und all so etwas. Ihr zwei habt viele Jahre damit verbracht zu tun, wozu ihr euch verpflichtet gefühlt habt. Wird es nicht Zeit, dass ihr tut, was ihr wollt, und allen anderen sagt, sie können euch mal am Arsch lecken?"

„Jefferson Davis. Ich habe dich besser erzogen."

„Das Wort *Arsch* findest du so schlimm? Wirklich?" Er nahm eine zweite Bierflasche aus dem Kühlschrank, öffnete sie und reichte sie seiner Mutter. „Das wirst du brauchen, denn es kommen noch weitere Wörter, gegen die du Einwände haben wirst. Wenn du eins hörst, trink einen Schluck. Nach einiger Zeit wird es dich nicht mehr stören."

„Werde nicht frech", rügte sie, trank aber dennoch einen Schluck. „Was wolltest du sagen?"

„Denk mal darüber nach. Ihr habt euch von mir abgewandt, weil ihr darüber besorgt wart, was andere denken würden. Ist das wirklich die Art von Mutter, die du bist?" Er konnte kaum glauben, dass er tatsächlich dieses Gespräch mit ihr führte. Ehrlich gesagt hatte er niemals damit gerechnet, mehr als einige mit viel Schreierei verbundene Telefongespräche von ihr zu bekommen. „Wenn das so ist: cool. Dann ist die Tür da drüben." Er zog eine Augenbraue hoch.

Ihre Lippen zuckten. „Du wirkst nicht besonders aufgebracht." Sie goss die Flüssigkeit des Fleisches ab und fügte es der Soße hinzu.

„Bobby und ich mochten uns. Ja, er war der Sohn des Bürgermeisters. Trotzdem hatte er genauso sehr verdient, dass ihn jemand liebte und sich um ihn sorgte wie ich, Fisher und jeder andere. Stattdessen hat sein Vater einen Berg an Schuld auf ihn abgeladen und dafür gesorgt, dass er sich das Leben nahm. Wie Fisher gesagt hat, es war nicht meine Schuld. Es war die seines Vaters, und für den ist schon ein besonderer Platz in der Hölle reserviert." Er tippte gegen ihre Bierflasche, woraufhin sie diese hochhob. „Ich denke, in diesem richtig üblen Teil, wo man jeden Tag bei lebendigem Leib gehäutet wird oder so. Zumindest erhoffe ich mir das für ihn."

„Er ist ein guter Mensch", widersprach seine Mutter.

„In Bezug auf Bobby war er es nicht, und zu allen anderen kann er so nett sein, wie er möchte, es wird nicht ausgleichen können, dass er seinen Sohn in den Suizid getrieben hat." JD hatte nicht vor, es auf sich beruhen zu lassen.

Sie schaltete seufzend die Herdplatten aus und starrte ihn an. „Weshalb hast du nie dasselbe wie Bobby getan? Nicht, dass ich es gewollt hätte, aber warum?"

„Wegen Tante Lillibeth", antwortete JD ehrlich. „Sie hat mir immer geraten, ich selbst zu sein und mir keine Sorgen um die Meinung anderer zu machen, und sie hat mich nicht im Stich gelassen wie ihr anderen. Das hätte sie niemals getan, egal, was passierte." Er beugte sich über die Arbeitsplatte. „Und ich werde mit der Tatsache leben müssen, dass ich mir von dir die Teilnahme an ihrer Beerdigung habe ausreden lassen, weil du besorgt warst, wie meine Anwesenheit, an der nichts falsch gewesen wäre, dich hätte aussehen lassen." Dafür hasste er seine Mutter und er hasste sich selbst dafür, auf sie gehört zu haben.

„Das war ein Fehler von mir. Mich haben immer wieder Leute gefragt, wo du bist."

„Lass mich raten. Du hast eine Ausrede erfunden, anstatt dich zu stellen und ihnen zu sagen, was du getan hast", sagte JD und wusste, dass er recht hatte, als seine Mutter nicht direkt antwortete.

„Ich habe erzählt, du hättest einen großen, wichtigen Fall, den deine Anwesenheit gefährden würde." Weitere Lügen, um die Familie zu schützen. Sie vermischte in einer Schüssel Nudeln und Soße.

JD nahm zwei Teller aus dem Schrank und deckte den Tisch. „Wirst du es nicht leid? Du hast darüber gelogen, wo ich war, du hast darüber gelogen, warum ich nicht gekommen bin. Bestimmt erzählst du jeden Tag ein Dutzend kleiner Gesellschaftslügen, um etwas zu verheimlichen. Welche Lügen spinnst du dir zusammen, wenn die Rechnungen fällig sind und du gestehen musst, dass du sie nicht bezahlen kannst?" Er holte Gläser und brachte das Essen zum Tisch. „Es kostet Mühe, sich Lügen auszudenken und den Überblick über alle zu behalten. Hör einfach auf. Ich lebe ein ehrliches Leben."

„Ja, ich bin sicher, dass deine Arbeitskollegen dein kleines Geheimnis kennen", konterte sie.

„Wie bitte? Red ist mein Arbeitskollege und sein Partner ist Terry. Carter hat Donald und Kip hat Jos. Die letzten beiden Paare haben beide einen kleinen Jungen, den sie gemeinsam großziehen. Sie sind gute Menschen. Dass sie nicht deiner Vorstellung einer idealen Familie entsprechen, ändert nichts daran, dass sie fantastische Menschen sind." Er brachte die Bierflaschen zum Tisch und wartete auf sie. Nachdem sie sich gesetzt hatte, hob er seine Flasche und stieß sie gegen ihre. „Das ist so ungefähr das Letzte, womit ich in meinem Leben gerechnet hatte - jemals wieder eine gemeinsame Mahlzeit mit dir zu erleben." Auf gewisse Weise war er froh, etwas Zeit mit ihr zu verbringen, denn sie war seine Mutter, doch die ganze Sache kam ihm merkwürdig vor und er hatte das Gefühl, in der Offensive bleiben zu müssen, um mögliche Angriffe kontern zu können.

„Ich wurde in dem Glauben erzogen …" Sie verstummte.

„Ich weiß. Gute alte Südstaatenwerte", presste er aus dem Gedächtnis hervor.

„Familie ist nicht altmodisch", widersprach sie, nachdem sie einen kleinen Bissen gegessen hatte. „Das ist gar nicht übel geworden."

Er nickte zustimmend. „Familie mag nicht altmodisch sein, aber dein Bild von ihr ist es." Er legte seine Gabel ab. „Was wäre, wenn ich dir sagen würde, dass ich ein Kind adoptiere? Sagen wir ein kleines Mädchen. Würdest du sie als deine Enkelin willkommen heißen oder würdest du dich auch von ihr abwenden?"

JD hatte seine Mutter niemals so erschüttert erlebt wie in diesem Moment. In ihrer Miene kämpfte Verschiedenes gegeneinander an und schließlich sah er, wie sich ihre Kiefermuskeln entschlossen spannten. „Das würde ich selbstverständlich nicht tun. Eine Enkelin. Ein süßes kleines Mädchen. Ich habe …"

„Ich weiß, Mom. Du sehnst dich so sehr nach Enkeln, dass du es förmlich schmecken kannst. Wie wäre es mit einem Enkel für Dad, den er verwöhnen und später auf die Jagd mitnehmen kann? Dass ich schwul bin, heißt nicht, dass ich niemals Kinder haben werde, entweder adoptierte oder durch eine Leihmutter. Das kommt ständig vor. Würdest du der nächsten Generation auch den Rücken kehren?" JD begann wieder zu essen. Er konnte ihr seine Meinung stets nur bis zu einem gewissen Punkt verdeutlichen, bevor sie sich stur stellte und alles ablehnte, was er sagte. JD erkannte, dass dieser Punkt nahte, denn ihre Kiefermuskeln hatten sich angespannt, und hätte sie noch steifer dagesessen, hätte man ihre Wirbelsäule als Kantholz benutzen können.

Also wandte er sich wieder seinem Essen zu und gab ihr die Gelegenheit, das Gesagte zu verarbeiten und sich aus ihrer Starre zu lösen. Als sie weiter aß, blieb er still und überließ sie ihren Gedanken.

„Wie lange kennst du deinen jungen Mann schon?", fragte sie.

„So ungefähr eine Woche", antwortete JD ehrlich.

„Er kommt mir etwas ... merkwürdig vor", wiederholte sie. „Nicht wie ein schlechter Mensch, nur ... Ich kann es nicht genau sagen."

„Fisher ist ein guter Mensch, der einige schwere Jahre hinter sich hat." JD achtete darauf, nicht Fishers Vertrauen zu verletzen. Fisher hatte ihm alles erzählt, aber JD hatte nicht das Recht, die Geschichte weiterzuerzählen.

„Ich muss dabei an meine Cousine denken, Cora May."

„Das ist etwas anderes. Cora May wurde mit einer Lernbehinderung geboren. Fisher hatte einen Unfall, der einige Abläufe in seinem Körper durcheinandergebracht hat. Aber in beiden Fällen war es nicht ihre Schuld und Fisher und Cora May mussten in einer Welt zurechtkommen, die sie häufig nicht freundlich behandelt hat."

„Er wirkt recht nett", sagte sie.

„Nett? Mom, er hat sich wie ein Tiger auf dich gestürzt."

Sie nickte. „Aber um dich zu beschützen. Das verrät einiges über einen Menschen und seine Gefühle, selbst wenn er nicht unbedingt taktvoll ist."

„Du meinst, selbst wenn er ehrlich ist und es dir wehtut", verbesserte JD.

„Warum musst du so böse sein?", fragte sie und JD starrte sie an. Da warf der Mensch im Glashaus mit Steinen. Seine Mutter konnte die Königin der Gemeinheiten sein und oft aus keinem wichtigeren Grund, als ihr Image schützen zu wollen. „Also schön. Lass uns nicht streiten. Ich bin nur für kurze Zeit hier."

„Wir streiten eben. So haben wir seit Jahren kommuniziert. Was ist da sonst noch? Würden wir uns nicht streiten oder einander angreifen, würden wir überhaupt nicht reden. Es ist ziemlich armselig, aber wahr." JD hatte lange Zeit gebraucht, um die fordernde und beherrschende Natur seiner Mutter nicht mehr an sich heranzulassen, und dann eine Menge Schmerz, um sich gegen sie zu wehren. „Wenn du etwas anderes zurückbekommen möchtest, musst du etwas anderes vorgeben."

„Willst du damit sagen, man bekommt das, was man gibt?"

„Ja, Mom." JD aß den letzten Bissen und brachte sein Geschirr zur Spüle. Während er es abspülte, sah er sich zu seiner Mutter um. „Was? Glaubst du, ich bin dein Kellner?" Er wandte sich wieder ab, während sie ihr Geschirr zur Spüle trug. „Denk darüber nach, was du getan hast und wie Menschen dich wahrnehmen. So wirst du auch behandelt. Leute, die etwas von dir wollen, schmeicheln sich bei dir ein, und andere passen sich an, um kein Aufsehen zu erregen. So war es während meiner gesamten Schulzeit. Ich war ein Burnside und habe wegen des

Status meiner Eltern bekommen, was ich wollte. Hier ist das nicht der Fall. Ich habe echte Freunde, die mich meinetwegen mögen, nicht wegen meines Geldes oder Einflusses. Ich bin nicht mit dem Bürgermeister befreundet und wenn ich es wäre, würde es nichts ändern. Um die Stadt kümmert sich der Gemeinderat. Der Bürgermeister hat wenig Einfluss. Aber hier bin ich Polizist, einer von vielen. Ich werde respektiert und das habe ich mir selbst verdient."

„Also wenn dein Vater und ich dich bitten würden, nach Hause zu kommen …", sagte sie zaghaft, was er bei seiner Mutter nicht für möglich gehalten hätte.

„Mein Zuhause ist jetzt hier. Ich habe mir hier ein Leben aufgebaut, das ich nicht aufgeben werde." Als er das Geschirr abgespült hatte, stellte er das Wasser ab. „Niemanden interessiert es, was an meinem Heimatort passiert ist und was mit dem Sohn des Bürgermeisters war. Es sind gute Menschen, denen es egal ist, ob ich schwul bin oder sonst was. Sie akzeptieren mich, wie ich bin, und darauf habe ich mein Leben lang gewartet."

„Wenn du nicht zurückkommst, wer kümmert sich um das Erbe deiner Tante?"

„Ihr Anwalt regelt alles für mich."

„Das solltest du deinem Vater überlassen."

„Nein", antwortete JD mit Nachdruck. „Familie und Geschäft sind keine gute Mischung. Ich werde sie jedenfalls nicht vermischen." Er trocknete sich die Hände am Geschirrtuch ab und schaltete das Küchenlicht aus.

„Weißt du, dass du ein scheinheiliger Mistkerl sein kannst?", fragte sie ihn mit einem halben Lächeln.

„Ich hatte eine gute Lehrerin." JD kam ihr nicht einen Zentimeter entgegen. „Und ja, das kann ich vielleicht sein. Aber ich bin seit sechs Monaten hier und bin als Nordstaatler glücklicher, als ich es zu Hause je war."

Sie warf einen Blick auf ihre Armbanduhr. „Ich sollte zu meinem Hotel fahren, um einzuchecken und mich für die Nacht einzurichten."

„Alles klar. Ich rechne sowieso bald mit einem Anruf von Fisher, damit ich ihn abhole."

„Hat er kein eigenes Auto?"

„Jemand ist in seine Wohnung eingebrochen, weil er etwas mitangesehen hat." Er ging nicht ins Detail, was den Kokainhandel in der Stadt anging. Seine Mutter musste es nicht wissen und nachdem er ihr soeben erzählt hatte, wie sehr es ihm hier gefiel, wollte er das Bild nicht trüben. „Ich hole ihn ab und vergewissere mich, dass er sicher ist."

Sie holte ihre Handtasche und JD brachte sie zur Tür. „Ich rufe dich morgen früh an, dann können wir zusammen frühstücken oder so", sagte sie.

„Mom, mein Frühstück findet um sechs statt."

Sie erschauderte, sagte jedoch nichts, sondern drehte sich nur um und ging zu ihrem Auto. Nachdem sie in den Lexus gestiegen war, fuhr sie davon.

JD ging hinein, schloss die Tür und rief dann Carter an. „Habt ihr etwas herausgefunden?"

„Tja, wir haben uns an deinen Vorschlag gehalten und du hattest recht. Sie kennen sich und zwischen ihnen besteht eine Verbindung, aber sie reden nicht. Sie machen einfach nicht mehr den Mund auf und sagen kein Wort."

„Weißt du, wie sie Fisher gefunden haben?"

„Angeblich sind sie ihm gefolgt, aber das kaufe ich ihnen nicht ab. Irgendjemand zieht die Fäden. Diese Kerle sind nicht schlau genug, um ihm zu folgen und ihn zu finden. Keiner von ihnen kommt so schnell wieder raus, aber das hilft uns nicht viel, wenn sie sich nicht auf einen Deal einlassen. Diese Typen haben mehr Angst vor dem Mann hinter dem Vorhang als vor uns. Wir haben Fishers Wohnung gesichert und den Eigentümer angerufen. Er war nicht begeistert, aber nachdem wir erklärt haben, dass Fisher nicht für den Schaden verantwortlich ist, hat sich die Verärgerung verflüchtigt. Kümmer dich um ihn. Ich habe das Gefühl, dass hinter der nächsten Ecke weitere Probleme warten."

„Scheiße. Das kann er gerade noch gebrauchen. Fisher hat schon viel zu viel durchgemacht."

„Das Beste, was wir machen können, ist unsere Arbeit. Wenn es uns gelingt, dieser Sache auf den Grund zu gehen, hilft es sehr." Carter hatte natürlich recht. JDs Handy piepte, um ihn auf einen weiteren Anruf aufmerksam zu machen. Er beendete das Gespräch mit Carter und nahm das andere an. Es war Fisher, der ihm sagte, er sei in einer halben Stunde fertig.

JD machte sich auf den Weg und traf rechtzeitig an Fishers Arbeitsplatz ein. „Wie lief es?", fragte er, nachdem Fisher eingestiegen war.

Fisher erklärte ihm, woran sie gearbeitet hatten, was für ihn natürlich größtenteils Kauderwelsch darstellte, denn er hatte niemals in einem Warenlager gearbeitet, aber das Wichtige waren Fishers Lebhaftigkeit und Begeisterung. „Wir müssen bis Montag alles vorbereitet haben und es wird allmählich. Ich muss Samstag und vielleicht sogar Sonntag arbeiten, damit alles fertig ist." JD parkte vor seinem Haus und kümmerte sich um ihre Mäntel, bevor er Fisher ins Wohnzimmer führte.

„Ich kann dafür sorgen, dass du bist, wo du sein musst", führte JD das vorherige Gespräch fort.

„Ich habe ein Auto. Ich kann selbst fahren", sagte Fisher. „Ich bin nicht schwach und hilflos."

„Das glaube ich auch nicht, ich will mich nur vergewissern, dass du sicher bist. Wir haben den Verdächtigen gefasst, der dir gefolgt ist, aber Carter sagt, es steckt mehr dahinter." Er seufzte. „Ich glaube nicht, dass du zurzeit allein sein solltest."

Fisher rutschte nervös herum. „Dann rufe ich ein Hotel an und frage, ob ich dort übernachten kann."

„Fisher, du kannst ein paar Tage bei mir bleiben", sagte JD. „Das ist kein Problem."

„Was ist mit deiner Mutter?", fragte Fisher.

„Die ist in einem Hotel und fährt morgen zurück. Mit leeren Händen."

„Habt ihr geredet?", wollte Fisher wissen und JD nahm die Sehnsucht in seiner Stimme wahr. „Sie ist den ganzen Weg gekommen."

„Ich bin nicht sicher, ob wir große Fortschritte gemacht haben, aber ja. Wir haben ein notdürftiges Abendessen gekocht und uns ein wenig unterhalten. Ich weiß nicht, ob ich zu ihr durchgedrungen bin, aber geredet haben wir. Auf unsere Weise. Ich mache mir mehr Sorgen um dich. Ich habe ein Gästezimmer, das ich dir gern überlasse, wenn du möchtest."

Fisher warf ihm einen Blick zu, den JD nicht verstand. Auch wenn er sich wünschte, dass Fisher bei ihm schlief, hatte er nicht vor, ihn zu drängen oder eine Stresssituation auszunutzen. Jemand war in Fishers Wohnung eingebrochen und JD wusste, dass ein Opfer sich in solchen Situationen verletzt fühlte, da jemand ohne Erlaubnis in seine Privatsphäre eingedrungen war. JD ging davon aus, dass Fisher zurzeit nicht zu körperlichen Aktionen bereit war und etwas Zeit für sich brauchte, um den Vorfall zu verarbeiten.

„Warum passiert immer mir so eine Scheiße?", fragte Fisher wesentlich lauter, als JD erwartet hatte. „Ich bin ein unauffälliger Mensch. Ich komme niemandem in die Quere. Aber obwohl ich einfach nur mein Leben leben möchte und mein Bestes gebe, bin ich trotzdem derjenige, der alles abbekommt. Ich kann den ganzen Mist, mit dem mich das verdammte Leben überhäuft, nicht mehr ertragen." Fishers Hände ballten sich zu Fäusten. JD fragte sich, ob diese angestaute Wut Teil seines Leidens war, doch er sagte nichts, um ihn nicht noch mehr zu reizen. „Ich bin nur ein Typ, der ein paar schlimme Fehler gemacht hat, und jetzt muss ich immer wieder für sie bezahlen." Er begann, in dem beengten Bereich auf und ab zu gehen wie ein Hund im Zwinger. Dann hob er den Blick von seinen Füßen und seine Augen bewegten sich von einer Seite zur anderen, als versuche er, sich daran zu erinnern, ob er das tatsächlich laut ausgesprochen hatte. „Verdammt."

„Was hast du getan?", fragte JD misstrauisch, als sich sein innerer Polizist in den Vordergrund schob. Das hier wurde immer mehr zu einem der Gespräche, die er von einem Verhör kannte: den Verdächtigen verärgern, bis er unachtsam wurde und alles preisgab.

„Was die meisten Menschen mit dieser Krankheit tun", erklärte Fisher etwas lauter. „Nach dem Unfall habe ich mich zugedröhnt. Die bipolaren Höhenflüge sind fantastisch. Sie geben dir das Gefühl, alles erreichen zu können. Du willst als Präsident kandidieren? Tu es, denn niemand außer dir kann gewinnen. Ich wollte, dass dieses Gefühl für immer anhielt. Es ist natürlich eine Illusion, aber ich war bereit, mich ihr hinzugeben. Ich hätte alles getan, um sie zu erhalten. Alkohol ist Mist, er wirkt nicht, sondern bringt einen an die Tiefpunkte. Ich brauchte Tabletten - etwas zum Aufputschen, das einem das Gefühl von Unbesiegbarkeit verleiht."

JD schluckte schwer. „Wie Kokain", flüsterte er.

„Ja. Ich habe es genommen und es war herrlich. Ich war fantastisch. Alles, was ich sagte, war clever und tiefsinnig, und die Menschen wollten in meiner Nähe sein." Er blieb stehen. „Erst, als ich mich nach dem Ausnüchtern in einem Graben wiederfand, wurde mir klar, wie trügerisch das Ganze war. Aber zu diesem Zeitpunkt hat es mich kein verdammtes bisschen gestört. Dann kam ich eben wieder runter und machte mich danach auf die Jagd nach dem nächsten Rausch."

„Aber jetzt nimmst du so etwas nicht mehr?"

Fisher starrte ihn an und schüttelte den Kopf. „Du warst in meiner Nähe. Wirke ich, als würde ich Kokain nehmen oder könnte es mir leisten? Um Hilfe zu bitten, um mich aus diesem Loch zu befreien, das ich mir gegraben hatte, war das Schwerste, was ich je in meinem Leben getan hatte, und es war schon so tief, dass ich mich auf halbem Weg nach China befand. Aber ich habe es geschafft und schließlich die richtigen Medikamente für meine Krankheit bekommen." Fisher seufzte und beruhigte sich allmählich. „Das ist alles, was von diesem Typen geblieben ist. Diese magere, ausgehöhlte Hülle, die alles nur durch den Filter dieser verdammten Medikamente spürt." Er wandte sich ab. „Du musst nicht bei jemandem wie mir bleiben. Aus mir wird niemals mehr werden als ein Mann, der Lastwagen zu einem Lager durchwinkt. Ich verstehe nicht einmal, warum du nett zu mir bist. Das verdiene ich nicht. Ich habe einige ziemlich schlimme Dinge getan, um an die Drogen zu kommen, die ich wollte."

JD wurde kalt, eiskalt und einen Moment lang erzitterte er. Er hatte verdammt viel Angst davor, Fisher zu fragen, was genau er getan hatte. „Wie lange ist das her?"

„Dass ich aufgehört habe? Etwas über zwei Jahre. Damals habe ich mir Hilfe geholt, bin clean geworden und habe mir Medikamente verschreiben lassen. Aber vorher habe ich jede Beziehung, die ich jemals hatte, ruiniert. Die Leute von der Unterkunft haben mir geholfen, nüchtern zu werden, und mich dann dabei unterstützt, eine Wohnung und eine Arbeit zu finden, damit ich mir ein neues Leben aufbauen konnte."

„Und das hältst du nicht für eine bedeutsame Leistung? Das ist verdammt hart." Durch JDs Kopf geisterten noch immer Bilder seiner Vorstellung, was Fisher vielleicht für seine Sucht getan haben mochte. Er hatte professionelle Menschen, rechtschaffene Bürger, so tief wie nur möglich sinken sehen, um an ihren nächsten Schuss zu kommen. „Um zu schaffen, was dir gelungen ist, muss man ein starker Mensch sein."

„Blas mir keinen Zucker in den Arsch und tu, als wäre alles in Ordnung. Ich habe mich selbst so tief sinken lassen. Dafür war ich verantwortlich. Das gehörte zu meiner Genesung dazu - Verantwortung für mein eigenes Handeln zu übernehmen."

JD gab sich die größte Mühe, seine Verblüffung in den Griff zu bekommen. Das war nicht annähernd das Gesprächsthema, mit dem er an diesem Abend gerechnet hatte. „Kennst du die Dealer und die Leute in der Stadt?"

„Einst kannte ich sie alle", gestand Fisher und senkte seinen Blick wieder zum Boden. „Jetzt nicht mehr. Das gehörte ebenfalls zur Therapie. Meine Gewohnheiten zu ändern und nicht mehr meine üblichen Aufenthaltsorte aufzusuchen. Wenn man sich ändern möchte, muss man es mit einem völligen Neuanfang tun und darf nicht zurückblicken. Das habe ich versucht, aber dieses Leben scheint fest entschlossen, sich wieder aufzudrängen, und du bist ein netter Kerl. Jemanden wie mich, der dich in die Gosse hinabzieht, kannst du nicht gebrauchen."

„He. Du warst stark genug, um dich vom Rand des Abgrunds zu retten. Ich sehe täglich Leute, die es nicht sind. Und du ziehst mich nirgendwohin." JD verschränkte die Arme vor der Brust, um Entschlossenheit zu signalisieren, die das durch seinen Körper rasende Beben überdecken sollte. Gott, er hatte so viele Fragen, doch Fishers Blick teilte ihm mit, dass er keine Antworten erhalten würde. Er wirkte fest verschlossen, weshalb JD sich nun entscheiden musste, ob er Fisher blind vertraute. JDs Inneres knurrte ihn an. Er war Polizist und Fisher hatte soeben auf illegale Handlungen angespielt und sogar Schlimmeres angedeutet, über das er anscheinend nicht reden wollte. „Fisher …"

„Ich kann nicht darüber reden", sagte Fisher mit einer ruckartigen Handbewegung in Richtung von JDs Brust. „Es geht nicht. Wenn ich darüber rede, muss ich es wieder durchleben."

„Und du erinnerst dich nicht …", schlussfolgerte JD aus dem verlorenen Ausdruck, der kurz in Fishers Gesicht aufblitzte, „… an alles, was während dieser Zeit vorgefallen ist."

Fisher nickte. „Aber das, woran ich mich erinnere, ist hässlich, richtig hässlich." Er wandte sich ab. „Kannst du mir das Gästezimmer zeigen? Ich glaube, ich muss mich hinlegen."

„Hast du etwas gegessen?" Er wandte sich der Küche zu. Es gab noch Reste von der Pasta, die seine Mutter und er gekocht hatten. JD erhitzte etwas davon in der Mikrowelle und stellte den Teller vor Fisher auf den Tisch, der stumm aß, sein Geschirr zur Spüle brachte und sich bedankte. Dann führte er Fisher in den ersten Stock, wo er ihm das Gäste- und Badezimmer zeigte. „Gute Nacht", sagte er leise, bevor er die Tür schloss und sich wieder ins Erdgeschoss begab.

Er ließ sich auf das Sofa im Wohnzimmer fallen und schaute irgendeinen Ferienfilm an, dem er eigentlich nicht folgte. Was zum Teufel sollte er nun tun? Er dachte darüber nach, Fishers Vergangenheit zu überprüfen. JD war mit dem Mann zusammen und hatte ihn als seinen Freund bezeichnet, nur was wusste er eigentlich wirklich über ihn? Er fürchtete sich bei Schießereien, aber wer nicht? Selbst JD tat es noch immer. Fisher war nervös und auf schlaksige Weise süß. Er besaß Tiefe, die er ihm erst allmählich zeigte. JD mochte ihn. Einer seiner Kollegen konnte die Überprüfung vornehmen; er würde es nicht einmal selbst machen müssen. Dieser

Abstand dazu gab ihm einerseits ein besseres, andererseits ein schmutzigeres Gefühl. Fürchtete er sich vor dem, was er finden würde? Und falls Fisher es herausfand, würde er ihm jemals wieder vertrauen? Wären ihre Rollen vertauscht, hätte er gewollt, dass ihn jemand überprüfte?

„JD", sagte Fisher, der plötzlich in der Wohnzimmertür stand. „Kannst du mir ein T-Shirt oder so etwas leihen?"

Mit einem leisen Stöhnen erhob sich JD und ging hinauf, um aus einer Schublade eine Jogginghose und ein altes Polizeiakademie- T-Shirt zu holen. Beides brachte er Fisher, der es mit gebrummtem Dank entgegennahm und den Raum verließ. Einige Minuten später tauchte Fisher an derselben Stelle wieder auf. „Ich habe dir ja gesagt, dass ich nicht gut für dich bin. Du verdienst jemanden, der nicht gebrochen und nutzlos ist." Fisher wandte sich ab und ging die Treppe hinauf.

6

FISHER SCHLOSS die Tür des Gästezimmers und ließ sich auf der Bettkante nieder. Der Raum wirkte kahl und besaß nichts von der Wärme und dem Charme des Schlafzimmers in seiner eigenen Wohnung, von dem er nicht sicher war, ob er je wieder würde darin schlafen können. Was, wenn er im Bett lag und jemand einbrach und versuchte, ihn zu töten? Fisher erschauderte, was zu echtem Zittern führte, sein ganzer Körper wurde durchgeschüttelt und er rutschte mit dem Hintern von der Bettkante auf den Boden. Er konnte es nicht stoppen, obwohl ihm klar war, dass es lediglich seinem Kopf entsprang. Das Zittern wurde zu einem richtigen Beben, als er versuchte aufzustehen, sodass er schließlich wieder auf dem Boden landete.

Letztendlich lehnte er sich mit dem Rücken gegen das Bett, umklammerte seine Beine und versuchte, nicht darüber nachzudenken, wie er nach allem überhaupt nach Hause gehen könnte. Zum zweiten Mal hatte jemand versucht, in seine Wohnung einzubrechen, diesmal mit Erfolg. JD hatte ihn eingeladen, bei ihm zu bleiben, damit er sicher war, doch wenn er ganz ehrlich war, fühlte er sich nicht so. Oh, er wusste, dass JD ihm niemals wehtun würde und dass niemand so töricht war, in das Haus eines Polizisten einzubrechen. Jede einzelne Einheit würde denjenigen niedermachen wie ein Hammer einen Nagel. Nein, es war die emotionale Ebene, auf der er sich nicht sicher fühlte. JD war ihm viel zu nahe und er vermutete, dass ihn JD, wenn er zu ihm hinunterginge und sich neben ihn setzte, in die Arme schließen und trösten würde - etwas, an das er sich nicht zu sehr gewöhnen wollte. Alle verließen ihn oder stießen ihn von sich, also war es besser, wenn diesmal er das Wegstoßen übernahm. Zumindest würde er dann unbeschädigt gehen können.

Seine Entschlossenheit, mit JD zu reden, ebbte ab. Er fühlte sie davonfließen, wie seine bipolaren Stimmungsschwankungen es manchmal taten.

„Fisher", sagte JD vor der Tür und klopfte sanft. „Ich gehe jetzt ins Bett."

„Okay", sagte er leise und hoffte, dass JD ihn hörte, da er nicht genug Energie besaß, um lauter zu sprechen.

„Geht es dir gut?" Und da war es: Sorge und Zuwendung. Die Dinge, die in seinem Leben völlig fehlten, ohne Zögern in wenigen schlichten Worten angeboten. Fisher senkte den Kopf auf seine Knie und fragte sich, wie er diese neueste Krise mit intaktem Verstand und Nervenkostüm überstehen sollte.

„Ich weiß es nicht", antwortete er ehrlich und wünschte sich sogleich, er könnte die Worte wieder in seinen Mund saugen. Er schlang die Arme fester um seine Knie. Das Mieseste an der Sache war, dass er nicht genau wusste, was ihn so aufwühlte. Er konnte einfach seine Sachen packen und umziehen. Das hatte er schon früher getan. Es wäre kein großes Problem. Es würde nicht mehr als einige Tage dauern. In seiner kleinen Wohnung befand sich nicht allzu viel. Die Frage war, wie er jemals wieder, aus welchem Grund auch immer, einen Fuß hineinsetzen und sich dabei sicher fühlen sollte. Eigentlich war sie sein Wohlfühlort, der einzige, an dem er die Welt aussperren und von sich fernhalten konnte. Das war nun vorbei. In seine Wohnung waren nicht nur die Einbrecher eingedrungen, sondern auch sein altes Leben, das er sich bis dahin so gut wie möglich vom Leib gehalten hatte.

Der Knauf drehte sich, das Licht auf dem Metall glänzte beim Drehen, und dann öffnete sich die Tür und JD stand im Türrahmen. „Was machst du da unten?" Er eilte auf ihn zu und schob eine Hand unter Fishers Arm, um ihm beim Aufstehen zu helfen. „Eine Panikattacke?"

„Ja", sagte er mit bebender Stimme und setzte sich wieder auf die Bettkante.

„Ich hasse das Wort Opfer", sagte JD. „Es lässt die geschädigte Person eines Verbrechens so wirken, als hätte sie keinen Ausweg und wäre den Verbrechern ausgeliefert. Einige Menschen sind Opfer. Sie lassen die Kriminellen gewinnen, geben nach und versuchen, mit den Folgen umzugehen. Andere werden gut damit fertig und leben einfach ihr Leben weiter, als wollten sie den Verbrechern den Stinkefinger zeigen." JD zeigte der Tür seinen Mittelfinger. Fisher musste lachen. Es war amüsant, JD so zu sehen.

„Okay", sagte Fisher und imitierte JDs Geste. „Dann möchte ich nur noch wissen, was dir die Tür jemals getan hat. Das arme Ding öffnet und schließt sich doch nur. Ist es dir vielleicht mal gegen den Hintern geklatscht?"

JD zögerte kurz, doch dann lachte er und ließ sich neben ihm auf dem Bett nieder. „Humor tut gut. Das weißt du."

„Ja, aber er bedeutet nicht, dass ich nach Hause gehen und mich in den Räumen aufhalten kann, in die eingebrochen wurde. Es ist unheimlich. Was, wenn sie meine Sachen durchwühlt haben?"

„Soviel ich weiß, sind sie nicht weit gekommen, und das meiste sah unberührt aus. Carter und ich waren ziemlich schnell da und sie haben sich verdammt eilig davongemacht. Es sah aus, als hätten sie dich gesucht." JD ergriff seine Hand. „War einer der Männer früher dein Dealer?" Auch wenn er das vermutlich fragen musste, drehte sich Fisher der Magen um.

„Nein. Aber sie könnten für einen der Männer arbeiten, der mich versorgte. Er wollte sich vergrößern, besseres Zeug anbieten. Aber ich habe ihn nicht mehr gesehen, seit ich ihm gesagt habe, dass er sich von mir fernhalten soll. Das ist schon einige Jahre her. Sein Name war Zeus oder so ähnlich. Natürlich erfunden, aber unter diesem Namen kannte ich ihn. Wir haben Geschäfte miteinander gemacht und später, als ich davon loskommen wollte, habe ich ihn gemieden.

104

Ich habe ihm versprochen, ihn nicht zu verraten, solange er mich in Ruhe lässt. Das hat er getan und ich hatte ihn vergessen, bis ich jetzt etwas wollte, was mir ein Sniff nicht geben kann. Aber nun weiß ich, dass ich es nicht verdiene. Es ist nichts für Menschen wie mich."

„Was?", fragte JD.

Fisher näherte sich ihm. „Ich verderbe nur alle, die mir wichtig sind."

„Das glaube ich nicht. Wenn du dein Leben ändern willst, darfst du dich nicht davor fürchten, dein Herz zu öffnen." JD rutschte etwas näher an ihn heran. „Jeder von uns wird verletzt. Meine Güte, meine Mutter war hier und wir haben einander die ganze Zeit angegriffen, aber ich liebe sie trotzdem. Selbst nach allem, was sie getan hat. Als sie aus dem Auto stieg, wollte ich sie hassen, aber das habe ich nicht getan und tue ich auch jetzt nicht."

„Das ist leicht gesagt, aber es ist schwerer, wenn die Erinnerungen an alles, was einen im Stich gelassen hat oder man hinter sich lassen möchte, immer wieder wie ein falscher Hunderter auftauchen."

„Du meinst Fuffziger", verbesserte JD.

„Nee. Mit Fünfzigern kommt man heute bei Dealern nicht mehr weit."

„Manchmal bist du ganz schön neunmalklug", teilte JD ihm mit. „Und siehst du, was ich mit dem Humor meinte? Du greifst immer danach, wenn du sehr nervös oder aufgewühlt bist. Und das ist etwas Gutes."

Fisher lehnte sich an JD und schloss die Augen. „Manchmal bin ich es satt zu versuchen, mich zusammenzureißen. Die Leute sehen mich immer an und erwarten, dass ich durchdrehe, also muss ich ständig wachsam bleiben und darf nicht zu … sorglos oder lebhaft wirken, denn dann fragen sich sofort alle, ob ich gleich ausraste oder so."

„Für mich musst du nur du selbst sein." JD legte ihm einen Arm um die Schultern, hielt ihn etwas dichter an sich gepresst und lehnte sich seinerseits gegen ihn. Dann spürte Fisher, wie er sich ihm zuwandte, und tat es ihm nach, ließ sich von JD küssen. Doch JDs Berührung und Geschmack weckten in ihm die Sehnsucht nach mehr. Er änderte seine Position, schlang die Arme um JDs Nacken und küsste ihn leidenschaftlicher. Er war im Himmel und seine ganze Aufmerksamkeit und Konzentration richtete sich allein auf JD. Die Sorgen wegen der Wohnung fielen von ihm ab, genau wie seine Ängste, nicht gut genug zu sein. JD konnte dafür sorgen, dass er sich wie etwas Besonderes fühlte, und das mit einem einzigen Kuss. Mehr bedurfte es nicht.

„Möchtest du in diesem Zimmer bleiben?", fragte JD.

Fisher antwortete nicht sofort. Am besten wäre es gewesen, hier zu schlafen, doch sein Körper hatte eindeutig andere Pläne und letztendlich folgte er ohne großes Nachdenken seinem Instinkt und ließ sich von JD auf die Füße ziehen und küssend aus dem Zimmer und durch den Flur führen.

Sie lösten sich nicht voneinander, als JD seine Schlafzimmertür öffnete und sie Richtung Bett bugsierte. Schuhe wurden von Füßen geschleudert, T-Shirts über

Köpfe gezogen. Fisher verschwendete keine Zeit, bevor er seine Hände auf JDs kraftvolle, muskulöse Brust presste. JD war männlich und er wollte ihn. Das war beinahe mehr, als Fisher glauben konnte, doch der physische Beweis war zu groß und herausragend, um ihn zu ignorieren. JD hakte seine Finger in den Bund von Fishers Shorts und zog sie zu Boden. Als Fisher nackt seine Füße aus ihnen löste, meldete sich seine Unsicherheit mit Getöse zurück, doch JD umarmte ihn fest, streichelte ihm über den Rücken, legte große, kräftige Hände auf Fishers Hintern, und schon ließ sich Fisher wieder mitreißen.

„Ist das okay?", murmelte JD gegen seine Lippen.

Fisher schob sich näher, küsste ihn heftiger und wünschte sich wesentlich weniger Kleidungsstücke an JD, wollte allerdings auch nicht auf Abstand gehen, um sie ihm ausziehen zu können. Fisher nickte - oder vielleicht glaubte er das nur, er war nicht sicher. In seinem Kopf schrie er das Wort, während seine Lippen anderweitig beschäftigt waren.

„Wieso fragst du das jetzt?", erkundigte er sich schließlich.

JD erstarrte und Fisher verlor sich beinahe in der Tiefe seiner Augen. „Ich möchte, dass es gut wird, etwas Besonderes."

„Das ist es." Fisher stöhnte und wand sich ein wenig, als JD sein Hinterteil streichelte.

„Ist es besser als der Rausch, den du früher gesucht hast?", fragte JD.

Fisher legte ihm die Hände an die Wangen, sodass ihre Blicke miteinander verbunden blieben. „Es ist so viel besser als das, weil es wirklich ist. Der Rausch war immer nur eine Illusion. Er war nicht echt. Die Euphorie fand ausschließlich in meinem Kopf statt. Die Realität war hässlich und chaotisch. Also kann man es überhaupt nicht vergleichen." Fisher legte seine Lippen auf JDs und erkundete seinen Mund, während ihm die Erregung in den Ohren rauschte. „Und jetzt bring mich ins Bett und liebe mich." Er wählte die Worte sorgfältig und spürte den genauen Moment, als ihre Bedeutung durchdrang.

JD hob ihn hoch und legte ihn auf dem Bett ab. Dort lag er nackt da, unbekleidet und JDs Blick ausgesetzt, doch umgeben von Wärme und Akzeptanz. Was ihn verletzlich gemacht haben könnte, steigerte nur seine Erregung, während er JDs Anblick genoss. Er hätte gern gejohlt und geschrien, beschränkte sich jedoch auf ein kurzes Pfeifen, als sich JD vorbeugte, um seine Hose auszuziehen. Seine Rückseite war ein unvergesslicher Anblick, natürliche Schönheit.

Als JD sich ihm zuwandte, ließ Fisher den letzten Rest Zurückhaltung los und bebte, als JD seine Knöchel umfasste und sich langsam hochschob. Seine Beine zitterten, als JD schließlich seine Oberschenkel erreichte, und seine Augen waren weit aufgerissen, als JDs Hände über seine Hüfte und dann hinauf zu seiner Brust glitten. Fisher spreizte die Beine, woraufhin JD sich zwischen sie schob und seine Brust auf Fishers senkte.

„Niemand hat mir je so ein Gefühl gegeben wie du", flüsterte Fisher. „Nichts und niemand."

„Das ist gut zu wissen", erwiderte JD grinsend.

„Ich will dich", wimmerte Fisher und schlang seine Beine um JDs Hüfte, um zu unterstreichen, worum er bat.

„Okay. Was gefällt dir?", fragte JD. „Vielleicht klingt das in einem solchen Moment dämlich, aber ich möchte, dass es etwas Besonderes wird und …"

„Ich will dich, hart, kompromisslos und so tief wie möglich."

Und genau das gab JD ihm. Als JD mit seinen Lippen und Händen fertig war, hatte er Fisher auf zusammenhangloses Murmeln und Stöhnen reduziert, während er sich an der Bettwäsche festklammerte, um nicht zu explodieren. Als JD in ihn eindrang, langsam, im Zeitlupentempo, flehte sein gesamtes Ich schreiend nach mehr, doch JD schien das, was Fisher sich wünschte, so lange wie möglich hinauszögern zu wollen.

„Männer mögen es schnell", erklärte JD. „Aber wie ich festgestellt habe, ist der beste Weg, den Spaß zu steigern, es langsam angehen zu lassen und in die Länge zu ziehen."

„Du bist böse", sagte Fisher und warf seinen Kopf auf dem Kissen hin und her, als sich JD, den Kondom-umhüllten Schwanz tief in ihm, kein verdammtes bisschen bewegte.

„Ich sorge dafür, dass du dich gut fühlst." JD bewegte sich noch immer nicht, ließ allerdings seine Finger über Fishers Brust gleiten und umkreiste dabei in einem quälenden Necken seine Brustwarzen, bis Fisher heiser knurrte.

„Dann beweg dich, verdammt." Er zog JD zu sich herab, um ihn heftig zu küssen, und endlich schob JD seine Hüften vor. Wie bei jedem Mann war auch seine Beherrschung nicht endlos. Fisher bog den Rücken durch, bat stöhnend um mehr, doch JD beachtete sein Flehen nicht. „Manchmal bist du ein stures Arschloch."

„Ja, aber das gefällt dir." Er unterstrich seine Worte mit einem weiteren Stoß.

JDs Schwanz glitt über diese Stelle in ihm, die ihm die Sicht nahm und ihn seine Augen verdrehen ließ. Gott, genau das hier wollte er jeden Tag, den ganzen Tag lang. Wie hatte er die vielen Jahre ohne dieses Gefühl des Ausgefüllt-Seins und der Perfektion überlebt? Die wirren Gedanken, die ihm stets wahllos durch den Kopf zu schießen schienen, sortierten und beruhigten sich.

„Besser?"

„Gott, ja", hauchte Fisher und umklammerte JDs Schultern fester, damit er jedem von JDs Stößen entgegenkommen konnte.

JD sah umwerfend aus, seine Haut glänzte vom Schweiß, seine Brust bebte und seine Bauchmuskeln spannten sich an, während er Fisher mit leuchtenden Augen ansah. Es gab keinen Ort, an dem er lieber gewesen wäre, als sich hier in JDs Licht zu sonnen. „Ich lasse dich nicht mehr los."

Fisher konnte nicht ganz glauben, dass JD wirklich klar war, was er da sagte, oder die Worte so meinte, wie Fisher sie inständig verstehen wollte. Aufgrund seiner Erfahrungen konnte er einfach nicht daran glauben, dass es jemanden geben würde, auf den er sich verlassen konnte und der immer da war. Dennoch keimte in ihm nach langer Zeit wieder eine Hoffnung auf und er nahm sie an. „Das will ich auch nicht", brachte er schließlich heraus. Er wollte für immer in dieser Situation verharren, auf der Welle der Endorphine mit JD als Lenker des Surfbretts reiten. Es sollte niemals enden, doch als die Wellen höher wurden, ließ seine Fähigkeit, sie zu kontrollieren, nach und bald befand er sich am Rand des Abgrunds. Es sah aus, als befände sich JD ebenfalls dort. Seine Stöße wurden schneller, tiefer, heftiger und verzweifelter. Fisher schloss die Augen, obwohl er nicht JDs Anblick verpassen wollte, wenn er kam, doch er fürchtete, der Druck würde zu groß werden.

Fisher explodierte beinahe, als er von seinem Höhepunkt erfasst wurde. „Jay … Dee …", schrie er und klammerte sich fest. Der Nachhall dieser Gefühle war heftiger als jeder chemisch erzeugte Rausch, den er je erlebt hatte, und JD war an seiner Seite und gab ihm Halt, aber ließ ihn auch fliegen. Als er allmählich in die Realität zurückkehrte, öffnete er die Augen und erblickte JDs Lächeln. „Das war fantastisch."

„Ja", stimmte JD zu. Sie zitterten, als sich ihre Körper voneinander lösten, und JD stand auf, entsorgte das Kondom und kehrte mit einem warmen Waschlappen zurück. Als Fisher danach griff, schob JD sanft seine Hand zur Seite, säuberte ihn mit kurzen, vorsichtigen Bewegungen und trocknete anschließend seine Haut.

Fisher lauschte, als JD sich durch den Raum bewegte, sich um Waschlappen und Handtuch kümmerte und anschließend das Licht löschte. Die Matratze gab nach und JD schob die Decke hinunter, um sich neben ihn legen zu können. Sie brauchten einige Sekunden, um eine bequeme Position zu finden, doch am Ende lag Fisher in JDs Armen und ließ seinen Kopf auf JDs Brust ruhen, wo sein Herz gleichmäßig wie ein Metronom unter seinem Ohr klopfte.

„Hast du erst mal alles, was du brauchst?"

Fisher nickte.

„Dann fahre ich dich morgen nach der Arbeit zu deiner Wohnung und wir kümmern uns um alles", teilte ihm JD mit. Fisher brummte zustimmend und seine Augen wurden zu schwer, um sie offen zu halten.

IN EINIGER Entfernung schloss sich eine Tür, doch es reichte aus, um Fishers Traum zu unterbrechen. Er blinzelte einige Male und erinnerte sich daran, wo er sich befand und dass die ihn umgebende Wärme von dem Mann stammte, der tief und fest neben ihm schlief. Er bewegte sich nicht und überlegte, ob er es sich nur eingebildet hatte, doch dann sorgte ein kratzendes Geräusch dafür, dass er JD an der Schulter rüttelte. „Jemand ist im Haus", sagte er.

„Jefferson Davis." Eine weibliche Stimme mit Südstaatenakzent drang durch die Tür.

„Gott, das ist meine Mutter", sagte JD.

„Wie spät ist es?", fragte Fisher und entspannte sich ein wenig, da offenbar niemand eingebrochen war, auch wenn ihn die Anwesenheit von JDs Mutter im Haus nervös machte.

„Fünf", antwortete JD und setzte sich auf. „Sie wollte mit mir frühstücken und ich habe ihr gesagt, meine Frühstückszeit sei um sechs, also … Warte mal. Wie ist sie ins Haus gekommen?" Er schob die Decke von sich und setzte sich auf die Bettkante. „Bleib hier, wenn du möchtest. Ich finde heraus, was los ist." Er holte einen Morgenmantel aus dem Schrank und verließ das Zimmer.

Fisher beschloss, dass er genauso gut aufstehen konnte. In einigen Stunden musste er zur Arbeit und mit JDs Mutter im Erdgeschoss würde er ganz sicher nicht mehr einschlafen können. Er fand die Shorts, die er getragen hatte, auf dem Boden und schlüpfte hinein. Nachdem er angezogen war und den Raum verlassen hatte, warf er einen Blick in das Gästezimmer, wo das T-Shirt und die Jogginghose, die JD ihm geliehen hatte, ordentlich gefaltet am Fußende des Bettes lagen.

Stimmen drangen die Treppe herauf und Fisher folgte ihnen.

„Mom, wie bist du reingekommen?", fragte JD gerade, als Fisher das untere Ende der Treppe erreichte.

„Wenn du nicht willst, dass ich hereinkomme, solltest du den Ersatzschlüssel nicht unter dem Blumentopf verstecken, wie wir es zu Hause tun. Und ich wollte dir etwas Gutes tun", hörte Fisher JDs Mutter antworten, während er den Stimmen bis in die Küche folgte.

„Morgen", sagte JD und begrüßte Fisher mit einem Kuss, der wesentlich leidenschaftlicher war als nötig. Nicht, dass Fisher sich beklagen wollte, aber er konnte nicht umhin, sich zu fragen, wie viel davon Show war. „Ich gehe hoch und ziehe mich um. Es dauert nicht lange."

Fishers Blick glitt zu JDs Mutter und er nickte.

JD ließ ihn mit Mary Lynn allein. Er rückte sich einen Stuhl zurecht, setzte sich an den Tisch und beobachtete, wie sie sich bemühte, ihn nicht anzusehen. Es war gut zu wissen, dass sie ebenso nervös war wie er.

„Also, Fisher …"

„Ja?", forderte er sie auf. „Fragen Sie ruhig, was Sie möchten."

„Es ist offensichtlich, dass Sie über Nacht geblieben sind", stellte sie fest.

Fishers Mundwinkel hoben sich, als ihn schon bei der Anspielung darauf, was sie letzte Nacht getan hatten, Wärme durchströmte. „JD ist ein ganz besonderer Mann." Zu seiner Überraschung goss Mary Lynn ihm eine Tasse Kaffee ein und brachte sie ihm.

„Er ist mein Sohn", sagte sie, als erklärte das alles. Da er nicht wusste, was er sagen konnte, ohne unhöflich zu sein, und sie ihn schon nervös genug machte, trank er von seinem Kaffee und schwieg. „Haben Sie und er …?"

„Ich glaube nicht, dass Sie das etwas angeht", antwortete Fisher.

Sie wandte sich zu ihm um und sah aus, als hätte sie die ganze Nacht kein Auge zugetan. „Ich versuche, diese ganze ... Schwulensache zu verstehen." Das Wort flüsterte sie nur.

„Sie werden sich nicht plötzlich von Frauen angezogen fühlen, nur weil Sie das Wort schwul aussprechen. Und Sie haben auch nichts getan, um JD schwul zu machen." Fisher vermutete, dass sie das hören wollte. „Er wurde so geboren."

„Aber warum kann er das nicht ablegen und wie alle anderen sein?", fragte sie und legte das Messer, mit dem sie Bagels durchgeschnitten hatte, auf die Arbeitsplatte.

„Warum können Sie nicht morgen beschließen, dass Sie sich scheiden lassen und eine Frau heiraten wollen?", konterte Fisher. „Weil Sie so einfach nicht sind, und warum sollte JD sein ganzes Leben damit verbringen, mit einer Frau unglücklich zu sein? Außerdem: Was für ein Leben wäre das dann für die Frau? Beim Schwulsein geht es doch hauptsächlich um das Geschlecht der Person, in die man sich verliebt. Verdient es JD nicht, sich zu verlieben und geliebt zu werden?"

Mary Lynn antwortete nicht sofort. „Und wenn er nur noch nicht die richtige Frau getroffen hat?"

„Dieselbe Frage könnte ich Ihnen stellen. Vielleicht sollten wir heute Abend einige Bars besuchen und Ihnen helfen, die Frau Ihrer Träume zu finden." Fisher beobachtete über den Rand seiner Tasse hinweg, wie Mary Lynn ihre beste Fischnachahmung zeigte. „Sie wollen, dass er hetero ist, damit Sie sich besser fühlen. Aber das ist Unsinn. JD ist der Mann, der er ist, und so müssen Sie ihn akzeptieren, denn JD ist fantastisch."

„Ist er das?", fragte sie und klang überrascht.

„Ja-aa", antwortete er, wobei er das Wort übertrieben in die Länge zog. „Wenn Sie mehr Zeit mit ihm verbringen würden, wüssten Sie das." Fisher konnte nicht verstehen, dass sie es nicht wusste. „Wie oft verbringen Sie Zeit mit ihm?"

Mary Lynn wandte sich ab und beschäftigte sich wieder damit, sorgsam Bagels durchzuschneiden.

„So oft also." Er nahm einen weiteren Schluck aus seiner Tasse und sah, wie Mary Lynn beinahe das Messer fallen ließ. Mit einem Schnauben klatschte sie es auf das Schneidebrett.

„Ich kenne meinen Sohn", fauchte sie, was einen Schwall nervöser Energie durch Fisher sandte. Er bemühte sich, sie zu dämpfen. „Er ist ..."

„Nein, das tun Sie nicht. Ich schätze, Sie haben ihn gesehen, wie Sie ihn sehen wollten." Fisher erhob sich. „Aber, Mary Lynn, der echte JD ist so viel besser als das. Sie müssen ihn kennenlernen. Sein wahres Ich."

Sie stieß zwei Hälften eines Bagels mit Wucht in den Toaster und Fisher fragte sich, was das Küchengerät ihr getan hatte. Anspannung erfüllte die Luft, bis Fisher sich fragte, ob Mary Lynn gleich explodieren würde. „Was wissen Sie über meinen Sohn?", fragte sie herausfordernd.

„JD kann in Menschen hineinsehen", sagte er nach kurzem Nachdenken. „Er sieht, was andere nicht sehen. Für die meisten anderen könnte ich genauso gut unsichtbar sein. Ich habe meine Arbeit, bei der ich den größten Teil des Tages allein in einem Häuschen sitze, und dann geht es nach Hause in meine kleine Wohnung. Einen großen Teil meiner Freizeit verbringe ich damit, auf einer Bank auf dem Platz zu sitzen und vorbeigehenden Menschen zuzusehen. Ich würde schwören, dass mich niemals jemand beachtet hätte, es sei denn, ich wäre auf die Bank gesprungen und hätte einen Striptease hingelegt. Doch JD hat mich gesehen und versucht, mich zu verstehen."

„Was gibt es da zu verstehen?", fragte Mary Lynn.

Fisher zögerte so lange mit seiner Antwort, dass sich schließlich kraftvolle Finger warm auf seine Schultern legten.

„Nichts, was dich kümmern müsste", antwortete JD an seiner Stelle und atmete hörbar ein. „Zimt-Rosine. Meine Lieblingssorte." JD holte Teller aus dem Schrank und stellte Beilagen bereit. Als der letzte Bagel aus dem Toaster hüpfte, brachte er ihn mit den anderen zum Tisch. „Um welche Uhrzeit geht dein Flug?"

„Ich habe ihn gestern Abend geändert. Ich fliege morgen Mittag." Fisher spürte ihren Blick. „Ich glaube, es ist an der Zeit, dass wir beide versuchen, uns kennenzulernen. Also kann ich einen weiteren Tag erübrigen."

„Was willst du tun, während ich arbeite?", fragte JD, der mit hängenden Schultern leicht den Kopf schüttelte und die Augen verdrehte. Damit hatte er eindeutig nicht gerechnet.

„Ich sehe mich ein wenig um. Ich kann mich zweifellos für einige Stunden selbst beschäftigen. Vielleicht können wir etwas Spaßiges unternehmen, wenn du fertig bist."

Fisher fragte sich, was Mary Lynns Vorstellung von Spaß war. „Du wolltest mir mit meiner Wohnung helfen", erinnerte er JD leise. „Aber ich kann mich darum kümmern, damit du Zeit mit deiner Mutter verbringen kannst." Das war wichtiger. Er würde sich etwas überlegen.

JD hatte Frischkäse auf seinen Bagel gestrichen und biss nun hinein. „Keine Sorge. Ich schaue vorbei, um zu sehen, ob eine neue Tür eingebaut wurde, und nach deiner Arbeit können wir uns vergewissern, dass die Wohnung sicher ist."

Während JD sein Frühstück aufaß, schaffte Fisher einen halben Bagel. Dann bestand JD darauf, ihn zum Umziehen zu seiner Wohnung zu fahren und anschließend zur Arbeit zu bringen. Nach anfänglichem Widerspruch gab Fisher letztendlich nach, denn JD wollte ja nur dafür sorgen, dass er sicher war. Allein wegen des Kusses, den JD ihm daraufhin gab, lohnte es sich. „Ruf mich an, wenn du fertig bist. Ich habe noch einige Stunden gut, also werde ich versuchen, mir den Nachmittag freizunehmen."

„Es wird dir guttun, Zeit mit deiner Mutter zu verbringen. Es wird helfen, eure Beziehung zu heilen", sagte Fisher.

„Da bin ich nicht so sicher."

„JD, sie ist hier, nicht wahr?", fragte Fisher und trat zurück. „Also gut. Ich melde mich, wenn ich so weit bin."

FISHER ARBEITETE wie ein Verrückter, aber sie machten auch großartige Fortschritte. Kurz nach Mittag waren das System und die Standorte eingerichtet und den Rest des Wochenendes würden die Systemleute es testen, doch zurzeit sah es so aus, als wären sie Montag bereit, erste Lieferungen zu empfangen. Ellen dankte ihm für seine Hilfe und teilte ihm mit, dass er sich Sonntag und Montag freinehmen könne.

„JD", sagte Fisher, als sein Anruf durchkam. „Ich bin hier fertig."

„Gut. Ich brauche noch eine halbe Stunde."

„Ich kann warten", antwortete Fisher und ließ sich auf einem Stuhl im Foyer nieder. Es dauerte nicht allzu lange, bis JDs Auto vorfuhr, mit seiner Mutter auf dem Beifahrersitz. Fisher setzte sich auf die Rückbank und schloss die Tür. „Machen wir etwas Besonderes?"

„Jefferson Davis hat mir von den Antiquitätenläden in der Stadt erzählt. Er hat gesagt, hier gäbe es andere Dinge als bei uns zu Hause, also habe ich ihn gebeten, mich hinzufahren. Jefferson Davis sagte, dass Sie vermutlich auch gern hinfahren würden."

Sie wandte sich wieder um und Fisher sah im Rückspiegel, dass JD lautlos ‚Tut mir leid' sagte, bevor er losfuhr.

„In der Innenstadt ist ein wirklich schöner", sagte Fisher. „Leider hat er nur an Wochentagen geöffnet."

„Wie kann er davon leben?", fragte Mary Lynn.

„Er macht viele Geschäfte über das Internet", erklärte Fisher. „Am westlichen Stadtrand gibt es auch einen, bei dem ich schon lange nicht mehr war."

„Gut. Dann halten wir auf dem Rückweg dort an." JD fuhr weiter durch die Stadt und lenkte das Auto schließlich auf den Parkplatz eines der Läden, die sie zusammen besucht hatten. JD wartete auf seine Mutter und ging dann neben Fisher her. „Ich weiß, dass wir schon hier waren, aber ich dachte, wir könnten hinten im Laden rummachen, während meine Mutter sich umsieht." Sein schelmischer Blick zeigte Fisher, dass er nur teilweise scherzte.

„Jungs", sagte Mary Lynn nachsichtig, während sie hineinging, „Manieren." Ihre Worte trugen wenig Schärfe in sich. Sie verschwand im Laden und JD hielt die Tür auf, während sie das staubige, muffige Innere betraten. Als Erstes warf Fisher einen Blick Richtung Kasse: erleichtert stellte er fest, dass der Freund seines Ex-Freundes nicht da war.

Die nächsten zehn Minuten verbrachten sie damit, sich hinter Mary Lynn durch den Laden zu schlängeln, während sie sich umsah. „Ich gehe kurz zur Toilette", sagte JD schließlich. Mary Lynn war in eine der Nischen geschlendert und Fisher war nicht sicher, ob sie Gesellschaft wollte oder nicht. Er hielt sich ein wenig zurück und ließ seinen Blick durch das Geschäft schweifen. Es handelte sich um dieselben Gegenstände wie beim letzten Mal, weshalb sie ihn kaum interessierten. Er warf einen Blick auf Mary Lynn, die sich zufrieden umzusehen schien. Dann klingelte die Glocke an der Eingangstür und Fisher sah zum hereinkommenden Kunden hinüber.

Augenblicklich verspannte er sich und schob sich in die nächste Nische. Er kannte den Mann aus seiner Vergangenheit und es war jemand, den er nie hatte wiedersehen wollen.

„Ich war gestern hier und habe angerufen, um das Holzkästchen zu reservieren." Diese Stimme ließ ihn erschaudern. Fisher spähte um die Ecke. Armand hatte ihm den Rücken zugekehrt und Fisher nutzte die Gelegenheit, um sich tiefer in den Laden zurückzuziehen, fort von der Kasse. Er bog um eine Ecke im hinteren Teil und stieß gegen JD.

„He", sagte JD freundlich, doch dann schwand sein Lächeln. „Was ist los?"

„Der Mann an der Kasse. Ich kenne ihn aus der Zeit … aus der Zeit, über die wir uns gestern Abend unterhalten haben." Verdammt, er musste das Zittern in den Griff bekommen.

„Was macht er hier?", fragte JD plötzlich aufmerksam.

„Einen reservierten Gegenstand abholen", flüsterte Fisher. „Wenn er mich sieht, erkennt er mich."

„Ist er ein Dealer?", fragte JD und Fisher nickte. „Hol meine Mutter und bring sie zu den Toiletten." Das musste der merkwürdigste Satz sein, den er sich aus JDs Mund vorstellen konnte. „Sag ihr, es ist zu ihrer Sicherheit."

„Was hast du vor?", fragte Fisher, doch JD zeigte nur mit dem Finger und Fisher entdeckte Mary Lynn zwei Reihen von ihnen entfernt.

„JD sagt, ich soll Sie zu den Toiletten bringen. Etwas passiert hier", erklärte Fisher und deutete auf den hinteren Teil des Ladens. Die Toilette hatte nur einen Raum, doch sie traten beide ein und Fisher schloss die Tür ab.

„Was geht hier vor?"

Fisher wägte seine Antwort ab und entschied, dass er sich am besten dumm stellte, also zuckte er lediglich mit den Schultern und wandte sich ab. Der Raum war uralt, mit fleckiger Einrichtung und ausgebleichter Farbe. Im Boden befanden sich Risse und in der Toilette schien nonstop Wasser zu laufen. „Ich soll Ihnen sagen, dass es zu Ihrer Sicherheit ist."

Sie nickte und blieb mit dicht an den Körper gezogenen Armen in der Mitte des Raums stehen, vermutlich, um nicht versehentlich etwas zu berühren. Nicht, dass Fisher es ihr verdenken konnte. „Wie lange sollen wir warten?"

Jemand klopfte leise an die Tür und dann hörte er: „Ich bin's, JD." Fisher schloss die Tür auf und trat hinaus. JD legte sich einen Finger an die Lippen. „Es ist Zeit zu gehen. Redet normal. Wir verlassen den Laden." JD hakte sich bei seiner Mutter ein. „Habt ihr etwas gefunden?", fragte er in möglichst normalem Tonfall.

„Diesmal nicht", antwortete Fisher.

„Aber man kann nie wissen", fügte Mary Lynn hinzu, als sie sich dem Eingang näherten. „Danke", sagte sie an den Mann hinter der Theke gewandt, bevor sie das Geschäft verließen und in JDs Auto stiegen. „Worum ging es?", erkundigte sich Mary Lynn, sobald die Autotüren geschlossen waren.

„Fisher hat einen Typen erkannt, der nichts Gutes bedeutet." JD drehte sich zu Fisher um. „Ich habe nur noch seinen Rücken gesehen, als er gegangen ist. Ich konnte mir das Nummernschild notieren, aber er hat nichts Verbotenes getan …"

„Nein. Auch wenn ich Armand nicht als jemanden eingestuft hätte, der Antiquitäten sammelt."

„Was hat er gekauft?"

„Ein hölzernes Kästchen. Ich konnte einen kurzen Blick darauf werfen und wüsste nicht, warum sich jemand darum bemühen sollte. Es war nichts Besonderes daran, außer, dass es alt war." Fisher wartete darauf, dass JD ihn aufklären würde, doch dieser ließ lediglich den Motor an und machte sich auf den Weg in die Stadt. „Was denkst du?"

„Ich bin nicht sicher. Ich wünschte, ich hätte genauer sehen können, was sie getan haben."

„Ich bin nur froh, dass er mich nicht gesehen hat", sagte Fisher.

„Geht es um Drogen?", wollte Mary Lynn wissen. „Ich habe das mal im Fernsehen gesehen, oder war es in einem dieser fürchterlichen Filme, die dein Vater mag? Die Zulieferer nutzen ein Geschäft und geben die Ware in normalen Einkäufen versteckt an die Dealer weiter."

„Ist das nicht etwas weit hergeholt?", fragte JD.

„Warum sollte es das sein?" Fisher beugte sich auf dem Rücksitz vor. „Erinnerst du dich an das letzte Mal, als wir hier waren? Ein Typ kam herein, um einen Gegenstand abzuholen, den er telefonisch reserviert hatte. Diese hässliche Vase. Was, wenn sie mit Drogen gefüllt war, genau wie dieses Kästchen? Armand ist kein Pfadfinder und sammelt keine antiken Kästchen. Er sammelt Kunden und Geld." Fisher begann, sich für das Thema zu erwärmen. „Denk mal darüber nach - wer würde auf die Aktivitäten in einem Antiquitätenladen achten? Ständig kommen und gehen Leute. Es gibt Stammkunden. Und es gibt viele billige Dinge, in denen man die eigentliche Ware verstecken kann."

„Es scheint mir …" JD fuhr auf die Hauptkreuzung am Platz zu und parkte das Auto. „Ich muss telefonieren." Er stieg aus, während Fisher sich zurücklehnte und wartete. Weder er noch Mary Lynn begannen ein Gespräch, und nach einigen Minuten stieg JD wieder ein und lenkte das Auto in den Verkehr und Richtung Westen, aus der Stadt heraus.

Fisher und Mary Lynn spazierten durch den zweiten Antiquitätenladen, während JD zum Telefonieren draußen blieb. „War JD schon immer so ernst bei der Sache?", erkundigte sich Fisher.

„Meine Güte, ja. Er hat sich allem, was er anfing, mit Leib und Seele verschrieben. Und er war stets entschlossen, der Beste zu sein. Wenn er Baseball spielte, musste er die meisten Homeruns schaffen. Als wir ihn zum Tennisunterricht angemeldet haben, musste er von Anfang an alle anderen schlagen." Sie sah sich um. „Dieser Laden ist wesentlich netter als der letzte."

„Ja, hier gibt es viel Interessantes." Fisher hielt Ausschau nach JD, weil er hoffte, dass er sich ihnen bald anschließen würde. Schließlich war der Grund für diesen kleinen Ausflug, dass JD und seine Mutter miteinander Zeit verbringen konnten. „Sammeln Sie Antiquitäten?"

„Das Haus ist voll von Familienstücken, die sich mit der Zeit angesammelt haben. Es liegt hauptsächlich daran, dass niemand jemals etwas fortgeworfen hat, bis alles alt und damit wieder begehrt wurde."

„Ich habe auch einige Stücke aus der Familie", antwortete Fisher. „Und andere habe ich selbst gekauft." Er wandte sich Mary Lynn zu. „Ich würde wirklich gern mein Geld mit dem Verkauf von Antiquitäten verdienen. Ich habe alle möglichen Bücher gelesen und viel Zeit bei Auktionen und Ähnlichem verbracht, also weiß ich, was genau was ist, wie ich etwas überprüfe und wie ich einen Wert schätze. Meistens geht es vor allem darum, zwischen etwas Echtem und einer Fälschung zu unterscheiden." Er erinnerte sich daran, mit wem er redete, und wurde still. JDs Mutter schritt jeden der Gänge auf und ab, betrachtete jede Vitrine, sagte jedoch nichts. Es machte ihn ein wenig nervös. „Mir ist klar, dass Sie an anderes als das hier gewöhnt sind."

Sie gab ein leises spöttisches Geräusch von sich. „Wissen Sie, wie reiche Menschen reich bleiben?"

„Indem sie viel Geld haben und es nicht ausgeben", antwortete Fisher.

Mary Lynn schüttelte den Kopf. „Man muss Geld ausgeben wie eine reiche Person." Sie näherte sich einem Schaukasten und zeigte auf ein kleines Gemälde im Hintergrund. „Sagen wir einmal, dieses hier sei von Van Gogh oder einem anderen berühmten Maler und ich kaufe es für eine Million Dollar. Ich hänge es mir an die Wand und bewundere es einige Jahre. Dann verkaufe ich es gleich wieder für zwei Millionen, weil der Künstler berühmt ist und nichts mehr malt. Ich habe mich an dem Gemälde erfreut, genau wie meine Freunde, und nun hat es ein neues Zuhause gefunden, während mir für das Vergnügen eine Million gezahlt wurde. So geben reiche Menschen Geld aus und bleiben reich. Sie kaufen Dinge, die ihren Wert behalten und sogar steigern. Das gilt für Grundbesitz, Kunst, Mobiliar, Ferienhäuser, einfach alles. Die Preise von solchen Luxusgütern steigen ständig."

„Ich verstehe."

Sie trat näher. „Nein, das tun Sie nicht. Denn das gilt auch für Sie. Kaufen Sie die beste Qualität, die Sie sich leisten können, denn später können Sie sie verkaufen und sich etwas anderes anschaffen. Der Antiquitätenverkäufer in Ihnen kann daraus Kapital schlagen." Dann schenkte sie Fisher zu seiner Überraschung ein aufrichtiges, warmes Lächeln. „Es ist das größte verschwiegene Geheimnis des Reichtums aller Zeiten. Da jeder von uns Dinge kaufen muss, sollte man dafür sorgen, dass es sich lohnt."

Er hätte gern nach ihrer Kleidung gefragt, die teuer wirkte, um zu sehen, ob diese auch in ihre Formel passte.

„Ich kann Sie denken sehen", sagte sie auffordernd und schaute an ihrem Outfit hinab. „Ich verrate Ihnen ein Geheimnis. Hochwertige Kleidung hält lange Zeit. Das hier ist Chanel und ich besitze es seit Jahren. Ab und an hole ich es aus dem Schrank und es erscheint wie neu. Oh, ich habe meine Schwächen, vor allem Schuhe und Handtaschen, aber bei denen funktioniert es ähnlich. Qualität kommt niemals wirklich aus der Mode - sie macht nur hin und wieder einen Urlaub." Sie begann sich wieder in Richtung Eingang vorzuarbeiten. „Jefferson Davis, ich dachte, du hättest uns hier zurückgelassen", schalt sie, als sie auf JD trafen.

„Wir sollten nach Hause fahren", sagte er ernst und drehte sich zur Tür um. Er ging hinaus und ließ Fisher seine Mutter begleiten.

„Ich dachte, ich hätte ihn besser erzogen", sagte Mary Lynn.

„Das ist der Polizist in ihm", erklärte Fisher. „Er wird ganz ernst und verschlossen, wenn er an etwas Wichtigem arbeitet, über das er nicht reden darf."

„Woher wissen Sie das?", fragte Mary Lynn und stieß beinahe verschwörerisch seine Schulter mit ihrer an. „Ich meine, Sie kennen ihn noch nicht sehr lange."

„Es sind seine Augen." Dabei beließ er es. Er hatte nicht vor, JDs Mutter zu verraten, dass JD im Bett denselben eindringlichen, intensiven Blick hatte. Das war Privatsache. „Er wird es uns erzählen, wenn wir im Auto sind." Sie erreichten die Tür und verabschiedeten sich vom Mann an der Kasse.

„Lasst uns einsteigen", trieb JD sie an und fuhr dann gleich los. „Wir müssen zum Revier. Red und Detective Cloud wollen mit dir reden."

„Mit mir?", fragte Fisher.

„Ja. Mom, ich kann dich zu deinem Hotel bringen."

„Nein, danke. Ich komme mit", antwortete sie mit Nachdruck. „Zu Hause passiert nie so etwas Unterhaltsames." Fisher musste zugeben, dass Mary Lynn, wenn sie ihre Steifheit ablegte, eine interessante Dame war.

„Mutter."

„Fang nicht mit ,Mutter' an. Du hattest es furchtbar eilig aufzubrechen, also musst du Fisher offensichtlich schnell hinbringen, wo er gebraucht wird, und ich begleite ihn." Sie schien sich köstlich zu amüsieren, während Fisher augenblicklich an den Rand einer Panikattacke geraten war. Der Gedanke, von der Polizei befragt zu werden, gefiel ihm nicht. Was war, wenn er etwas sagte, was er nicht sagen sollte? Oder sie ihm Fragen stellten und dann nachbohrten, woher er etwas wusste? Ihm schoss ein Szenario nach dem anderen durch den Kopf. An einem Punkt dachte er sogar darüber nach, aus dem Auto zu springen und nach Hause zu gehen.

Als sie endlich die Polizeistation erreichten, war Fisher von Sorge zerfressen und nahezu katatonisch. Ohne darüber nachzudenken, stieg er aus und folgte JD hinein, doch er hatte sich vollkommen in sich selbst zurückgezogen.

„Es wird nicht so schlimm. Red und ich sind dabei", versprach JD.

„Ja, okay", antwortete er halb unbewusst. Er erinnerte sich daran, dass Detective Cloud der Mann war, der ihn nach der Schießerei befragt hatte, und war nicht daran interessiert, Zeit mit ihm zu verbringen.

„Wir gehen hier rein", erklärte JD und öffnete die Tür zu einem Besprechungszimmer. Fisher setzte sich auf einen Stuhl, während Mary Lynn und JD rechts und links von ihm Platz nahmen.

„Ich bin Detective Cloud."

„Ich erinnere mich an Sie", antwortete Fisher mit auf die Tischplatte gesenktem Blick.

„Lass mich", sagte Red. „Fisher, wir würden gern etwas über den Mann erfahren, den du heute Nachmittag in dem Laden gesehen hast."

„Armand", antwortete er. „Er war und ist vermutlich immer noch ein Dealer." Er hob leicht den Blick. „Gott sei Dank hat er mich nicht gesehen."

„Er würde Sie erkennen?", erkundigte sich Detective Cloud. „Wie sollte er das tun?"

Fisher sah von links nach rechts. „Er kam in den Laden und sagte, er wolle ein für ihn reserviertes Kästchen abholen. Der Mann hinter der Theke hat es ihm gegeben, und bis ich JD finden konnte, war er offenbar schon gegangen."

„Hast du die Kasse gehört?", fragte Red.

Fisher durchsuchte sein Gedächtnis. „Nein. Ich kann mich auch nicht daran erinnern, dass sie über den Preis oder Ähnliches diskutiert hätten. Für einen Antiquitätenladen ist das seltsam, weil man dort immer handelt. In den meisten Geschäften wird das praktisch erwartet."

„Und du hast ihn nicht bezahlen sehen?"

Fisher schüttelte den Kopf. „Ich habe nur gesehen, wie er nach dem Kästchen gefragt hat. Ich habe ihn erkannt und mich in die nächstbeste Nische zurückgezogen. Ich habe eine Tüte rascheln gehört und dann habe ich mich auf die Suche nach JD gemacht. Bezahlen sehen habe ihn nicht und definitiv keine Verhandlungen gehört." Er war nicht sicher, ob es hilfreich war.

„Und Sie haben keine Kasse gehört?", vergewisserte sich Detective Cloud erneut.

„Nein, habe ich nicht."

„Ich habe beim Gehen darauf geachtet, als ein anderer Kunde einen Einkauf zur Kasse brachte", warf JD ein. „Die Kassenschublade macht ein Klingelgeräusch, wenn sie sich öffnet. Es war nicht gerade leise und ich denke, Fisher hätte es gehört, wenn die Kasse benutzt worden wäre. Es ist ein altes Stück."

„Und beim ersten Mal? In demselben Laden?"

„Da war ich mit JD dort und wir haben einen Mann gesehen, der hereinkam und nach einer Vase gefragt hat. Er sagte, er hätte sie reserviert, genau wie Armand. Der Verkäufer hat ihm die Vase hinter der Theke herausgeholt und dann ist er gegangen. Ich erinnere mich nicht daran, ob er bezahlt hat. Aber ich fand es merkwürdig, dass jemand so ein Theater wegen einer billigen Nachbildung gemacht hat, die wahrscheinlich vor ein paar Wochen in China hergestellt wurde."

„Das war es, was er gekauft hat?"

„Ja. Es war ein billiges Stück, das jeder überall kaufen könnte. Warum sollte man deshalb anrufen und es sich reservieren lassen? Ich könnte Sie zum nächstbesten Antikmarkt mitnehmen und Ihnen mindestens ein halbes Dutzend davon zeigen." Fisher sah JD an und wandte sich dann wieder an Red. „Ist das alles?"

„Ich wüsste gern, woher du Armand kennst."

Fisher schüttelte den Kopf. „Ich werde keine weiteren Fragen beantworten", sagte er mit fester Stimme. „Ich habe geholfen, so gut ich konnte, und jetzt möchte ich nach Hause gehen." Er war müde und noch immer höllisch nervös. Das würde nicht verfliegen, bevor er das Polizeirevier verlassen hatte.

„Glaubst du wirklich, dass jemand den Laden als Tarnung benutzt?", fragte JD.

Fisher nickte. „Nach allem, was ich gesehen habe und was ich über Armand weiß, halte ich es für ziemlich wahrscheinlich. Wie man es beweisen soll, ist eine andere Frage. Sicher gibt es Pläne für den Fall, dass jemand in Uniform den Laden betritt, und wenn jemand Unbekanntes ihren Code benutzt, packen sie ihre Sachen und verschwinden."

„Daran haben wir auch gedacht", sagte Red und stand auf. „Wir wissen es zu schätzen, dass du gekommen bist, um uns zu erzählen, was du gesehen hast. Es ist eine große Hilfe."

„Lasst uns gehen", forderte JD sie auf.

Fisher folgte ihm zum Auto. Erst fuhr JD zu seinem Haus, wo er seine Mutter hineinließ, und anschließend zu Fishers Wohnblock. Als JD geparkt hatte und sie sich der Eingangstür näherten, war es schon beinahe dunkel. Fisher schloss auf und stieg vorsichtig die Treppe hinauf. Er hatte beinahe damit gerechnet, dass seine Wohnung mit Brettern zugenagelt worden war, doch stattdessen besaß er eine neue Tür und ein neues Schloss. Der Schlüssel funktionierte natürlich nicht mehr, weshalb er die Verwaltung im Erdgeschoss aufsuchen und sich einen besorgen musste.

„Ich hoffe, alles ist in Ordnung", sagte er zu sich selbst, als er aufschloss. In der Wohnung schien alles unbeschädigt zu sein. Er trat so langsam ein, als befänden sich Minen unter dem Teppich. „Es sieht so aus."

„Ich habe nichts gesehen, was beschädigt oder nicht an seinem Platz war. Ich glaube, sie waren nur wenige Minuten hier, und als sie dich nicht finden konnten, haben sie sich dazu entschlossen, auf dich zu warten." JD umarmte ihn, als ein ruckartiges Zittern Fishers Körper durchlief.

„Ich hasse den Gedanken, dass sie hier waren", sagte er leise. „Sie sollen mich in Ruhe lassen. Ich habe ihnen nie etwas getan. Sie sind wie die Schlägertypen auf dem Schulhof. Sie hören niemals auf und glauben, dass sie sich alles nehmen können, was sie wollen."

„Hast du das oft erlebt?", fragte JD.

„Ständig. Ich war schlaksig, unbeholfen und still. Also war ich ein leichtes Ziel. Und du?"

„Nein. Das Problem hatte ich nicht. Ich war eins der beliebten Kinder. Manchmal hat jemand versucht, mich herumzuschubsen, aber ich hatte Freunde und wir haben uns füreinander eingesetzt, also haben sie sich ziemlich schnell zurückgezogen. Ich schätze, die Highschool ist ein Mannschaftssport. Wenn man sie unbeschadet überstehen will, muss man alle Positionen besetzt haben."

Fisher nickte. Damit kannte er sich nicht aus. Er war immer allein gegen die ganze Welt gewesen oder es hatte sich zumindest so angefühlt. „Ich möchte das Schlafzimmer sehen."

Er näherte sich, öffnete die Tür und atmete erleichtert auf. Von dem Chaos, das er sich vorgestellt hatte, war nichts zu sehen und sein Zimmer roch so frisch und sauber wie immer. Dasselbe galt für das Badezimmer.

„Willst du heute Nacht hierbleiben?", erkundigte sich JD. „Du kannst auch gern frische Kleidung einpacken und in meinem Haus übernachten, wenn du dich dann besser fühlst."

Auch wenn Fisher das Angebot sehr gern angenommen hätte, musste er in seiner Wohnung bleiben und versuchen, über das Gefühl fremder Eindringlinge hinwegzukommen. Es aufzuschieben würde nicht helfen. „Ich muss hierbleiben."

„Okay." JD beugte sich vor, um ihn sanft zu küssen. „Du hast meine Nummer. Ruf an, wenn du mich brauchst, und ich komme sofort." Nachdem JD noch einmal seine Hand gedrückt und sich verabschiedet hatte, verließ er die Wohnung.

Fisher schloss und verschloss die neue Tür und ging ein weiteres Mal von Raum zu Raum, um sich alles anzusehen. In der Küche öffnete und inspizierte er alle Schubladen und Schränke. Im Schlafzimmer begutachtete er seinen Kleiderschrank und überprüfte die Schubladen seiner Kommode. Dann war er wieder in der Küche und untersuchte die Lebensmittel im Kühlschrank. Letztendlich entschied er, dass alles in Ordnung war. Dann fiel ihm sein Auto ein. Also öffnete er die Tür, suchte den Flur nach Fremden ab und eilte zur Rückseite des Gebäudes, um aus einem Fenster am Treppenabsatz zu spähen. Sein Auto stand da, wo er es zurückgelassen hatte, und wirkte normal.

Er kehrte in die Wohnung zurück, schloss die Tür und lehnte sich dagegen. Da er bis Dienstag nicht arbeiten musste, hatte er Zeit für sich. Nach einer Dusche kletterte er ins Bett. Dort lag er unter der Decke … und lauschte. Geräusche aus dem Flur machten ihn nervös, bis sie sich entfernten. Draußen rumpelte ein Auto die Straße entlang. Fisher lag still, denn er wusste, dass er schlafen musste, doch er blieb hellwach und jedes ungewöhnliche Geräusch ließ ihn zusammenzucken. Davon gab es viele. Bis Mitternacht hatte er bereits viermal nach seinem Handy gegriffen, um JD anzurufen, sich allerdings jedes Mal gebremst, da er wusste, wie albern er sich verhielt. In seiner eigenen Wohnung sollte er sich sicher fühlen. Es machte ihm Angst, dass er JD brauchte, um sich tatsächlich sicher zu fühlen. Das musste er überwinden.

Nachdem er stundenlang im Bett gelegen hatte, stand er schließlich um halb Zwei auf und zog den Eimer aus dem Schrank, in dem er seine Putzutensilien aufbewahrte. Er begann im Badezimmer, wo er die Armaturen und die Badewanne reinigte. Dann ging es weiter in die Küche, wo er alles säuberte und sogar den Schrank unter der Spüle auswischte. Als er ernsthaft darüber nachdachte, um drei Uhr morgens den Staubsauger herauszuholen, wusste er, dass er zu weit ging, und räumte alles wieder ein, um stattdessen den Besen zur Hand zu nehmen und alle Böden zu fegen. Er überlegte, ob er auch wischen sollte, entschied sich jedoch stattdessen, es noch einmal mit dem Einschlafen zu versuchen.

Seine Wohnung duftete nach Pinie und war sauber. Er hatte jede Spur und jeden Geruch fremder Menschen entfernt. Nun erst konnte er die Augen schließen. Alles war still und endlich gelang es ihm, einen leichten Schlaf zu finden, immer noch bereit, beim kleinsten Anzeichen von Gefahr aufzuwachen und zu fliehen.

7

„WAR DIE Frau, die mit Fisher und dir gekommen ist, wirklich deine Mutter?", fragte Red am nächsten Tag, als JD den Umkleideraum des Reviers betrat.

„Ja. Sie und Fisher schienen sich wirklich gut zu verstehen. Ich habe sie viel reden sehen und meine Mutter hat diesen verkniffenen, empörten Gesichtsausdruck abgelegt, mit dem sie mich immer anzusehen scheint."

„Bleibt deine Mutter lange?", fragte Red, während er in das zur Uniform gehörende Hemd schlüpfte.

„Sie ist schon auf dem Weg zum Flughafen. In einer Stunde geht ihr Flug." In Bezug darauf war JD zwiegespalten. Zwar war das Gefühl, ständig auf der Hut zu sein, ermüdend, doch in den letzten zwei Tagen hatte er so viel mit seiner Mutter geredet wie seit langer Zeit nicht mehr. Auch wenn er nicht wusste, ob die Haltung seiner Mutter dauerhaft ein wenig milder sein würde, hoffte er, dass die gemeinsame Zeit zumindest einen Teil des Schmerzes und der Furcht seiner Eltern beseitigen würde. Und nichts davon wäre ohne Fisher möglich gewesen, der den Weg dafür bereitet hatte.

Er zog seine Uniform an und warf einen Blick auf den Dienstplan, um sich über seine Aufgaben zu informieren. Dort stand lediglich *Cloud*. „Anscheinend bin ich heute Aaron zugeteilt."

„Das sind wir beide. Er möchte sich die Sache mit dem Antiquitätenladen genauer ansehen und überprüfen, ob hier wirklich eine Verbindung zu Drogenlieferungen und -handel besteht." Red ließ sich neben ihm auf der Bank nieder. „Überleg doch mal. Niemand würde sich etwas dabei denken, dass viele Kunden ein- und ausgehen, und es gibt große Gegenstände, in denen man etwas verbergen kann. Und wer würde einen Antiquitätenladen als zwielichtigen Ort betrachten? Vielleicht Pfandhäuser, diese Secondhandshops oder einige der kleinen Lebensmittelläden, bei denen wir uns fragen, wie sie überhaupt überleben. Die behalten wir möglichst gut im Auge. Aber ein Antiquitätengeschäft?"

„Wurden die Besitzer schon überprüft?", wollte JD wissen.

„Ich weiß es nicht." Red stand auf und JD zog sich weiter an. Nach einem letzten Blick in den Spiegel verließen sie den Umkleidebereich und machten sich auf die Suche nach Detective Cloud.

„Hier drinnen", sagte dieser, als sie sich einem der kleinen Besprechungsräume näherten. „Ich dachte, wir fangen mit Ideen an."

„Glaubst du wirklich, an dieser Sache ist etwas dran?", fragte JD.

„Ich traue dem Laden schon länger nicht. Ich sehe keine Möglichkeit, wie ein so sehr mit Ramsch angefülltes Geschäft überleben könnte. Dort wird im Grunde versucht, das Zeug zu verkaufen, was andere wegwerfen würden."

„Du bist also kein Antiquitätenkenner", merkte JD an.

„Spielt keine Rolle. Was dein Freund gestern Abend erzählt hat, klingt logisch. Und ein bekannter Dealer wurde an diesem Ort gesehen. Das reicht uns aus, um es genauer anzusehen."

„JD hat gefragt, ob wir die Besitzer aufgespürt haben", sagte Red.

„Darum kümmert sich gerade Carter für mich. Mal sehen, wer hinter dem Geschäft steckt. Vielleicht verrät uns das schon etwas."

„Das größte Problem ist, wie wir an Beweise kommen", sagte JD. „Hast du einen Plan?"

„Das ist der eigentliche Mist. Wir können nicht einfach reingehen und den Laden beobachten, weil sich dann alle fernhalten."

„Wissen wir, wer die Angestellten sind?", erkundigte sich JD. „Einige von ihnen müssen Bescheid wissen. Sie können nicht alle unbeteiligt sein. Fisher hat gesagt, dass beim ersten Mal, mit der Vase, der neue Freund seines Ex an der Kasse stand. Gestern war er nicht da, also wissen wir, dass mindestens zwei Personen mit drinstecken."

„Besorg dir seinen Namen", sagte Aaron, der sich während des Gesprächs Notizen machte, genau wie JD. „Vielleicht können wir jemanden zum Reden bringen, wenn wir ihn in die Ecke drängen."

„Nicht, wenn einer von ihnen der Drahtzieher ist. Vor dem werden sie sich höllisch fürchten." JD machte sich weitere Notizen.

„Wir bräuchten jemanden, der eingeweiht ist."

„Und wie schaffen wir das? Soll jemand versuchen, sich dort einen Job zu besorgen? Das würde nicht funktionieren, weil sie einem Fremden gegenüber misstrauisch wären, und falls der Geschäftsführer oder der Besitzer der Kopf sein sollte, wird er nur Leute beschäftigen, die er kennt."

„Gibt es im Laden ein Überwachungssystem?", fragte Red und JD wünschte sich, er hätte selbst daran gedacht. „Wenn es eins gibt, können wir vielleicht irgendwie darauf zugreifen, vor allem, wenn es drahtlos funktioniert. Die Kommunikation abzufangen sollte nicht allzu schwer sein."

„Das könnte funktionieren, wenn sie eins haben", sagte Aaron.

„Ich überprüfe es", bot JD an.

„Okay, was noch?", fragte Aaron auffordernd. „Wäre dein Freund in der Lage, uns zu helfen?"

„Fisher?", fragte JD. „Er ist kein Polizist und ich finde, er hat genug getan." Er wollte Fisher nicht in Gefahr bringen. Wenn über den Laden Drogen vertrieben wurden, waren die Mitarbeiter vermutlich gefährlich. JD hatte sich bewusst für ein gewisses Risiko entschieden, als er Polizist geworden war. Fisher hatte das nicht getan.

Carter öffnete die Tür des Besprechungsraums und reichte Aaron ein Blatt Papier. „Setz dich", wies ihn Aaron an, woraufhin der auf den Stuhl neben JD glitt. „Offenbar gehört der Laden Northside Antiques Incorporated. Das verrät uns überhaupt nichts."

„Nein. Es handelt sich um eine Firma, die sich im Besitz eines Unternehmens befindet, nämlich Antiques Unlimited, das wiederum ein weiteres Unternehmen besitzt, Antiques on the Pike, Inc. Kommt euch das bekannt vor?", fragte Carter.

„Denen gehört auch das Geschäft einige Meilen die Straße runter", stellte Red fest. „Wenn beide Läden darin verwickelt sind, bedeutet es, dass wir South Middleton einbeziehen müssen."

„Ja. Ich liebe diese Zuständigkeitsangelegenheiten. Vorerst konzentrieren wir uns auf den Laden in unserem Zuständigkeitsbereich und behalten den anderen im Auge. Ich werde einen Freund vom Dezernat in South Middleton anrufen und ihn fragen, ob sie Antiques on the Pike auf dem Schirm haben. Vielleicht sind sie auf ihrer Seite ebenfalls auf der Suche nach Beweisen." Aaron notierte sich etwas. „Was noch?"

„Wollen wir sie erschrecken?", fragte Carter.

„Noch nicht. Wir müssen den Ursprung des Vertriebsnetzwerks finden und das ist der erste brauchbare Hinweis, den wir haben. Ich würde gern herausfinden, wie sie miteinander kommunizieren, damit wir es zu unserem Vorteil nutzen können."

„Überlass das JD und mir", sagte Red. „Das könnte etwas sein, wobei uns Fisher helfen kann."

„Dann bringt ihn her", antwortete Aaron.

„Gestern Abend sah es nicht so aus, als wollte er mit dir reden. Mit JD und mir wird er es tun. Fisher ist kein Verdächtiger."

„Ich wüsste gern, woher er Armand Dissant kennt."

JD öffnete den Mund, um etwas zu sagen, doch Red kam ihm zuvor. „Ich weiß nicht, warum du so auf Fisher fixiert bist, aber du musst damit aufhören, sonst bekommen wir nicht die Hilfe, die wir brauchen."

„Ich weiß, dass zwischen euch was läuft." Aaron sah JD direkt in die Augen. „Du musst sichergehen, dass du die Menschen kennst, die du in dein Leben lässt. Er steht im Vorstrafenregister und es ist nichts Schönes. Hast du es dir mal angesehen?"

„Du hast auf sein Vorstrafenregister zugegriffen?", fragte JD und stand auf, als sich Verärgerung in ihm breit machte.

„Natürlich habe ich das. Er war bei einer Schießerei anwesend und hat sich sonderbar verhalten. Ich brauchte etwas Kontext und …"

„War etwas aus der letzten Zeit dabei?", fragte JD herausfordernd.

„Nein, aber das muss nichts bedeuten", antwortete Aaron.

„Abgesehen davon, dass er versucht, sein Leben zu ändern", konterte JD. „Lass ihn in Ruhe. Er hat uns sowohl gestern als auch nach der Schießerei geholfen." Dem konnte Aaron nicht widersprechen. „Du hast selbst gesagt, dass er uns eine Hilfe war, also lass es gut sein." Er war lauter geworden als beabsichtigt, doch obwohl Aaron ihm böse Blicke zuwarf, gab JD nicht klein bei. Aaron hatte nicht das Recht, über JDs Privatleben zu bestimmen.

„Jungs", sagte Red. „Wir müssen die Gegenstände, die wir haben, überprüfen und alles im Auge behalten. Was wir brauchen, sind weitere Informationen. Vielleicht kann Carter JD begleiten, um zu sehen, ob sie ein Überwachungssystem haben und wie leicht es zugänglich ist. Ich glaube, ich ziehe mich jetzt um und statte dem Laden einen Besuch ab, um zu sehen, was mir auffällt. Wer weiß? Vielleicht haben wir ja Glück."

„Verlass dich nicht drauf, aber es ist eine gute Idee", stimmte Aaron zu. „Mach dir ein Bild von der Lage und ich rufe meinen Kumpel an, um zu sehen, was er für uns hat."

JD verließ den Raum und Carter folgte ihm. „Du weißt, dass wir uns mit einem Polizeiauto nicht allzu weit nähern können, und das wird meine Fähigkeit, ihr Sicherheitssystem einzuschätzen, beeinträchtigen."

„Ich besorge uns ein Zivilfahrzeug, ziehe mir normale Kleidung an und dann machen wir eine kleine Spritztour", erklärte JD. Wenige Minuten später befanden sie sich auf dem Weg durch die Stadt. JD lenkte das Auto auf den Parkplatz des kleinen Restaurants neben dem Antiquitätenladen und ließ den Motor laufen. „Sieh nach, was du herausfinden kannst."

„Und was machst du in der Zeit?", erkundigte sich Carter, während er bereits etwas in den Laptop auf seinem Schoß eingab.

„Ich hatte vor, uns einen Snack zu besorgen. Das ist ein guter Vorwand für unsere Anwesenheit und niemand, der uns sieht, wird uns beachten." Er stieg aus und betrat das kleine Schnellrestaurant. Dort kaufte er Pommes frites und Getränke, die er anschließend zum Auto trug. „Etwas gefunden?", fragte er Carter, während er dessen Getränk im Halter platzierte.

„Es gibt ein Computersystem und es nicht sehr sicher. Jeder Mensch mit einem Computer könnte sich einklinken. Sie haben ein öffentliches WLAN-Netz, das über dieses System läuft, also steht es praktisch der ganzen Welt offen. Wenn man weiß, wonach man suchen muss - und das weiß ich." Carter tippte auf einige Tasten, woraufhin das Innere des Ladens auf dem Bildschirm erschien. „Ich kann nur sehen, was im Moment passiert. Es wäre schön gewesen, sich ansehen zu können, was passiert ist, als Fisher im Laden war. Aber jetzt hält uns nichts vom Zusehen ab."

„Warum ist es so ungeschützt?"

„Den Fehler machen viele Menschen. Sie denken sich: aus den Augen, aus dem Sinn. Wenn sie selbst es nicht sehen, kann es auch niemand anders."

„Und was machen wir jetzt? Wir können hier nicht die ganze Zeit sitzen und den Bildschirm anstarren. Und bricht die Verbindung nicht ab, wenn wir uns zu weit entfernen?"

„Ja. Aber immerhin haben wir jetzt unsere Augen im Laden, wenn wir sie benötigen. Wir sollten uns außerdem Rat holen, ob wir hierfür einen richterlichen Beschluss brauchen. Auch wenn es für jeden offen ist, der vorbeikommt. Verdammt, es ist beinahe, als würden sie das Filmmaterial selbst ins Internet stellen. Es könnte sich also um eine dieser Grauzonen handeln."

JD stöhnte. Er hasste Grauzonen - dort stießen sie meistens auf Hindernisse. „Ich schätze, solange wir es nicht als Beweismittel nutzen wollen, können wir es uns ansehen. Wenigstens haben wir keinen Ton, also gibt es keine Probleme mit dem Abhörrecht auf Länderebene." Er aß seine Pommes frites, während er den Bildschirm beobachtete, und Carter tat es ihm nach. „Ich spaziere mal hinein und sehe mir an, ob irgendetwas passiert. Bei der Gelegenheit können wir auch nach toten Winkeln Ausschau halten."

„Alles klar."

JD stieg aus, schloss die Tür und überquerte möglichst ungezwungen den Parkplatz, um den Laden zu betreten. Wie ihnen schon das Video gezeigt hatte, befanden sich außer ihm zwei Männer im Geschäft, die sich von beiden Seiten an die Theke lehnten.

„Ich habe um sechs frei", sagte der Mann dahinter.

JD wurde klar, dass es sich um den Freund von Fishers Ex handeln musste. Er erinnerte sich vom letzten Mal an ihn. JD winkte ihm zu und ging weiter in den Laden hinein. Die zwei Männer unterhielten sich weiter. Zufrieden stellte JD fest, dass sie in der Stille des Ladens gut zu hören waren.

„Gut. Wir treffen uns bei dir und dann können wir ausgehen." Das war der andere Mann.

„Habe ich dir erzählt, dass dein Ex vor ein paar Tagen hier war? Er hat ein billiges Silberteeservice gekauft." JD hörte aufmerksamer zu. „Was für eine Flasche. Er hat so verwirrt gewirkt, wie du es immer gesagt hast."

„Fisher ist verrückt - das denkt selbst seine Mutter."

JD suchte nach dem Namen und erinnerte sich schließlich an *Gareth*. Er hasste den Mann auf Anhieb und hätte ihm am liebsten gleich jetzt eine Abreibung verpasst.

„Er war mit einem anderen Mann hier. Einem echt heißen, wenn du mich fragst."

„Scheiße", murmelte JD leise. Was, wenn sich der Typ an ihn erinnerte? Allerdings war er nicht allzu dicht an der Kasse vorbeigegangen und trug andere Kleidung. Außerdem sah er sich nur um und hatte nicht vor, etwas zu kaufen. Verdammt, aber wenn sie sich die Videoaufzeichnung ansahen und ihn dann erkannten? Das Ganze war eine schlechte Idee gewesen.

125

„Fisher hat einen neuen Freund?" Gareth klang interessiert, was JD zum Lächeln brachte. Er sollte bereuen, dass er Fisher so behandelt hatte.

„Ja. Stell dir das vor: Er ist jetzt derjenige, der sich um all seine Probleme kümmern muss", antwortete der Freund gehässig.

„Ja", sagte Gareth und senkte seine Stimme so weit, dass JD sich bemühen musste, um ihn noch zu verstehen. „Als du mir von all diesen Dingen erzählt hast, die er getan hat, war ich so schockiert wie in meinem ganzen Leben noch nicht. Dabei hatte ich vorher sogar darüber nachgedacht, ihn darum zu bitten, mich zurückzunehmen."

„Liebling, wer ist besser für dich als ich?"

JD verspürte Brechreiz und hätte beinahe fallen lassen, was er in der Hand hielt. Dieser Hurensohn. Nicht, dass JD Gareth in Fishers Leben sehen wollte, aber das kleine Wiesel hatte anscheinend dafür gesorgt, dass Gareth sich von Fisher fernhielt, und das vermutlich zu einem Zeitpunkt, als Fisher seine Unterstützung am dringendsten gebraucht hatte. JD hätte am liebsten ihre Köpfe aneinandergeschlagen.

Die Türglocke kündigte einen hereinkommenden Kunden an und das Geräusch schmerzte JD in den Ohren, nachdem er sich so auf die leisen Stimmen konzentriert hatte. „Wir reden später weiter."

„Okay. Ich muss jetzt sowieso los", antwortete Gareth und einige Sekunden später läutete die Türglocke erneut, als er den Laden verließ. JD nahm einige Gegenstände in die Hand und betrachtete sie, nur für den Fall, dass ihn jemand beobachtete.

„Haben Sie etwas für mich?" Die Stimme war tief und heiser, als hätte der Mann viel zu viele Zigaretten geraucht. JD behielt die Gegenstände in der Hand und beschloss zu versuchen, sich das Ganze näher anzusehen. Er ging an der Kasse vorbei, wo der Geruch von Zigaretten in der Luft hing und der erstickende Gestank ihn beinahe zum Husten brachte. Er hielt den Kopf leicht abgewandt, während er sich darauf konzentrierte, am Rand seines Sichtfeldes einen Blick auf beide Männer zu erhaschen.

„Kann ich Ihnen helfen?"

„Nein. Ich sehe mich nur um", antwortete JD, wobei er sich bemühte, seinen Akzent zu verbergen und mit tieferer Stimme zu sprechen. Er wollte so wenig einprägsam wie möglich wirken. Allmählich fragte er sich, wie viele Geschäfte dieser Laden machte. Er war zum dritten Mal hier und jedes Mal war etwas passiert. Es mochte Zufall sein, doch JD beschlich der Verdacht, dass jeden Tag mehrere dieser Transaktionen stattfanden.

„Was sollte ich denn haben?", fragte der Mann hinter der Theke.

„Irgendeine Vase, die mein Mädchen wollte", antwortete der Mann mit der tiefen, heiseren Stimme.

Es wurde immer schwieriger für JD, sich weiterhin als Kunde auszugeben und zuzuhören. Er hätte gehen sollen, doch nun musste er etwas kaufen, ohne

Verdacht zu erregen. Einfach zu gehen hätte ihn definitiv einprägsamer gemacht. Diesmal hatte er eindeutig Mist gebaut. Jedenfalls hatte er dafür gesorgt, dass er zumindest in nächster Zeit nicht mehr herkommen konnte.

„Welche Farbe hatte sie?"

„Rot oder so. Ich sollte sie an der Kasse abholen. An die Details erinnere ich mich nicht. Sie ist diejenige, die auf so etwas achtet." Er hustete und JD fragte sich langsam, ob es sich nicht um einen echten Kunden handelte. Er ging ein Stück zurück und stellte alle Gegenstände wieder an ihren Platz, um stattdessen ein kleines Schmuckstück auszuwählen. Es war Modeschmuck, aber recht interessant. Vielleicht würde sich seine Schwester dafür begeistern können.

„Tut mir leid. Hier ist nichts zurückgestellt." Das Wiesel sah sich um. „Sie soll mich anrufen, dann versuche ich, ihr zu helfen."

„Okay, danke."

Der Mann ging, während JD seinen Einkauf zur Kasse brachte. Er betrachtete den Mann hinter der Theke und wünschte sich, er hätte ein Namensschild. Wut durchströmte seinen Körper und er musste beim Bezahlen seine ganze Beherrschung aufbringen, um ihn nicht zu erwürgen. Als das Wiesel kassierte, achtete JD auf das Geräusch der Kasse und verließ anschließend das Geschäft. Glücklicherweise schien er nicht erkannt worden zu sein. Er eilte über den Parkplatz und stieg ins Auto.

„Ich dachte, wir würden Zeugen eines Geschäfts werden, während du im Laden warst", sagte Carter grinsend.

„Ja, aber dann hat es sich doch nicht ergeben. Ich glaube, er war nur ein Kunde. Aber die Identität des Mannes hinter der Theke möchte ich herausfinden. Er war auch derjenige, der das erste Geschäft abgewickelt hat, bei dem Fisher Zeuge war. Außerdem sollten wir die Identität des ersten Mannes feststellen, der im Laden war. Die zwei waren ziemlich freundlich zueinander und vielleicht führt er uns zu etwas."

„Freundlich wie Freunde?"

„Freundlich wie Fishers Ex-Freund mit seiner neuen Flamme, dem Wieselkerl. Aber das hat nichts hiermit zu tun." JD ballte die Fäuste.

„Bestimmt nicht", antwortete Carter. „Einen Namen hast du nicht gehört?"

„Nein. Aber Wieselkerl ist der Typ, den Fisher beim ersten Mal gesehen hat." JD holte tief Luft und ließ sie langsam entweichen. „Wir könnten völlig daneben liegen, aber mein Instinkt sagt mir, dass wir auf der richtigen Spur sind. Dieser Laden ist voll mit staubigem, altem Ramsch. Als ich so getan habe, als würde ich mich umschauen, habe ich massenweise Dinge gesehen, die seit Monaten oder vielleicht sogar Jahren nicht angerührt wurden. Überall war Staub."

„Und ..."

„Und in einem gut laufenden Geschäft liegen Artikel nicht so lange herum oder werden zumindest gereinigt und bewegt. Dort nicht. Es steht da einfach."

Vielleicht wollte er auch nur so sehr, dass etwas nicht stimmte, dass er Dinge sah, die nicht da waren.

„Du hast etwas gekauft", merkte Carter an.

„Ja. Eine Anstecknadel für ein paar Dollar. Ich habe so viel Zeit im Laden verbracht, dass ich nicht einfach gehen wollte. Aber jetzt kann ich ihn einige Zeit nicht betreten, nicht, wenn Wieselkerl arbeitet. Ich habe gehört, wie er Gareth von Fishers heißem neuen Freund erzählt hat. Er hat mich also schon gesehen und ich möchte nicht, dass er mich mit Fisher oder dem letzten Besuch in Verbindung bringt."

„Beruhige dich. Du strahlst nicht gerade ‚Bulle' aus und du weißt, dass der Typ schwul ist. Wenn er dich also erkennt, bagger ihn einfach an. Er hat einen Freund, also sollte er dich abweisen, aber er wird denken, dass du im Laden bist, weil du auf ihn stehst." Carter klappte seinen Laptop zu. „Ich glaube, wir können uns jetzt auf den Weg machen. Wieselkerl ist so gelangweilt, dass er sich auf seinem Computer Pornos ansieht. Also lass uns fahren und dem Detective erzählen, was wir herausgefunden haben." JD legte den Gang ein, setzte zurück und lenkte das Auto auf die Hauptstraße.

„Erzählst du Fisher, was du gehört hast?", fragte Carter nach einigen Minuten.

„Nein. Er muss nicht erfahren, dass jemand so eine …" JD trat heftiger als nötig auf die Bremse. „Verdammte Scheiße. Das hätte ich fast übersehen. Wieselkerl hat Gareth Zeug über Fisher erzählt, als Gareth in Erwägung gezogen hat, ihn zurückzunehmen."

„Okay?"

„Woher sollte Wieselkerl schädigende Details über ihn wissen?", fragte JD. „Fisher hat doch gesagt, dass er nicht wusste, wer er war, als er ihn vor einiger Zeit mit Gareth gesehen hat. Aber anscheinend weiß Wieselkerl gut genug über Fisher Bescheid, um Schlechtes über ihn sagen zu können."

„Vielleicht hat er es erfunden", schlug Carter vor.

„Meinst du?", fragte JD. Er hasste es, unrecht zu haben, aber vielleicht zog er voreilige Schlüsse.

„Nein. Selbst wenn er gelogen hätte, muss irgendwo ein wahrer Kern verborgen gewesen sein, sonst wäre es nicht überzeugend gewesen", antwortete Carter, während sie zum Parkplatz der Polizeistation abbogen. „Ich gehe davon aus, dass Fisher dir einiges von dem erzählt hat, was Wieselkerl gesagt haben könnte."

„Ja. Es war nichts Schönes und hat mich, wenn ich ganz ehrlich bin, ganz schön erschreckt. Er hat Dinge erlebt, die niemand erleben sollte. Aber ich glaube, dass er hart daran gearbeitet hat, sein Leben zu ändern, und das darf ich nicht vergessen, wenn …"

„… seine Vergangenheit ihren Schatten auf die Gegenwart wirft?", beendete Carter den Satz und JD nickte. „Wie schlimm kann es schon sein?"

„Das ist es ja eben. Ich glaube nicht, dass er sich an viel davon erinnert, und was er noch weiß, macht ihm Angst. Er hat erzählt, dass er unter vielen Gedächtnislücken leidet und manches einfach verschwunden ist." JD lenkte das Auto auf einen Parkplatz und stellte den Motor ab. Dann wandte er sich Carter zu. „Als er vor Kurzem Zeuge der Schießerei im Norden der Stadt wurde, konnte er sich nicht daran erinnern, wie er dort hingekommen war. Er konnte mir nur sagen, dass er fürchtete, von seinem Ex-Freund verfolgt zu werden, und deshalb immer weitergelaufen ist. Ich habe mich informiert und anscheinend passiert genau das den Menschen mit bipolaren Störungen manchmal. Sie versinken in sich selbst und nehmen nicht wahr, was um sie herum geschieht." Das war jetzt genug von Fisher. „Aber Aaron kann ich davon nichts sagen, denn ich habe nicht das Recht, Fishers Geschichte zu erzählen."

„Ich werde etwas herumsuchen und sehen, ob ich Wieselkerl identifizieren kann. Vielleicht gibt uns das ja weitere Anhaltspunkte." Carter öffnete die Autotür und JD tat es ihm nach. Sie mussten den Detective darüber informieren, was sie herausgefunden hatten und vermuteten. JD hoffte nur, dass er sie nicht alle wegen eines Gefühls einem Phantom nachjagen ließ. Sicher, Polizisten verließen sich häufig auf ihr Gefühl, was sich manchmal auszahlte und manchmal nicht. Nur schien der Verdacht, dem sie nachgingen, diesmal in Fishers Richtung zu führen. Je nachdem, was passierte, konnte das gut oder schlecht enden. JD würde alles tun, was möglich war, um Fisher zu beschützen, doch seine Vergangenheit kam immer wieder zur Sprache und JDs Möglichkeiten waren begrenzt.

DEN REST seiner Schicht arbeitete JD mit Carter daran, die Identitäten ihrer Hauptfiguren zu erforschen. „Justin C. Van Groot", sagte Carter schließlich lächelnd. „Das ist Wieselkerls echter Name."

„Wie hast du ihn gefunden?", fragte JD und kam näher, um einen Blick auf Carters Bildschirm zu werfen. Der Mann auf den Bildern war jünger, aber es handelte sich eindeutig um ihn.

„Ich habe sein Alter geschätzt und mir Jahrbücher angesehen und hier haben wir ihn. Er hat seinen Abschluss 2008 an der Cumberland Valley gemacht. Er hat sich gut gehalten. Sehen wir mal, was Mr. Van Groot so getrieben hat." Carter tippte vor sich hin und bald sahen sie, was sie erwartet hatten. „Seine Jugendstraftaten stehen unter Verschluss, aber wenn es nötig sein sollte, können wir sie einsehen. Allerdings scheint es nicht bei jugendlichen Dummheiten geblieben zu sein. Eine Verhaftung wegen Drogenbesitzes, aus der er sich herauswinden konnte." Carter lachte leise. „Du hast ihm eindeutig einen passenden Spitznamen gegeben. Anscheinend wurde er mehrere Male verhaftet und konnte jedes Mal irgendwie davonkommen. Das meiste war nicht allzu ernst. Beim letzten Mal vor einigen Jahren ging es um eine Tätlichkeit und die Anschuldigungen wurden fallen gelassen."

„Der Typ klingt wie ein toller Fang. Leite das an Aaron weiter. Er wird es sehen wollen."

„Er hat einen Wagen in die Nähe des Ladens geschickt, um jemanden die Videoübertragung überwachen zu lassen, da wir das andere Geschäft nicht überwachen können. Hoffentlich sehen wir dabei etwas, was uns das letzte bisschen hinreichenden Verdacht für einen Durchsuchungsbefehl verschafft." Carter tippte weiter.

JD besorgte ihnen ein Mittagessen, da sie es sich eindeutig verdient hatten, und erledigte anschließend unruhig einigen Papierkram, während er darauf hoffte, dass sie bald die Genehmigung für einen Einsatz erhalten würden. Doch als sich am Ende seiner Schicht noch immer nichts getan hatte, zog er sich um und verließ das Revier, um direkt zu Fishers Wohnung zu fahren.

Er klingelte und der Türsummer wurde betätigt, um ihn einzulassen. Fisher begrüßte ihn mit unübersehbaren Augenringen an der Wohnungstür. „Was ist los?"

„Ich habe nicht gut geschlafen", erklärte Fisher, während JD sich umsah. Alles in der Wohnung glänzte und er konnte nicht ein einziges Staubkorn entdecken. Selbst die Sofakissen waren aufgeschüttelt und angeordnet worden wie in einem Möbelgeschäft.

„Oh, Schatz", sagte JD, als er Fisher vorsichtig vor sich in die Wohnung schob. „Du musst versuchen, dich zu entspannen."

„Ich habe draußen und im Flur andauernd Geräusche gehört. Jedes Mal habe ich mich gefragt, ob es Leute sind, die es auf mich abgesehen haben." Fisher gähnte und versuchte, sich abzuwenden.

„Hol dir eine Decke und ein Kissen und wir treffen uns auf dem Sofa." JD küsste ihn sanft und wartete darauf, dass Fisher den Raum verließ. Dann entfernte er die Dekokissen vom Sofa und legte sie auf einen Sessel. „Leg das Kissen hin und mach es dir bequem." Er setzte sich an ein Sofaende, sodass Fisher die Beine auf seinem Schoß ausstrecken konnte. Dann deckte er Fisher zu und zog ihm die Socken aus, damit er ihm die Füße massieren konnte, um sie warm zu halten und die Anspannung allmählich zu vertreiben.

Fisher hatte weiche Haut und JD war sanft. Da er keine Lotion hatte, beließ er es bei leichtem, beruhigendem Druck und sah zu, wie Fisher sich auf dem Kissen entspannte und dasselbe leise, zufriedene Stöhnen von sich gab wie bei gewissen amourösen Aktivitäten. „Das fühlt sich so gut an."

„Ich weiß, Schatz. Das soll es auch." JD massierte weiter und beruhigte Fisher so gut wie möglich, obwohl er selbst angespannt war. Der ganze Fall und Fishers Verwicklung machten ihn nervös.

„Was ist bei dir los?", wollte Fisher wissen.

„Zurzeit warte ich darauf, dass man uns zu einer Razzia des Ladens ruft", antwortete er möglichst ruhig. „Ich möchte, dass alles endlich vorbei ist, damit du dich wieder sicher fühlen kannst." Und damit auch Fishers Vergangenheit an ihrem

Platz blieb und sie sich in Frieden ein gemeinsames Leben aufbauen konnten, falls sie sich dazu entschieden. Wie immer nahm er ungeduldig alles vorweg. Selbst in seinem eigenen Kopf fand sich wenig Geduld, wenn es um etwas ging, was er wollte.

„Was erhoffst du dir von mir?", fragte Fisher.

JDs Anspannung stieg um eine weitere Stufe an. An dieser Stelle war bisher stets alles problematisch geworden. Bisher war es JD gewesen, der diese Frage gestellt hatte, doch nun war es Fisher. Er hoffte inständig, das Ergebnis würde nicht dasselbe sein. „Ich möchte unserer Beziehung eine Chance geben", antwortete er und wartete.

„Warum?", flüsterte Fisher. „Es gibt bessere Männer als mich."

„Vielleicht erkennst du deinen eigenen Wert nicht", konterte JD. „Du trägst eine Menge Kraft in dir. Ich weiß, dass sie da ist. Ich habe sie erlebt. Bei meiner Mutter hattest du sie jedenfalls. Du hast dir ihren Respekt verdient und ich glaube, mittlerweile mag sie dich. Das ist bei ihr keine Kleinigkeit, denn schwache, kleine Menschen verputzt sie zum Mittagessen."

„Bitte ..."

„Ich war einmal bei einer ihrer Gartenpartys und die feinen Damen dort hatten Klauen und Zähne, bei deren Anblick ein Tiger vor Angst zurückweichen würde. Sie haben Worte und Tratsch als Waffe benutzt, und ihretwegen hat Mom gelernt, stark zu sein, sich selbst zu behaupten und den Ton anzugeben. Das mag ich ihr vielleicht im Moment genommen haben, aber nicht für lange Zeit. Also unterschätze nicht die Wirkung, die du auf sie hattest."

„Aber meine Vergangenheit ... Und alle werden sagen, dass ich nur deines Geldes wegen mit dir zusammen bin, vor allem, wenn deine Erbschaft bekannt wird", antwortete Fisher.

„Etwas, das ich aus meiner ‚Ungnade' gelernt habe", begann JD und hob die Hände kurz von Fishers Füßen, um Anführungszeichen anzudeuten, „ist die Tatsache, dass Leute denken, was sie denken wollen, und gern das Schlimmste. Aber was zählt, ist das, was man selbst glaubt. Der Rest ist im Prinzip nur Mist."

Fisher lachte leise und JD massierte seine Fußsohlen etwas kräftiger, womit er ihm ein leises, glückliches Stöhnen entlockte. „Das glaubst du also?"

„Warum fällt dir das so schwer?", konterte JD.

Fishers Lider hatten sich gesenkt, doch nun öffnete er die Augen und setzte sich auf, entzog JD seine Füße. „Weil mich die Menschen, die mich eigentlich lieben und sich um mich sorgen sollten, im Stich gelassen haben, als es schwierig wurde. Ja, ich habe schlechte Dinge getan, das erkenne ich jetzt, aber anstatt mir zu helfen, haben sie mich nur zur Seite geschoben, weil ich ihnen zu viel Mühe gemacht habe." Fisher wirkte verletzt. „Wie soll ich jetzt daran glauben können, dass mich jemand mögen oder ich ihm wichtig sein könnte, wenn es nicht mal bei diesen Menschen so war?"

„Du musst einfach einsehen, dass es ihr Fehler war", erklärte JD. Es war die einzige Antwort, die er hatte, auch wenn er sich inständig wünschte, er hätte eine bessere geben können. „Dein Selbstwertgefühl muss aus deinem Inneren kommen. Andere können es dir nicht geben."

„Du hast leicht reden." Fisher durchbohrte JD mit seinem Blick. „Sieh dich doch an. Du bist Sex auf zwei Beinen und ich bin ein abgewrackter …"

JD beugte sich vor und erwiderte Fishers Blick mit der gleichen Intensität. „Du redest Unsinn. Du bist alles, was du dir erlaubst zu sein. Dieses ganze ‚Ich-Armer'-Gerede ist Mist, oder kann es zumindest werden, wenn du dich endlich mal davon befreist. Du bist, wer du bist, genau wie wir anderen - und ja, du hast mit mehr Herausforderungen zu kämpfen als die meisten, aber was heißt das schon? Das macht dich nicht weniger wertvoll als andere Menschen, und es bedeutet auch nicht, dass du nicht geliebt werden kannst, wenn du bereit bist, dein Herz zu öffnen."

„Wie kannst du das sagen? Denk doch daran, was deine Eltern dir angetan haben."

„Und ich bin gegangen und habe es hinter mir gelassen. Genau wie du." JD hatte nicht vor, Fisher nachzugeben, nicht in dieser Sache. Er wusste, dass er recht hatte. Fisher müsste sich selbst mehr Anerkennung zollen, und dass er das nicht tat, machte JD wütend. „Du hast dir ein neues Leben aufgebaut. Unterschätz das nicht. Was du getan hast, erfordert eine Menge Mut, und ich habe schon viele Menschen gesehen, denen es nicht gelungen ist. Jetzt leg dich wieder hin und entspann dich." Er wartete, und nachdem sich Fisher auf das Kissen gelegt hatte, kümmerte er sich wieder um dessen Füße und Beine. „Du darfst meine erste Frage jetzt gerne beantworten, wenn du möchtest."

„Du lässt einfach nicht locker", sagte Fisher, woraufhin JD leicht den Kopf neigte. „Ja. Ich möchte herausfinden, was aus uns werden kann. Aber ich fürchte mich davor, verletzt zu werden."

„Wegen dieses Wichsers Gareth? Er war ein Idiot. Sieh dir an, mit wem er jetzt zusammen ist, und denk darüber nach, was ihm zustoßen wird. Du bist ohne ihn so viel besser dran, denn ganz egal, was er sagt: wenn er in diese Machenschaften im Laden involviert ist, wird er richtig lange sitzen." JD massierte etwas kräftiger und Fisher begann endlich, sich wieder zu entspannen. „Der Mann hat nicht das größte Talent für gute Entscheidungen."

„Das kann ich nicht abstreiten", stimmte Fisher zu und schloss wieder die Augen. JD hörte auf zu reden, sodass sich im Zimmer Stille ausbreitete. Bald wurden Fishers Atemzüge gleichmäßiger und JD wurde erst langsamer und unterbrach die Fußmassage dann ganz, um Fisher schlafen zu lassen. Sie brauchten beide Schlaf und JD lehnte seinen Kopf gegen die Polster, um selbst ein kurzes Nickerchen zu machen.

JD wachte wieder auf, als Fisher sich bewegte. Er hob Fishers Beine an und legte sie sanft wieder auf der Couch ab, nachdem er aufgestanden war. Im

Gehen lockerte er seinen steifen Hals und schob die Vorhänge zur Seite, um auf die Straße hinabzuspähen.

„Was machst du da?", erkundigte sich Fisher. „Die Straße ist nicht besonders interessant. Ich habe sie schon oft genug angestarrt."

„Ich dachte, du schläfst. Ich wollte dich nicht wecken." JD ließ die Vorhänge wieder an ihren Platz sinken und kehrte zum Sofa und zu Fisher zurück. Diesmal ließ er sich am Rand des Sofas auf der Höhe von Fishers Brust nieder, woraufhin Fisher ihn zu sich hinunterzog.

Träge Küsse wurden ausgetauscht, bis sie hitziger und energischer wurden. JDs Überlegung, ob Fisher mehr wollte, wurde beantwortet, als Fisher sich unter ihm hervorschob und seine Hand ausstreckte. JD stand auf, um sie zu ergreifen, und Fisher führte ihn ins Schlafzimmer.

Es gab Situationen für verzweifelten, wilden, athletischen Sex. Was JD betraf, war das hier keine. Ohja, das Zimmer füllte sich wunderbar mit Fishers Stöhnen, während sich JDs Mund mit dem Schaft seines Liebsten füllte. Er leckte und neckte, bis Fisher bebte und aus vollem Halse aufstöhnte. JD hätte alles dafür gegeben, diese Laute an jedem einzelnen Tag zu hören.

„Du lässt mich an Dinge denken, von denen ich niemals zu träumen gewagt hätte", flüsterte JD, als er erneut Fishers Lippen in Besitz nahm.

„Ich?"

„Ja", antwortete JD mit einem weiteren Kuss. „Du." Er zog sich zurück und ließ seinen Blick über Fishers Körper gleiten, um ihm zu zeigen, wie wunderschön er war. Lang, schlank und glatt, der Körper eines echten Mannes, ohne herausgeputzt, aufgepumpt oder umgeformt worden zu sein. Fisher war, wie er das Licht der Welt erblickt hatte, wie Gott ihn geschaffen hatte, und das war unglaublich schön. Auch wenn ihn wahrscheinlich niemals jemand als Modell für eine Statue verwenden würde, wäre er dafür perfekt gewesen. Sollte es jemals der Fall sein, wäre JD eifersüchtig, denn er wollte der Einzige sein, der Fisher ansehen durfte.

„Was ist mit dem Mann damals in Charleston?"

„Bobby? Er und ich waren … Ich habe ihn geliebt, aber es ist anders bei dir."

„Hast du ihn mehr geliebt?", fragte Fisher.

„Nein. Nur anders. Bobby war … Es ist schwer zu erklären. Mit ihm war es wie ein Rausch, während es sich anders ist und sich tiefergehend anfühlt." JD strich mit dem Daumen über Fishers Lippen. „Sag nichts. Ich weiß, was ich dir gerade gesagt habe, und du musst es nicht erwidern. Wenn du so weit bist, darfst du alles sagen, was du möchtest, aber jetzt sei erst mal nur glücklich."

Fisher lächelte und holte zittrig Luft. JD küsste ihn erneut, denn er fürchtete, dass Fisher weinen würde, und in einem solchen Augenblick wollte er keine Tränen. Fishers Erinnerung sollte nicht mit Weinen in Verbindung stehen, und so konzentrierte er sich wieder darauf, Fisher in den Wahnsinn zu treiben und den Raum ein weiteres Mal mit lautem Stöhnen zu erfüllen. Als er einige Zeit später in Fisher eindrang, stieß dieser dabei ein langes, gedehntes Ächzen aus und warf seinen Kopf auf dem Kissen hin und her, während er den Rücken durchbog. „Jay ... Dee ..." Nichts war so sexy wie die Art, auf die er seinen Namen in die Länge zog.

JD hielt Fisher dicht an sich gepresst, stieß langsam in ihn und bewegte sich mit ihm zusammen, während er in Fishers blauen Augen versank und von Fishers Körper umfangen wurde. „Ich will, dass du kommst, wenn ich in dir bin."

„JD, ich ...", sagte Fisher atemlos, als JD sich aufrichtete und eine Hand an Fishers Schwanz legte, um ihn langsam, aber fest zu streicheln, ohne die gemächlichen Bewegungen seiner Hüfte zu unterbrechen. Verdammt, er wollte dafür sorgen, dass Fisher zum Höhepunkt kam. Doch es war so schwer, sich auf etwas anderes zu konzentrieren als auf den Anblick dort unter ihm, atemlos und leicht verschwitzt, während seine Augen von innen her mit einem Licht zu strahlen schienen, von dem JD wusste, dass es lange Zeit erloschen gewesen war. Das allein war schon erregend genug, doch kam noch hinzu, wie Fisher auf ihn reagierte, und JD wurde schwindlig. Er bewegte seine Hand schneller, heftiger, bis Fisher sich unter ihm windete, sandte endlos viele Gefühle durch Fishers Körper. JDs eigener Körper verriet ihn schließlich und er konnte sich nicht länger beherrschen. Er kam heftig, füllte das Kondom, und Fisher folgte ihm nur Sekunden später.

Fishers gerötete Wangen und seine leicht angehobenen Mundwinkel sagten viel. JD streichelte ihm langsam über die Wange, während er den Rest seines Körpers nicht bewegte, um so lange wie möglich mit Fisher verbunden zu bleiben. Als er sich von ihm löste, tat er es widerstrebend und verließ leise das Zimmer, reinigte sich und kehrte zurück, um auch Fisher dabei zu helfen, bevor er sich wieder zu ihm gesellte.

Schließlich schlief Fisher neben ihm ein, ruhig und entspannt. JD hielt ihn in seinen Armen und lauschte seinem leisen Schnarchen, teilte seine Wärme mit ihm, als draußen vor dem Fenster ein pfeifender Wind aufkam. Nach einiger Zeit befreite sich JD vorsichtig, um etwas zu trinken. Er schlüpfte in seine Unterwäsche und schlenderte ins Wohnzimmer. Nachdem er ausgetrunken und sein Glas in die Spüle gestellt hatte, klingelte sein Handy. JD eilte ins Schlafzimmer und zog es aus seiner Hosentasche.

„Red?", meldete er sich.

„Komm so schnell wie möglich zum Revier, wenn du dabei sein willst."

„Okay", antwortete er und legte auf. Er schlüpfte in Hose und Hemd und setzte sich dann auf die Bettkante, um Socken und Schuhe anzuziehen. Die Matratze vibrierte und dann legten sich Fishers nackte Arme um ihn, deren Wärme durch JDs Kleidung drang. „Ich muss los. Die Razzia findet statt." JD spürte Fishers Nicken, doch er sagte nichts. „Mir passiert schon nichts."

„Das kannst du nicht versprechen", antwortete Fisher und umarmte ihn fester. „Ich weiß, dass du gehen musst, aber es gefällt mir nicht."

JD hielt inne und drehte sich um. „Ich weiß, was ich tue, und treffe alle Vorkehrungen, um sicher zu sein. Die anderen Jungs sind auch da und wir passen aufeinander auf." JD beugte sich vor, küsste Fisher so heftig und leidenschaftlich wie möglich und lehnte sich dann zurück. „Ich muss mich sofort auf den Weg machen." Beinahe hätte ihn die Sorge in Fishers Blick zögern lassen, doch er wollte nicht zu spät kommen. Das hätte nicht zu ihm gepasst, daher zog er die zweite Socke an und schlüpfte in seine Schuhe. „Ich rufe dich so bald wie möglich an." Er warf einen letzten Blick auf Fisher und hasste die Tatsache, dass er ihn zurücklassen musste und dass Fisher so verletzlich wirkte, wie er dort nackt auf dem Bett hockte. Gern hätte er ihn beruhigt, verließ jedoch stattdessen das Zimmer und schnappte sich seinen Mantel. „Ich rufe an!" JD öffnete die Wohnungstür und zog sie hinter sich zu. Er wartete nicht ab, um zu sehen, ob Fisher sie abschließen würde. Dafür hatte er keine Zeit.

Als er den Treppenabsatz erreichte, hatte er den Mantel angezogen und war bereit. JD sah sich noch einmal um und entdeckte Fisher, fest in einen Morgenmantel gehüllt, in der Tür seiner Wohnung. Am liebsten wäre er zurückgeeilt und hätte ihn umarmt, ihm versichert, dass alles gut werden würde. Doch er konnte sich keine weiteren Augenblicke leisten, also wandte er sich ab und rannte die Treppe hinunter.

8

FISHER NAHM sein Handy an sich und kauerte sich auf dem Sofa zusammen. Da er unter der Decke zitterte, zog er sie bis an seinen Hals herauf. Die Tür war abgeschlossen und in seiner eigenen Wohnung war er sicher, zumindest hoffte er das. Er platzierte das Handy auf dem kleinen Tisch neben dem Sofa und vergewisserte sich, dass er es nicht auf lautlos gestellt hatte. Dann schaltete er den Fernseher ein und suchte einen lokalen Sender, in der Hoffnung, dass dieser berichten würde, falls es etwas Neues gab. Er ließ den Ton sehr leise, denn eigentlich wollte er sich nur beschäftigen.

Seine Nerven waren außer Kontrolle. Fisher zitterte, während er versuchte, nicht daran zu denken, was JD alles zustoßen konnte. Wenn Red, Carter und Kip dort waren, machten sich ihre Partner sicher genauso viele Sorgen. Vielleicht hatten sie sich mit der Zeit daran gewöhnt. Doch irgendwie bezweifelte er es, denn Fisher glaubte nicht, dass ihm das je gelingen würde. So wie jetzt zu warten würde niemals eine seiner Stärken sein.

Ein plötzliches Geräusch vor dem Haus ließ ihn zusammenzucken. Obwohl es sich um ein Auto handelte und nicht um einen Schuss, steigerte es seine Nervosität noch. Er wünschte, er könnte einen der anderen Jungs anrufen, doch er hatte ihre Nummern nicht. Also sah er fern und versuchte weiterhin, sich nicht vorzustellen, was JD in diesem Augenblick passieren könnte. Er hatte keine Möglichkeit, es herauszufinden, und zog sogar kurz in Betracht, sich anzuziehen und in den entsprechenden Stadtteil zu fahren, um sich anzusehen, was dort vor sich ging. Natürlich war ihm klar, dass es sich um eine furchtbar dumme Idee handelte, weshalb er an seinem Platz blieb. Er überlegte, ob er etwas essen sollte, doch da der Gedanke an Essen seinen Magen in Aufruhr versetzte, verwarf er die Idee.

Nach einer Stunde zog Fisher sich an. Was, wenn etwas passierte und er JD helfen musste? Er konnte seine Wohnung nicht in seinem Morgenmantel verlassen, also duschte er, zog sich an und ließ sich dann wieder vor dem Fernseher auf dem Sofa nieder. Schließlich wurde das Abendprogramm unterbrochen.

„Die Polizei von Carlisle hat eine Razzia in einem Geschäft durchgeführt, das der Verbreitung illegaler Suchtmittel verdächtigt wird", sagte der Sprecher, ein junger Mann mit perfekt frisiertem Haar und blendend weißen Zähnen, ernst in die Kamera. „Auf weitere Details gehen wir ein, sobald sie uns zur Verfügung stehen." Der Sender kehrte zum normalen Programm zurück und Fisher fluchte, bevor er sich wieder seinem Warten zuwandte. Er sah online nach, fand allerdings keine zusätzlichen Informationen.

Eine weitere Stunde verging und er wurde allmählich verrückt.

„Mehr über den Schusswechsel mit der Polizei von Carlisle nach dieser kurzen Unterbrechung", sagte der Sprecher und Fisher konnte kaum still sitzen, während ein Werbespot nach dem anderen abgespielt wurde. Endlich kehrte der Sender zum Nachrichtenprogramm zurück und der Sprecher überließ einem Reporter vor Ort das Wort.

„Ich bin Terry Digger und befinde mich im Norden von Carlisle an der Harrisburg Pike, wo bei einem Schusswechsel in einem Antiquitätenladen ein Polizist verletzt und zwei Schützen verhaftet wurden. Die Polizei macht zurzeit keine Angaben zum Grund der Razzia oder dazu, warum die Männer im Laden über so viele Waffen verfügten, aber die Anwohner sagen, dass sie den Laden schon seit einiger Zeit in Verdacht hatten, als Fassade für Drogenhandel zu dienen."

„Warum zum Teufel haben sie dann nichts gesagt?", brüllte Fisher den Bildschirm an. „Blödmänner."

„Hier bei uns ist der leitende Detective. Detective Cloud, können Sie uns sagen, was passiert ist?" Der Reporter neigte das Mikrofon in Clouds Richtung, der eine sehr sachliche und vage Erklärung dazu abgab, was geschehen war und warum die Polizei sich dort befand. Viele Details verriet er nicht. Er bestätigte die Verletzung eines Polizisten, nannte allerdings keinen Namen. Fisher wurde wahnsinnig, doch dann klingelte plötzlich sein Handy. Obwohl es sich um eine fremde Nummer handelte, nahm Fisher ab.

„Fisher, hier ist JD. Mir geht es gut. Ich konnte nicht eher anrufen, weil mein Handy beschädigt wurde, aber ich bin okay. Red ist verletzt und wurde ins Krankenhaus gebracht, wo sie ihn wieder zusammenflicken."

„Wurde er angeschossen?", fragte Fisher, während er von Erleichterung durchflutet wurde.

„Ja, aber das meiste hat seine schusssichere Weste abbekommen. Der Aufprall hat ihn umgeworfen und er hat sich den Kopf gestoßen, also wurde er ins Krankenhaus gebracht. Es sieht nicht ernst aus, aber wir wollen ganz sicher sein. Ich muss mich hier noch um einiges kümmern und Berichte schreiben, dann komme ich zurück."

„Hast du etwas gegessen?"

„Ich besorge mir etwas auf dem Revier", teilte JD ihm mit. „Aber du solltest essen und dich etwas entspannen. Ich muss jetzt auflegen, aber ich komme nach Hause, sobald ich kann." JD beendete das Gespräch und Fisher legte sein Handy neben dem Sofa ab, während er erleichtert aufatmete. JD ging es gut und er würde bald zurück sein. Zumindest hoffte Fisher das. Er schaltete den Fernseher aus und betrat die Küche, um sich ein kleines Abendessen zuzubereiten.

Stunden später stand JD müde und abgekämpft vor seiner Tür. Fisher half ihm in die Wohnung, reichte ihm etwas zu trinken und führte ihn anschließend direkt zum Badezimmer, wo er JD in die Dusche bugsierte und seine schmutzige Kleidung in seiner Tasche verstaute. Als JD lediglich mit einem Handtuch bekleidet herauskam, unterdrückte Fisher seine augenblicklich aufsteigende Libido und brachte ihn ins Bett, allerdings ohne das Handtuch. Nur Minuten später war JD eingeschlafen und Fisher legte sich neben ihn ins Bett, kuschelte sich an ihn und schloss die Augen. Es war Zeit, sich auszuruhen; mit seinen Ängsten konnte er sich später noch ausreichend beschäftigen.

„JD, MUSST du nicht zur Arbeit?", fragte Fisher am nächsten Morgen, als er beim Aufwachen feststellte, dass es bereits neun Uhr war und JD noch neben ihm im Bett lag.

„Nee. Habe heute frei. Zu viele Stunden gearbeitet", antwortete JD benommen und zog ihn wieder zu sich unter die Decke. „Müde. Muss mich ausruhen."

„Okay", sagte Fisher glücklich und schmiegte sich wieder an ihn. Er war nicht müde, aber wenn JD ein wenig kuscheln wollte - wie hätte er seinem sexy Polizistenfreund die gemeinsame Zeit im Bett verweigern können? Der Gedanke zauberte ein Lächeln auf sein Gesicht, das da blieb, selbst als die Erinnerung an den letzten Abend zurückkam. „Ich sollte Frühstück machen", sagte er einige Minuten später, als JDs Magen sich grummelnd meldete.

„Ich schätze, ich hatte nicht viel zum Abendessen", murmelte JD, drehte sich um und grub seinen Kopf aus der Bettdecke aus.

„Dann mache ich etwas und du kannst in einer Weile rüberkommen." Fisher sprang aus dem Bett und lächelte, als JD nach ihm griff. In Morgenmantel und Pantoffeln begab er sich in die Küche, um nachzusehen, was er hatte. „Ich hoffe, Bagels sind in Ordnung."

Da er keine Antwort bekam, spähte er ins Schlafzimmer und stellte fest, dass JD schon wieder tief und fest schlief, mit dem Kopf auf Fishers Kissen und über die gesamte Matratze ausgestreckten Armen und Beinen. Er beschloss, ihn schlafen zu lassen, steckte einige Bagels in den Toaster, goss Saft in Gläser und holte ein Päckchen Frischkäse aus dem Kühlschrank. Nachdem er den Tisch gedeckt hatte, kehrte er ins Schlafzimmer zurück. JD hatte sich nicht bewegt.

„Das Essen ist fertig."

Langsam drehte sich JD um und stieg aus dem Bett, erschauderte in der kühlen Luft. Fisher presste sich an sein perfektes Hinterteil und schlang die Arme um JDs Bauch. „Wärmer?"

„Viel." JD schob Fishers Hände tiefer - ein Teil von ihm war eindeutig hellwach.

„Ich habe Frühstück gemacht, na ja, irgendwie jedenfalls, und wenn du essen willst, müssen wir es jetzt tun. Um Mr. Happy können wir uns später noch ausgiebig kümmern." Fisher holte seinen Sommermorgenmantel aus dem Schrank und reichte ihn JD. Er war nicht so warm wie der, den er trug, aber er würde verhindern, dass JD wichtige Stücke abfroren.

JD setzte sich zu ihm an den Tisch.

„Was ist gestern Abend passiert?", fragte Fisher und unterdrückte ein Zittern, während er seinen Rosinen-Zimt-Bagel mit Frischkäse bestrich.

„Du hattest recht. Der Laden wurde genutzt, um Drogen zu vertreiben, aber das Ganze war so viel größer. Ich schwöre, an den Kellerwänden war jede einzelne verbotene Droge aufgereiht. Das verdammte Ding war ein Drogenlager. Es gab sie als Pillen aller Art, in Pulverform, Kristalle - von manchen mehr als von anderen. Als wir mit den Hunden in die Nähe kamen, sind sie durchgedreht. Wir konnten beide Männer, die im Laden waren, verhaften, darunter auch Wieselkerl. Gareths aktuellen Freund. Wir glauben, dass er das Sagen hatte, und er war bis an die Zähne bewaffnet. Er war es, der auf Red geschossen hat, aber einem anderen Kollegen ist es gelungen, ihm eine Waffe an den Kopf zu halten, und er kam zur Besinnung."

„War Gareth dort?", fragte Fisher leise.

„Nein. Wir haben Polizisten losgeschickt, um ihn zu suchen. Nicht dass Wieselkerl ihn verraten hätte, aber er wurde im Laden gesehen und wir wollen uns mit ihm unterhalten."

Fisher hatte den Eindruck, dass mehr als nur eine Unterhaltung stattfinden würde, wenn man Gareth fand. „Als ich mit ihm zusammen war, war er kein schlechter Kerl."

„Wie kannst du das nach allem, was er getan hat, sagen?", fragte JD verärgert und legte seinen Bagel ab.

„Was mir passiert ist, war nicht schön, und ja, vielleicht wäre alles nicht so schlimm geworden, wenn sich nicht einer nach dem anderen von mir abgewandt hätte. Aber vielleicht musste ich auch erst den absoluten Tiefpunkt erreichen, um zu begreifen, was passierte, um zu versuchen, mein Leben zu ändern. Ich weiß es nicht. Aber der Fisher, den du kennst, ist nicht derselbe, den er kannte. Ich bin jetzt anders. Auch wenn ich ihn nicht mag und wir definitiv niemals Freunde sein werden, wünsche ich ihm trotzdem nicht das hier."

„Was auch daraus wird, vergiss nicht, dass er es sich selbst zuzuschreiben hat. Du trägst keine Verantwortung für die Entscheidungen, die Gareth in seinem Leben getroffen hat."

„Ich weiß", antwortete Fisher und sonnte sich ein wenig in JDs Besorgnis. „Ich war so lange wütend auf ihn und habe mich auf ihn als Quelle meines Zorns und meiner Schmerzen konzentriert. Aber das spielt jetzt keine Rolle mehr und es kommt, wie es eben kommt. Ich will damit nichts zu tun haben. Schon länger nicht mehr. Das Leben, das ich geführt habe, war dunkel, aber jetzt sehe ich selbst an einem Tag wie heute Licht und Helligkeit."

Fisher schaute zum Fenster, durch welches graues Licht sickerte und wo auf der anderen Seite Schneeflocken fielen. Dann widmete er sich wieder seinem Essen und beendete sein Frühstück, für den Augenblick vollkommen zufrieden damit, JD anzusehen, dem Fishers Morgenmantel nicht ganz zu passen schien.

„Was passiert jetzt eigentlich mit dem ganzen Zeug, das ihr gefunden habt?", fragte Fisher, um seine Gedanken auf irgendetwas anderes zu richten als JDs Brust, die immer mehr zwischen den Falten des hellblauen Morgenmantels hervorlugte.

„Es wird konfisziert und als Beweismittel streng unter Verschluss gehalten. Wir werden versuchen, so viel wie möglich über die Organisation und die Personen dahinter herauszufinden." JD grinste. „Wir haben im Laden jede Menge Aufzeichnungen und Namen gefunden. Sie waren zwischen den Unterlagen des Geschäfts und auf dem Computer versteckt. Ich vermute, dass Wieselkerl sich auf einen Deal einlässt, denn sonst wird es für ihn ziemlich schnell vorbei sein."

„Wieso?"

„Er mag nicht geredet haben, aber die Informationen, die er zu leicht zugänglich gemacht hat und eigentlich hätte vernichten sollen, werden das Reden für ihn übernehmen. Wie er in dieses Geschäft kam, ist etwas rätselhaft. Er hat dumme Dinge getan und dachte, ihn würde niemals jemand erwischen."

„Was glaubst du, wie lange das schon so ging?"

„So, wie es aussieht, schon eine ganze Weile. Vielleicht zwei oder drei Jahre, es könnte auch länger sein, weil er vermutlich klein angefangen und sich hochgearbeitet hat. Du hast gesehen, wie die Drogen abgeholt wurden, aber nicht die Zahlung. Andere Leute haben Gegenstände in den Laden gebracht, die Wieselkerl gekauft und mit haufenweise Bargeld bezahlt hat. Es gab Codes und bestimmte Summen, je nachdem, nach welchem Gegenstand gefragt wurde. Hätten wir das Telefon abgehört, hätte alles wie normale Geschäfte eines Antiquitätenladens geklungen." JD aß den letzten Bissen seines Frühstücks und lehnte sich zurück. „Das schien seine größte Sorge gewesen zu sein - dass jemand seine Telefongespräche mithören konnte."

„Nimmt er selbst Drogen?"

„Ich weiß es nicht. Als er das Ganze aufgebaut hat, vermutlich nicht, aber mit der Zeit könnte er angefangen haben. Er hatte alles griffbereit und wer weiß, ob er nicht die eine oder andere Tablette eingeworfen hat, um sich besser zu fühlen oder in Gang zu halten. Wir werden es schon noch früh genug herausfinden." JD stand auf und räumte den Tisch ab. „Ich rufe jetzt Terry an und frage, wie es Red geht."

„Ich kümmere mich um den Rest und ziehe mich an." Es war vorbei. Hoffentlich würde nun niemand mehr versuchen, in seine Wohnung einzubrechen. Vermutlich würden sie untertauchen und abwarten, bis die plötzliche Aufmerksamkeit nachgelassen hatte. Das Beste an der ganzen Sache war, dass er JD bekommen hatte. Lächelnd spülte Fisher das Geschirr. Er hatte etwas Gutes getan. Es war ihm gelungen, JD bei seiner Arbeit zu helfen. Während er sich um das Geschirr kümmerte, hörte er JDs Stimme beim Telefonieren. Als lautes Gelächter an sein Ohr drang, wusste er, dass Red in Ordnung war, womit sich eine weitere Sorge verflüchtigte.

Fisher war glücklich; er spürte, wie es in ihm hochsprudelte. Als er darüber nachdachte, wurde ihm klar, dass er beinahe alles hatte, was er sich wünschen konnte. Natürlich, einige Dinge in seinem Leben waren enttäuschend, doch er hatte gelernt, ohne sie zu leben, und würde es weiter tun. Der Unterschied war, dass er es nun nicht mehr allein tun musste. JD hatte ihm gesagt, dass er ihn liebte, sie hatten sich geliebt, und daran würde er glauben und sich festhalten.

Nachdem Fisher seine Arbeit beendet hatte, ging er zu JD ins Schlafzimmer, wo er ihn auf der Bettkante sitzend vorfand. JD verabschiedete sich und legte auf.

„Red wird wieder und anscheinend hat Aaron heute Morgen angerufen, um sich nach ihm zu erkundigen, und ihm erzählt, dass zurzeit in der ganzen Stadt Dealer und Zulieferer verhaftet werden. Carter hat Informationen auf den Computern entschlüsselt und es wurden an mehreren Orten Razzien durchgeführt. Es ist ein richtiger Hausputz." JD griff nach Fisher und zog ihn zwischen seine Beine. „Das ist eine gute Sache, aber ich würde gern über etwas wesentlich Schöneres reden."

Fisher bebte, als JDs Hände an seinen Beinen hinaufglitten, dann unter den Morgenmantel, um sich auf seinen Hintern zu legen und ihn zu massieren. „Das ist ein viel besserer Gesprächsgegenstand", sagte JD, als er seine Hände fortzog, um den Knoten an der Vorderseite des Morgenmantels zu lösen. Dann schob er seine Hände an der Lücke hinauf und zupfte den Stoff sanft von Fishers Schultern, bis er über seine Arme glitt und zu Boden fiel.

Fisher errötete und fühlte sich augenblicklich wärmer, als er sollte, während JD nun seinen eigenen Morgenmantel abstreifte und sich nackt und mit in seine Richtung zeigendem Schwanz vor ihm niederließ. Fisher presste JD auf das Bett, darauf bedacht, ihn sich einige Sekunden anzusehen, doch JD hatte andere Pläne und zog ihn zu sich hinunter in einen leidenschaftlichen Kuss.

JD streichelte mit den Händen über seinen Rücken und seinen Hintern, legte sie an seine Hinterbacken und neckte ihn mit einer Fingerspitze, bis Fisher sich aus dem Kuss löste, um laut zu stöhnen und sich ihm entgegenzuschieben. „Lass uns ein paar Stunden über fantastische sexy Dinge reden."

„Mhm", stimmte Fisher zu, ohne klar denken zu können.

„Danach können wir einige andere Dinge zwischen uns besprechen, wenn du möchtest."

Fisher nickte eifrig, während er sich seinen Gefühlen verlor. Reden war im Augenblick nicht das, was er brauchte. Er wollte Taten und JD schien nur allzu gern dazu bereit zu sein. Er kroch die Matratze hinauf und zog JD auf sich. „Nur dass du's weißt, was die ‚ein paar Stunden' angeht, werde ich dich beim Wort nehmen."

JD grinste anzüglich. „Gerne doch, Liebling. Jetzt dreh dich auf den Bauch, damit ich dir zeigen kann, wie viel du mir bedeutest. Leg die Hände an das Kopfteil und halt dich gut fest. Ich zeig dir den Himmel." Fisher tat, was JD ihm sagte, wobei sich seine Nerven ein wenig meldeten, bis JDs Finger seine Beine hinaufglitten. Dann zogen sie seine Hinterbacken auseinander und JD benutzte seine Zunge, um ihn in einen solchen Rausch zu versetzen, dass er den Himmel nur noch im Rückspiegel sah.

„ICH FINDE, wir sollten heute Abend ausgehen", sagte JD am folgenden Sonntag nach einem weiteren ihrer nachmittäglichen Schläfchen. „Du hast das ganze Wochenende lang gekocht und dich um mich gekümmert. Also dachte ich, wir könnten für das Abendessen einen Spaziergang zum Pub machen. Da heute Sonntag ist, hat es als so ziemlich Einziges geöffnet, aber es wird dort schön sein und wir können uns satt essen." JD klopfte sich auf den sehr flachen Bauch und Fisher streckte eine Hand aus, um über die Erhebungen seiner Muskeln zu streicheln.

„Okay. Unseren Appetit haben wir ja schon angeregt. Ich gehe duschen und ziehe mich an." Er machte sich auf den Weg ins Badezimmer. „Und du?"

JD sprang vom Bett und zog Fisher dicht an sich. „Ich leiste dir Gesellschaft." JD zwickte ihn leicht in den Hintern, woraufhin Fisher quietschte und mit JD auf den Fersen zum Badezimmer stürzte.

„Sei ein guter Junge."

„Oh, das habe ich vor", erwiderte JD mit seiner heiseren Schlafzimmerstimme, die eine Welle der Sehnsucht über Fishers Rücken sandte, bis sie sich in seinem bereits steif werdenden Schwanz sammelte. Irgendwie gelang es ihnen, das Badezimmer und die Dusche zu erreichen, ohne zu stürzen oder sich zu Tode zu begrapschen. Und nachdem das Wasser schließlich die Überreste ihrer Lust fortgewaschen hatte, waren sie bereit, sich anzuziehen und etwas zu essen. „Stärken wir uns", fügte JD grinsend hinzu.

DER SCHNEE vom Vortag hatte aufgehört und auf den Straßen Matsch hinterlassen. Doch die Gehwege waren geräumt und die Luft war frisch und trocken, als Fisher sich in Mantel, Mütze und Handschuhe kuschelte, während er und JD durch die Stadt zum im englischen Stil eingerichteten Pub spazierten.

„Wir hätten fahren sollen", sagte JD. „Es ist zu kalt."

„Wenn das hier deine Heimat werden soll, musst du dich daran gewöhnen." Fisher ging dichter neben ihm und hakte sich bei JD ein. „Außerdem werde ich dich später aufwärmen." Er lehnte sich an JD, als sie vor der Ampel am Platz anhielten und darauf warteten, die Straße überqueren zu dürfen. Sie wurde grün und sie gingen hinüber und weiter in Richtung Restaurant.

„Das hast du mir angetan!", brüllte jemand hinter ihnen. Fisher verspannte sich und drehte sich um, wollte wissen, wer dort schrie. „Das ist alles deine Schuld." Ein Mann eilte auf sie zu und zeigte auf ihn. „Ich weiß, dass du es warst, Fisher."

„JD, was ist hier los?", fragte er, als auch JD herumfuhr.

Gareth kam schwerfällig auf sie zu.

„Gareth, geh nach Hause."

„Kein Zuhause, in das ich gehen kann", antwortete er. „Du hast mein Leben ruiniert. Du … hast mir irgendwie alles weggenommen." Gareth kam näher.

JD schob Fisher hinter sich. „Sir, Sie müssen sich beruhigen. Das hier hilft niemandem." Er war so ruhig, dass Fisher sich besser fühlte. JD würde sich darum kümmern und er war nicht allein. „Entspannen Sie sich und gehen Sie nach Hause. Es ist zu kalt, um hier draußen zu sein."

„Kein Zuhause. Die Polizei hat es mir weggenommen. Und es ist seine Schuld." Wieder zeigte Gareth auf ihn und Fisher bekam die Gelegenheit, sich seine Augen näher anzusehen, weit aufgerissen und wild. Er kannte diesen Blick. Er hatte ihn nicht nur einmal im Spiegel gesehen.

„Gareth, du denkst nicht klar. Du musst nach Hause gehen und dich um dich selbst kümmern", sagte Fisher sanft, wobei er so gut wie möglich JDs Tonfall imitierte. „Das ist es, was du jetzt tun musst. Ruh dich etwas aus und kümmere dich erst mal um dich selbst."

„Nein. Ich muss dich dafür bezahlen lassen. Er sagt, er hat dich im Laden gesehen. Er sagt, du warst da, und du kennst dich mit diesen Dingen aus. Du warst abhängig. Du warst nichtsnutzig, abgewrackt und dann warst du da im Laden, also hast du es verursacht: Er ist im Gefängnis und du hast ihn da hineingebracht", ereiferte sich Gareth weiter.

JD und Fisher griffen gleichzeitig in ihre Taschen.

„Nein!"

„Wir holen Ihnen nur Hilfe", sagte JD und tastete nach seinem Handy.

„Nein!", schrie Gareth, schob eine Hand in seine Manteltasche und holte eine Pistole hervor. „Ich sagte nein. Du wirst bezahlen." Er richtete die Pistole auf Fisher, der still stehen blieb und inständig hoffte, dass JD wusste, was zu tun war.

„Das ist nicht nötig. Fisher hat nichts mit dem zu tun, was Sie belastet. Jetzt stecken Sie die Waffe weg, bevor Sie etwas tun, das Sie bereuen."

Autos fuhren vorbei, doch Gareth war zu weggetreten, um wahrzunehmen, dass sie für alle vorbeikommenden Menschen deutlich sichtbar waren. Fisher wurde klar, dass sie nur versuchen mussten, Gareth zu beruhigen, und bald Hilfe eintreffen würde … hoffte er zumindest.

„Nein. Er muss bezahlen." Gareth bewegte die Waffe zwischen ihnen hin und her, richtete sie abwechselnd auf JD und ihn.

„Er ist high", flüsterte Fisher leise und hoffte, JD würde ihn hören. Gareth sollte es definitiv nicht. „Ich habe dir nie etwas getan", sagte er lauter. „Nach meinem Unfall hast du mich verlassen. Du hast gesagt, du wolltest jemand anderen. Seitdem habe ich dich nur wenige Male gesehen. Wie hätte ich dir etwas antun können?" Gareths Verhalten wurde immer besorgniserregender. Er schwankte vor und zurück wie ein instabiles Gebäude im Sturm.

„Du warst da. Justin hat dich gesehen. Das hat er gesagt. Der jämmerliche Fisher war im Antiquitätengeschäft und nun ist Justin im Gefängnis. Ich weiß, dass du etwas damit zu tun hattest. Ich bin gegangen und du wolltest dich rächen, also hast du all das getan, und jetzt werde ich …" Gareth verstummte und schien unaufmerksam zu werden. Bevor Fisher etwas sagen konnte, stürzte sich JD auf Gareth und stieß ihn zu Boden.

„Bring dich in Sicherheit", sagte JD, während er gegen einen um sich schlagenden Gareth ankämpfte. Fisher wich zurück, wie JD es verlangte, zog sein Handy aus der Tasche und wählte den Notruf, um zu melden, dass es auf der North Hanover zu einem Handgemenge mit einem Polizisten außer Dienst gekommen war. „Er braucht Hilfe. *Sofort.*" Ein Schuss hallte vom Gebäude wider, nur ein einziger. Fisher sah die Pistole über den Gehweg rutschen und eilte hinüber, um sie mit dem Fuß noch weiter fortzustoßen. Dann sah er sich nach JD um und spürte, wie ihm das Blut aus dem Gesicht wich, als er den dunkler werdenden Fleck auf JDs Mantel entdeckte.

Fisher war nicht sicher, was als Nächstes passierte. Die Sekunden verschwammen und bald zerrte man ihn von Gareth fort und jemand hielt seine schmerzenden Hände ruhig. „Fisher, ich bin es, Carter. Geht es dir gut?"

„Er hat auf JD geschossen", antwortete Fisher und versuchte, sich wieder Gareth zu nähern.

„Das wissen wir. Du hast es aus vollem Hals gebrüllt. Sieh nach JD, während wir uns um diesen Kerl kümmern."

Fisher beruhigte sich und nickte. Nachdem Carter ihn losgelassen hatte, eilte er zu JD hinüber, der auf dem Asphalt saß und sich den Arm hielt. „Der Hurensohn hat mir in die Schulter geschossen", sagte JD. „Aber das wird wieder. Der Krankenwagen ist schon auf dem Weg."

„Okay." Fisher sog Luft ein und beruhigte sich, so gut er konnte. „Ich höre Sirenen." Rot-weiße Lichter bestätigten, dass sich tatsächlich ein Krankenwagen näherte. Sobald er anhielt, sprangen zwei Männer heraus und kümmerten sich um JD.

„Was ist mit ihm?", fragte einer der Rettungssanitäter mit einem Blick auf Gareth. „Er sieht aus, als wurde er übel zusammengeschlagen."

„Er kann warten, bis Sie ihn versorgt haben", antwortete Carter, der Gareth auf dem Boden hielt. „Hast du die Pistole angefasst?", erkundigte sich Carter bei Fisher, der den Kopf schüttelte.

„Ich habe sie nur weggekickt. Ich weiß nicht, ob JD sie angefasst hat. Er hat mit Gareth gerungen und dann hat er auf JD geschossen. Auf mich hat er high gewirkt. Er hat unzusammenhängendes Zeug geredet und geschwankt." Er würde Gareth mit nichts davonkommen lassen.

„Wurde er bei den Handgreiflichkeiten verletzt?", fragte der Sanitäter, der bei JD für den Transport zum Krankenhaus einen Druckverband anlegte.

„Vielleicht ein bisschen." JD grinste. „Dann hat mich Fisher verteidigt. Er hat sich auf ihn gesetzt, ihn nicht aufstehen lassen und eventuell ein wenig rotgesehen. Ich bin nicht ganz sicher." JD zwinkerte und die anderen Polizisten nickten zustimmend.

„Er ist high genug, um vorerst nicht viel zu spüren."

Anscheinend war ein zweiter Krankenwagen gerufen worden, der Gareth, begleitet von einigen Polizisten, ins Krankenhaus brachte. JD wurde in den ersten Rettungswagen geladen und Fisher kletterte ebenfalls hinein, um sich an der einzigen freien Stelle niederzulassen. „Ich lasse ihn nicht allein."

„Okay", stimmte Carter zu. „Aber wir müssen noch mit dir reden."

„Wir beantworten eure Fragen später", sagte JD, während die Türen geschlossen wurden. „Du bist mir vielleicht einer", wandte er sich dann an Fisher. „Du bist kein bisschen in Panik geraten, du hast die Pistole außer Reichweite geschafft und hast dann Gareth festgehalten, damit er mir nichts mehr tun konnte."

„Ich bin etwas durchgedreht", antwortete Fisher.

„Aber du warst nicht ängstlich oder panisch. Du hast genau das getan, was nötig war, um mich zu beschützen." JD streckte seinen gesunden Arm zu ihm aus. „Du hast mir Rückendeckung gegeben und das war fantastisch."

„Ich konnte nur daran denken, dich verloren zu haben." Der Krankenwagen setzte sich in Bewegung und Fisher stützte sich ab. Die Sirenen heulten, wodurch es nicht leicht war, sich verständlich zu machen. Er hob JDs Hand kurz an seine Lippen. „Ich liebe dich", sagte Fisher und das hörte JD. Das sagten ihm JDs Lächeln und die Tatsache, dass JDs Lippen „Ich liebe dich auch" formten und er dann ebenfalls Fishers Hand an seine Lippen hob. „Du bist ein Tiger."

„Ich hatte schreckliche Angst."

„Die hatte ich ebenfalls", sagte JD.

„Bleiben Sie ruhig liegen und versuchen Sie, sich nicht zu bewegen", wies der Rettungssanitäter JD an. „In wenigen Minuten sind wir im Krankenhaus. Dort erwartet man uns und hat sich schon auf Sie vorbereitet."

„Angst zu haben ist nicht das Problem. Man darf sich nur nicht von der Angst lähmen lassen, damit man trotzdem das Richtige tun kann, was genau du aber geschafft hast."

„Warum hast du dich auf ihn gestürzt?"

„Ich habe eine Gelegenheit gesehen, aber er hat schneller reagiert, als ich erwartet hätte. Ich hatte ihm die Pistole weggenommen, aber er hat danach gegriffen und sie ging los. Letztendlich konnte ich sie wegwerfen und du hast den Rest übernommen."

„Du hast mich gerettet", sagte Fisher.

„Und dann hast du dasselbe getan. Vergiss das nicht. Ich habe niemals jemanden gesehen, der mutiger und stärker war als du. Und da war keine Panik oder Nervosität. Du hast schnell gehandelt, um mich zu schützen." JD hielt weiter Fishers Hand, während er die Augen schloss und sie ihre Fahrt zur Notaufnahme fortsetzten.

Danach ging alles ziemlich schnell. JD wurde ausgeladen und hineingebracht. Fisher durfte wieder zu ihm, nachdem JD versorgt worden war, und setzte sich auf den Stuhl neben JDs Bett.

Pfleger kamen herein, um einen intravenösen Zugang zu legen und Monitore anzubringen, und dann wurde schon einige Minuten später alles wieder aus dem Zimmer gerollt, damit bei JD erste Untersuchungen durchgeführt und Röntgenaufnahmen gemacht werden konnten. Fisher blieb mit unruhig wippendem Bein sitzen und wartete auf seine Rückkehr. Zehn Minuten später kam JD zurück, gefolgt von einem Arzt. „Mr. Burnside, wir werden Sie für die Operation vorbereiten, damit wir die Kugel entfernen und mögliche Schäden in Ihrer Schulter beheben können. Der Chirurg ist schon auf dem Weg und wir müssen nicht warten."

JD nickte und sagte: „Okay. Und bitte halten Sie Fisher über alles auf dem Laufenden."

Die nächste Stunde war ein reges Durcheinander. Fisher wurde zum Wartezimmer für den Operationssaal geführt. Während JD operiert wurde, spazierte Fisher durch das Krankenhaus und besorgte sich an den Automaten einen Kaffee und etwas Essbares, um damit zum Wartezimmer zurückzukehren. JD hatte ihm sein Handy gegeben, doch dieses war gesperrt und er kannte den Code nicht, weshalb ihm die darin gespeicherten Nummern verborgen blieben. Als er guten Empfang hatte, wagte er es, mit seinem eigenen Handy online die Nummern von JDs Eltern zu suchen. Doch es gab zu viele Burnsides und den Namen von JDs Vater wusste er nicht, weshalb es sich als Sackgasse entpuppte.

Als JDs Handy auf dem Tisch vor ihm vibrierte, griff Fisher danach. „Hallo?"

„Jefferson Davis?", fragte eine weibliche Stimme.

„Tut mir leid, ich bin sein Freund Fisher. Wer ist da?"

„Seine Schwester", antwortete sie.

„Rachel? Gott sei Dank. JD ist verletzt. Jemand hat ihm in die Schulter geschossen und er wird gerade operiert. Ich wollte Mary Lynn anrufen, aber sein Handy ist gesperrt und ich habe die Nummer nicht." Zumindest würde JDs Familie nun davon erfahren.

„Sie wissen, wer ich bin?"

„Ja. JD hat mir die Geschichten von der Jagd erzählt." Fisher lächelte kurz, bevor die Sorge zurückkehrte.

„Das sieht ihm ähnlich", sagte sie mit leichtem, aber melodiösem Akzent. „Wird er es gut überstehen?"

„Ja. Er schwebt nicht in Lebensgefahr, aber die Kugel muss entfernt und der Schaden in seiner Schulter in Ordnung gebracht werden. Wenn Sie mir Ihre Nummer und die Ihrer Mutter geben, rufe ich Sie beide an, wenn er die Operation überstanden hat."

Sie rasselte hastig die Nummern herunter. Fisher tippte sie in sein Handy ein und las sie noch einmal vor.

„Was ist passiert? War es ein Überfall oder so etwas?", fragte sie.

„Nein. Wir wurden von meinem Ex-Freund auf der Straße angegriffen und JD hat mich beschützt." Wieder einmal war er für den Schmerz eines Menschen in seinem Leben verantwortlich. „Es tut mir leid."

„Was denn? Sie haben doch nicht auf ihn geschossen, oder?", konterte Rachel. „Wenn Ihr Ex zu solchen Dingen fähig ist, scheint es eine gute Entscheidung gewesen zu sein, den Versager abzuservieren." Verflucht, Fisher mochte sie bereits. „Ich bin sicher, Jefferson Davis würde Ihnen niemals Vorwürfe machen."

„Nein, das würde er nicht."

„Sind Sie also der neue Freund meines Bruders?"

„Das hat er gesagt", antwortete Fisher.

„Dann sind Sie der berühmte Fisher. Meine Mutter hat nicht aufgehört, von Ihnen zu reden, seit sie zurückgekommen ist. Anscheinend hat es sie ziemlich beeindruckt, dass Sie ihr die Meinung gesagt haben. Hier in Charleston gibt es Leute, die Eintritt dafür bezahlt hätten, es zu sehen, lassen Sie sich das gesagt sein." Großer Gott, allmählich überlegte Fisher, wie er sie loswerden konnte. Sie redete ohne Punkt und Komma. „Ich kann es kaum erwarten, dass JD Sie bei einem Besuch mitbringt."

„Okay." Fisher war nicht sicher, was er sonst sagen sollte.

„Er muss runterkommen, um sich um Tante Lillibeths Nachlass zu kümmern, also hoffe ich, dass er Sie mitbringt." Sie hielt kaum inne, um zu atmen. „Melden Sie sich, wenn er die Operation überstanden hat, und sagen Sie ihm, dass ich ihm richtig auf die Nerven gehen werde, bis er mich zurückruft."

„Mache ich." Fisher fragte sich allmählich, ob es eine gute Idee gewesen war, den Anruf anzunehmen. „Es wird hoffentlich nur noch etwa eine Stunde dauern. Ich gebe die Nachricht weiter." Er legte auf und wählte Mary Lynns Nummer. Als er direkt an die Mailbox weitergeleitet wurde, vermutete er, dass sie bereits mit Rachel telefonierte, allerdings wollte er es nicht einfach dabei belassen. Also hinterließ er ihr eine Nachricht, in der er sie darum bat, ihn auf JDs Handy zurückzurufen.

„Rachel hat es mir soeben erzählt", sagte Mary Lynn, als sie wenige Minuten später anrief. „Geht es ihm gut?"

„Das wird er bald wieder. Wie ich Rachel schon gesagt habe, muss die Kugel entfernt und der Schaden in der Schulter behoben werden. Es wird eine Weile verheilen müssen und vermutlich braucht er Physiotherapie oder Ähnliches, aber es sollte wieder werden. Ich rufe Sie und Rachel an, sobald die Operation überstanden ist." Diesmal kam er leichter davon. Mary Lynn war zufrieden und hielt das Gespräch freundlich, aber kurz.

Nachdem die Anrufe erledigt waren, widmete er sich wieder dem Warten. Er konnte nichts mehr tun, außer sich Sorgen zu machen. Er fragte sich, wo JDs

147

Freunde waren, und kam zu dem Schluss, dass sie vermutlich noch dabei waren, das durch die Schießerei verursachte Chaos zu beseitigen.

„Mr. Moreland", sagte eine Frau, die sich ihm näherte. „Mr. Burnside hat die Operation gut überstanden. Die Kugel wurde entfernt und einige Reparaturmaßnahmen an Knochen und Muskeln vorgenommen. Der Chirurg ist der Meinung, dass Mr. Burnside die Schulter mit der Zeit wieder normal belasten kann."

„Danke. Darf ich zu ihm?"

„Er befindet sich im Aufwachraum. Ich bringe Sie hin. Wir machen es ihm dort bequem und suchen später ein Zimmer für ihn. Er braucht hauptsächlich Ruhe und Schlaf."

„Vielen Dank." Fisher folgte ihr aus dem Wartebereich in einen schwach beleuchteten Raum, in dem JD mit dick verbundener Schulter und geschlossenen Augen in einem Bett lag. Fisher setzte sich in den Stuhl daneben. „Ich bin hier", sagte er sanft und berührte vorsichtig JDs Finger.

„Fisher", sagte JD heiser.

„Ich hole ihm etwas zerkleinertes Eis", sagte eine der Schwestern und eilte davon. Als sie zurückkehrte, stellte sie einen Becher auf die Ablage und beugte sich über das Bett, um JD nach dem Grad seiner Schmerzen zu befragen. Fisher passte auf, dass er nicht im Weg war, und nachdem JD Schmerzmittel erhalten hatte, schob er ihm vorsichtig ein Stück Eis in den Mund.

„Entspann dich einfach. Ich bin hier. Ich habe mit deiner Mutter und deiner Schwester gesprochen und rufe sie gleich an, um ihnen zu sagen, wie es dir geht."

„Du warst fantastisch", sagte JD.

„Ich glaube, du verwechselst mich. Du warst derjenige, der es mit dem bewaffneten Mann aufgenommen hat, um mich zu beschützen."

„Haben sie ihn erwischt?"

„Ja." Fisher fragte sich, wie sehr Gareth in die ganze Drogenorganisation verwickelt war. Er hatte gehofft, Gareth wäre lediglich ein unbeteiligter Dritter gewesen, doch das kam ihm nun wesentlich unwahrscheinlich vor. „Soweit ich weiß, ist er auch im Krankenhaus und wird untersucht, und dann wird er ziemlich sicher ins Gefängnis verfrachtet. Deine Kollegen schienen nicht unbedingt nachsichtig mit ihm umgehen zu wollen." Fisher reichte JD ein weiteres Stück Eis und wurde dann still. JD musste sich ausruhen und sie würden später noch genug Zeit zum Reden und Besprechen haben.

Sie blieben im Aufwachraum, bis JD in sein Zimmer verlegt werden konnte. Zu diesem Zeitpunkt hatten bereits einige Freunde vorbeigeschaut, um nach ihm zu sehen. JD verschlief alles, doch Fisher nahm Blumen, Pflanzen und Karten für ihn entgegen und rief seine Mutter und Schwester an. Dann, als er selbst nicht länger die Augen offenhalten konnte, verabschiedete er sich von JD und nahm Reds und Terrys Angebot an, ihn nach Hause zu bringen. Er verließ ihn nur ungern, wusste allerdings, dass sein Arbeitgeber zurzeit noch mit den Anfangsschwierigkeiten am neuen Standort zu kämpfen hatte und er deshalb am nächsten Tag im Lager gebraucht werden würde.

„WIE GEHT es dir?", fragte Fisher, als er spät am folgenden Nachmittag JDs Zimmer betrat, nachdem er einen langen Arbeitstag mit dem Korrigieren von Störungen und Durcheinander im System der neuen Betriebsstätte verbracht hatte. JD öffnete die Augen und dann sah Fisher es - ein Lächeln voller Wärme und Zuneigung, das JD sich stets speziell für ihn aufzuheben schien. „Ich habe dir dein Handy mitgebracht."

„Ich habe mich schon gefragt, wo es ist."

„Du hast jede Menge Nachrichten und deine Mutter hat gesagt, dass sie bereit wäre, herzukommen und nach dir zu sehen. Ich habe gesagt, es sei nicht nötig. Ich kann mich gut allein um dich kümmern."

„Wie hat sie darauf reagiert?"

„Ob du es glaubst oder nicht, sie hat uns zu Weihnachten eingeladen. *Uns*", antwortete Fisher. „Sie hat sogar noch einmal betont, dass du und ich ausdrücklich eingeladen sind. Ich schätze, sie gibt nach. Sie sagte, dieses Jahr wird es eine kleine Feier. Was auch immer das heißen mag."

„Das spielt keine Rolle", sagte JD. „Wir können tun, was du möchtest."

„Ich habe noch Urlaub übrig und an den eigentlichen Feiertagen gibt es für uns nicht besonders viel zu tun. Normalerweise geht es erst im neuen Jahr wieder richtig los." Er hatte bisher nicht viele Gründe gehabt, um Urlaubstage zu nehmen, und die Firma hatte sie freundlicherweise nicht dazu gezwungen, diese in der freien Zeit wegen des Brandes zu verbrauchen.

„Wie wäre es dann dieses Jahr mit einem warmen Weihnachtsfest?" JD streckte langsam eine Hand nach ihm aus, woraufhin Fisher sich über das Bett beugte. „Ich liebe dich", flüsterte JD. „Du bist mein Held."

„Ich liebe dich auch, aber ich bin niemandes Held."

„Sei dir da nicht so sicher. Du hast auf mich aufgepasst und dich jemandem aus deiner Vergangenheit gestellt. Dir steht es jetzt frei, dir jedes Leben aufzubauen, was du dir wünschst. Meiner Meinung nach ist das ziemlich heldenhaft." JD hatte die Gabe, ihm das Gefühl zu geben, auf Wolke sieben zu schweben.

„Okay, ich bin dein Held, wenn du meiner bist."

„Abgemacht", sagte JD und zog ihn für einen Kuss an sich, um das zu besiegeln.

EPILOG

„WÜRDEST DU dich bitte beruhigen und ein bisschen lächeln?", bat JD. „Der Schnee ist verschwunden und die Sonne zeigt sich."

„Du bist nur glücklich, weil wir morgen früh an einen warmen Ort fahren", entgegnete Fisher, während er die letzten Teile im Koffer verstaute und begann, ihn zu schließen.

„Stopp", sagte JD und öffnete den Koffer wieder. „Wir fahren an den Strand, nicht in die Arktis." Er zog eine Jeans und zwei Sweatshirts heraus. „Du brauchst Badehosen, Shorts, T-Shirts und etwas, falls es abends mal kühl wird, aber das ist alles. Es ist beinahe Mai, die Sonne wird hell vom Himmel strahlen und die Luft schon warm sein. Denk an Sommer, nicht Winter."

„Na schön." Fisher fügte einige T-Shirts hinzu. „Bist du jetzt glücklich?" Er schloss den Koffer, damit JD sich nicht länger über den Inhalt aufregen konnte.

„Wir sind in der Nähe von Savannah, also konnte sich die Wärme schon aufbauen. Es wird wunderschön und du wirst dich großartig amüsieren."

„Ich hoffe, ich habe nichts vergessen." Fisher wusste, dass er sich ständig Sorgen machte.

„Dann kaufen wir es einfach. Aber du wirst zwei ganze Wochen lang Spaß haben. Meine Mutter möchte runterkommen und uns besuchen." JD lächelte. „Keine Sorge - sie haben für ein paar Tage ein Haus in der Nähe gemietet. Sie wollen nicht bei uns wohnen."

JDs Beziehung zu seiner Familie hatte sich im Laufe des Winters und Frühlings deutlich verbessert. Sie hatte einen Teil ihres Grundbesitzes verkauft und Mary Lynn hatte verkündet, dass die Vereinfachung ihres Lebens das Beste war, was sie je getan hatten.

„Gut. Ich mag deine Mutter, aber ich will dich für mich allein haben." Bis JDs Verletzung verheilt gewesen war, hatte es lange gedauert, gefolgt von einer Menge Physiotherapie, doch das lag nun hinter ihm. Seit Ende Februar arbeitete er wieder Vollzeit und war im letzten Monat außerdem damit beschäftigt gewesen, Fisher zu helfen, bei ihm einzuziehen. Obwohl Fisher jetzt ständig bei JD war, wollte er trotzdem zwei Wochen allein mit ihm verbringen. JD hatte versprochen, dass das Strandhaus seiner Tante - na ja, jetzt war es sein Strandhaus - auf der

Rückseite eine sehr private Terrasse besaß, und Fisher freute sich darauf, JD dort ganz für sich zu haben und ihn unter den Sternen zu lieben.

Um Teile des Erbes musste sich noch gekümmert werden, doch die Immobilien, abgesehen vom Strandhaus, waren verkauft worden. Eine der größten Veränderungen war, dass die Einrichtung in ihrem Haus nun aus den vielen Familienstücken bestand, die von ihm selbst und von JDs Tante stammten. Ihr Heim war voll von Wärme mit einem Unterton von Geschichte und Familie. Auch wenn Fisher noch immer nichts von seinen eigenen Eltern hörte.

„Was bringt dich so zum Nachdenken?", fragte JD und ließ sich neben ihm auf ihrem Bett nieder. „Manchmal bekommst du diesen Gesichtsausdruck und wirst ganz still, und dann weiß ich, dass dein Kopf sich mit irgendetwas beschäftigt."

„Meine Eltern. Ich denke darüber nach, sie anzurufen, aber dann mache ich es doch nicht. Sie haben sich nicht gemeldet, nicht einmal zu Weihnachten, also warum sollte ich mir die Mühe machen?" Fisher wusste, dass er all das einfach hinter sich lassen sollte. Seine Mutter und sein Vater würden nicht einlenken und damit war die Sache erledigt.

„Du weißt, dass du ohne sie besser dran bist. Wenn sie nicht bereit sind, ihrem Sohn entgegenzukommen, dann sind sie diejenigen, die etwas verloren haben." JD zog ihn in seine Arme. Es war dasselbe, was er immer sagte, wenn Fisher seine Familie zur Sprache brachte. Erst dachte Fisher, es sei nur eine leere Phrase, doch mittlerweile wusste er, dass JD es wirklich so meinte. In der Tat hatte er seine Mutter vor einem Monat im Lebensmittelladen gesehen. Sie ihn eindeutig auch und sich dennoch lediglich abgewandt. Fisher hatte es JD niemals erzählt, weil er das nicht musste. JD war für ihn da und stand immer hinter ihm.

„Jetzt lass mich die Taschen ins Auto bringen. Unser Flug ist wirklich früh und deshalb möchte ich nicht morgens noch alles Mögliche erledigen müssen." JD hob ihr Gepäck hoch und verließ damit den Raum. Fisher sah ein letztes Mal auf seiner Liste nach, ob er nichts vergessen hatte. Dann brachte er die kleineren Taschen hinunter und stellte sie neben der Hintertür ab. Alles, was er am Morgen noch würde mitnehmen müssen, war der Rucksack, den er als Handgepäck verwendete - ein Geschenk von JD, als er ihm einen Laptop gekauft hatte.

„Weißt du, in der Garage haben sich ganz schön viele Sachen angesammelt", sagte JD, als er zurückkehrte. „Wenn wir wieder zu Hause sind, sollten wir vielleicht mal überlegen, wie wir diesen Antiquitätenladen eröffnen könnten, von dem du schon so lange träumst."

„Das geht nicht, noch nicht. Ich wollte eher klein anfangen. Im November findet hier eine Antiquitätenausstellung statt und ich habe überlegt, einen Stand zu mieten, um es mal auszuprobieren. Danach sehen wir weiter, okay?" So viel in seinem Leben hatte sich verändert, vor allem seine Einstellung. Er machte sich nicht mehr so viele Sorgen um alles, weil JD da war, um ihn aufzufangen, falls er stolperte. Er wusste, dass JD ihn immer unterstützen würde, wenn es nötig sein sollte. Das beste Gefühl gab ihm, dass JD sich ebenso auf ihn verließ. Gebraucht zu werden hatte mehr als alles andere dabei geholfen, seine heftigeren bipolaren Episoden zurückzudrängen. Sie kamen weiterhin vor und würden dies für den Rest seines Lebens tun, doch es waren weniger und die Abstände dazwischen größer.

„Tu, was dich glücklich macht." JD küsste ihn gleich dort in der Küche und hielt ihn fest an sich gedrückt, während sich die Atmosphäre zwischen ihnen zügig aufheizte. Er war glücklich - das hier machte ihn glücklich. „Ich liebe dich", flüsterte JD.

„Und ich liebe dich von ganzem Herzen", erwiderte Fisher flüsternd. Er spürte sehr stark, dass der Winter voller Schnee und Eis geendet hatte, und war nun bereit für den Sommer.

ANDREW GREY ist der Autor von mehr als hundert Werken im Bereich zeitgenössischer schwuler Liebesromane. Nach siebenundzwanzig Jahren im unternehmerischen Amerika hat er sich nun mit Dominic, seinem Ehemann seit über fünfundzwanzig Jahren, und seinem Laptop in Central Pennsylvania niedergelassen. Eine interessante Dreiecksbeziehung. Andrew wuchs im Westen von Michigan auf, mit einem Vater, der gern Geschichten erzählte, und einer Mutter, die sie gern las. Seitdem hat er überall im Land gelebt und die Welt bereist. Er durfte den Centennial Award der Romance Writers of America entgegennehmen, hat einen Masterabschluss der University of Wisconsin-Milwaukee und ist nun Vollzeitautor. Andrews Hobbys sind unter anderem das Sammeln von Antiquitäten, Gartenarbeit und sein schmutziges Geschirr an jedem anderen Ort als der Spüle stehen zu lassen (vor allem, wenn er gerade schreibt). Andrew schätzt sich glücklich, eine tolerante Familie zu haben, fantastische Freunde und den hilfsbereitesten und liebevollsten Partner der Welt. Andrew lebt derzeit im wunderschönen historischen Carlisle in Pennsylvania.

E-Mail: andrewgrey@comcast.net
Website: www.andrewgreybooks.com

Von ANDREW GREY

Alles nur für dich
Cowboys im zahmen Osten
Geborgtes Herz
Malen nach Zahlen
Neue Wege
Sein größter Fang

CARLISLE COPS
Feuer und Wasser
Feuer und Eis
Feuer und Regen
Feuer und Schnee

GESCHICHTEN AUS DER FERNE
Ein weites Land – Miteinander
Ein weites Land – Dunkle Wolken
Ein weites Land – Unruhige Zeit
Fremde Weiten

HERZENSSACHEN
Das Licht der Liebe

IM FEUER
Erlösung in Feuer
Gestählt im Feuer
Sieg über das Feuer

EIN NEUES KAPITEL
Ein neues Kapitel

SIEBEN TAGE
Sieben Tage

SINNE
Liebe kommt auf leisen Sohlen

Veröffentlicht von DREAMSPINNER PRESS
www.dreamspinner-de.com

FEUER UND WASSER

ANDREW GREY

CARLISLE

1

Carlisle Cops: Buch 1

Officer Red Markham kennt die Schattenseiten des Lebens. Von einem Autounfall, der seinen Eltern das Leben kostete, hat er hässliche Narben davongetragen, die ihm den Umgang mit anderen Menschen schwer machen. Sein Job als Polizist auf den Straßen von Carlisle, Pennsylvania, trägt ebenso dazu bei, da sich in letzter Zeit Drogenmissbrauch mit tödlichem Ausgang häuft. Eines Nachmittags wird Red wegen eines Kindes, das bei einem Unfall fast ertrunken wäre, zum örtlichen Schwimmbad gerufen. Am Unfallort stellt er fest, dass das Kind von dem Rettungsschwimmer Terry Baumgartner gerettet wurde. Red ist nicht überrascht, als der gut aussehende Terry ihn und sein hässliches Gesicht keines Blickes würdigt.

Mit anzuhören, dass einer der Rettungskräfte ihn für oberflächlich hält, öffnet Terry die Augen. Vielleicht ist er doch nicht so nett, wie er immer gedacht hat. Seine Freundin Julie schlägt vor, dass er Menschen unterstützt, denen es nicht so gut geht, indem er Essen an ältere Leute liefert. Auf seiner Tour trifft er die offenherzige Margie, eine Frau, die sagt, was sie denkt. Es stellt sich heraus, dass sie die Tante von Officer Red Markham ist.

Reds und Terrys Welten prallen aufeinander, als Red versucht, den Ursprung der Drogenwelle zu finden und Terry vor seinem Exfreund zu beschützen, der ein Nein nicht akzeptieren kann. Zusammen finden sie vielleicht mehr, als sie erwartet hatten – wenn sie es schaffen, hinter die Fassade des anderen zu blicken.

www.dreamspinner-de.com

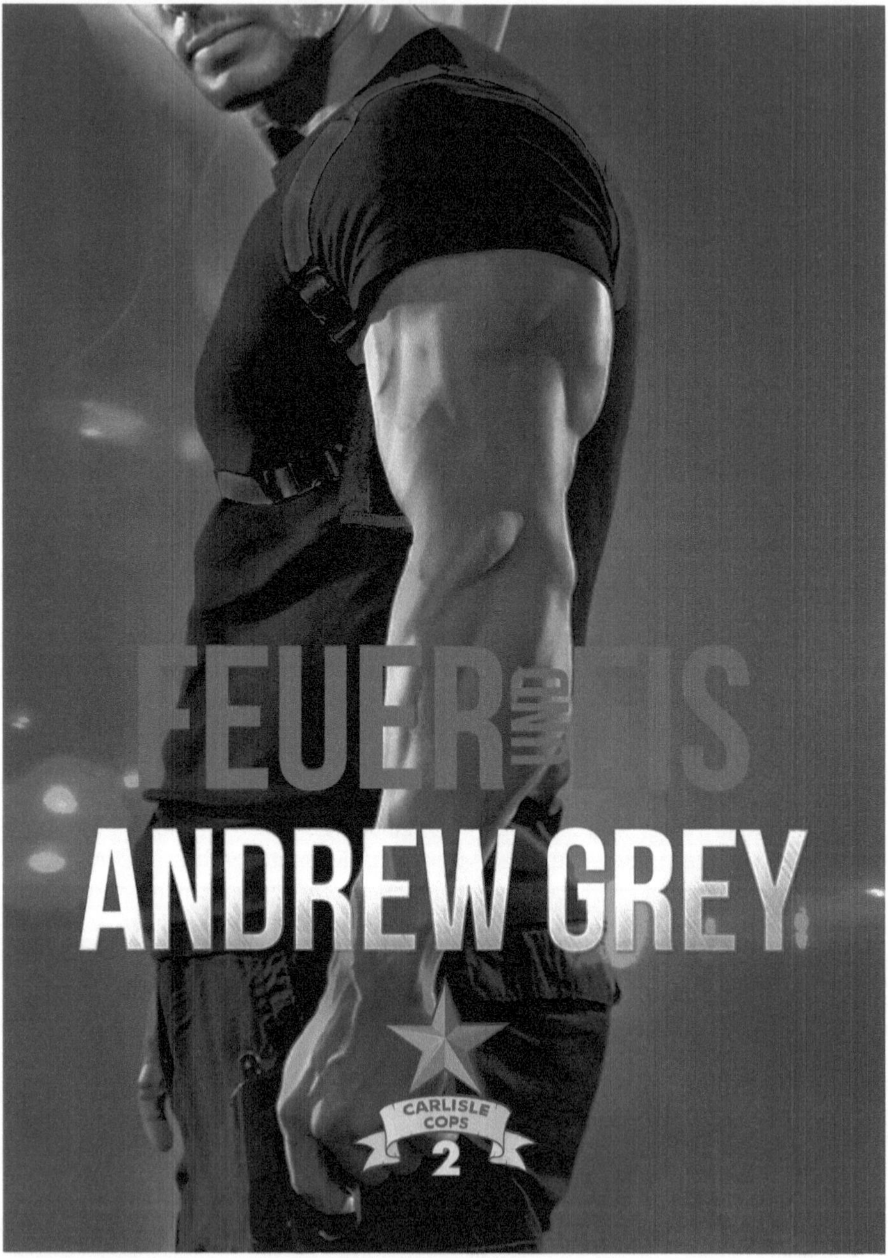
FEUER UND EIS
ANDREW GREY
CARLISLE COPS
2

Carlisle Cops: Buch 2

Carter Schunk ist ein hingebungsvoller Polizist mit einer schwierigen Vergangenheit und einem großen Herzen. Als er zu einer häuslichen Ruhestörung gerufen wird, findet er eine tödlich verletzte Frau und Alex, ein Kind, das dringend Hilfe benötigt. Das Jugendamt wird gerufen und der letzte Mann, den Carter sehen will, tritt durch die Tür. Vor einem Jahr hatte Carter eine kurze Affäre mit Donald und stellte fest, dass dieser kalt wie Eis ist, als sie zu Ende ging.

Donald (Ice) Ickle hatte ein hartes Leben, das er mit niemandem teilt und er hat sein Herz vor allem und jedem verschlossen. Einerseits um sich davor zu bewahren, verletzt zu werden und andererseits, um mit seinem Job, in dem er sehr gut ist, zurechtzukommen, denn er tut, was er tun muss, ohne sich emotional zu involvieren. Als er Carter wiedertrifft, behält er seine übliche Distanz bei, doch Carter geht ihm unter die Haut und entgegen besseren Wissens lässt er sich von Carter dazu überreden, Alex aufzunehmen, als so kurzfristig kein Platz in einer Pflegefamilie zu finden ist. Carter bietet sogar an, ihm bei der Versorgung des Jungen zu helfen.

Donald spricht mit niemandem über seine Vergangenheit, am wenigsten mit Carter, der selbst seine Vergangenheit gern für sich behalten möchte. Doch es sind die Geheimnisse von Alex, die sie zusammenbringen oder auseinanderreißen können – Geheimnisse, die der Junge ihnen nicht erzählen kann, die aber dennoch der Schlüssel zum Glück für sie drei sein könnten.

www.dreamspinner-de.com

Carlisle Cops: Buch 3

Seit dem Tod seiner Mutter hat Josten Applewhite alles in seiner Macht stehende getan, um sich um seinen kleinen Bruder zu kümmern und die Familie zusammenzuhalten. Aber mit einem Schlag verliert er das Zuhause, das er sich so hart erarbeitet hat, und Jos und Isaac landen auf der Straße.

Dort findet sie Officer Kip Rogers. Obwohl er weiß, dass eigentlich die Behörden für die Jungs zuständig sind, schafft er es nicht, sie abzuweisen. Stattdessen lädt er sie sogar ein, bei ihm zu wohnen, bis sie wieder auf ihren eigenen Füßen stehen. Mit Hilfe von Kip und seinen Freunden beginnt Jos sein Leben neu aufzubauen. Aber die Erfahrung hat ihn gelehrt, dass man nichts umsonst bekommt. Die Großzügigkeit, die ihm entgegengebracht wird, scheint zu gut, um wahr zu sein – genau wie alles an Kip.

Kip verliebt sich Hals über Kopf in Jos und dank Jos und Isaac fühlt sich sein großes Haus endlich wie ein richtiges Zuhause an. Aber dieses Glück kann nicht von Dauer sein. Denn Jos will seinen eigenen Weg gehen. Dann taucht eine entfernte Verwandte auf, die entschlossen ist, Jos' Familie auseinanderzureißen. Kip weiß nun, dass Jos ihn braucht – auch wenn er selbst vielleicht noch nicht bereit ist, es zuzugeben.

www.dreamspinner-de.com

EIN TITEL DER 🖋 'EIN NEUES KAPITEL' SERIE

EIN NEUES KAPITEL

ANDREW GREY

Ein Titel der Ein Neues Kapital Serie

Als Dex Grippons Mutter stirbt, betrachtet er das als Zeichen, die Schauspielerei an den Nagel zu hängen und in seine Heimatstadt zurückzukehren. Wenn es ihm gelingt, den Buchladen seiner Mutter zu retten, kann er dadurch diese letzte Verbindung zu seinen Eltern bewahren. Doch einen unabhängigen Buchladen am Laufen zu halten, erweist sich als schwieriger als erwartet, und Dex ist nicht der Einzige, der sich fragt, was seine Mutter möglicherweise zusätzlich verkauft hat.

Der frühere Polizist Les Gable befindet sich zwar nicht mehr im Dienst, muss aber unbedingt wissen, was in dem Buchladen vor sich gegangen ist. Er würde alles tun, um seine Neugierde zu befriedigen – einschließlich, sich mit dem neuen Besitzer anzufreunden, indem er ihm Hilfe bei der Renovierung des Geschäfts anbietet. Irgendetwas an dem Buchladen kommt ihm nicht ganz koscher vor, und Les ist entschlossen, herauszufinden, was das ist.

Das Problem ist jedoch, dass seine Neugier auf Dex ziemlich schnell größer ist, als das Interesse an den Geschehnissen im Laden. Doch während aus Neugier Liebe wird, bedroht die Vergangenheit des Ladens ihre Zukunft. Wird es Les und Dex gelingen, das Geheimnis des Buchladens zu lüften und ihre Beziehung – und ihr Leben – zu retten, oder wird ihnen alles um die Ohren fliegen?

www.dreamspinner-de.com

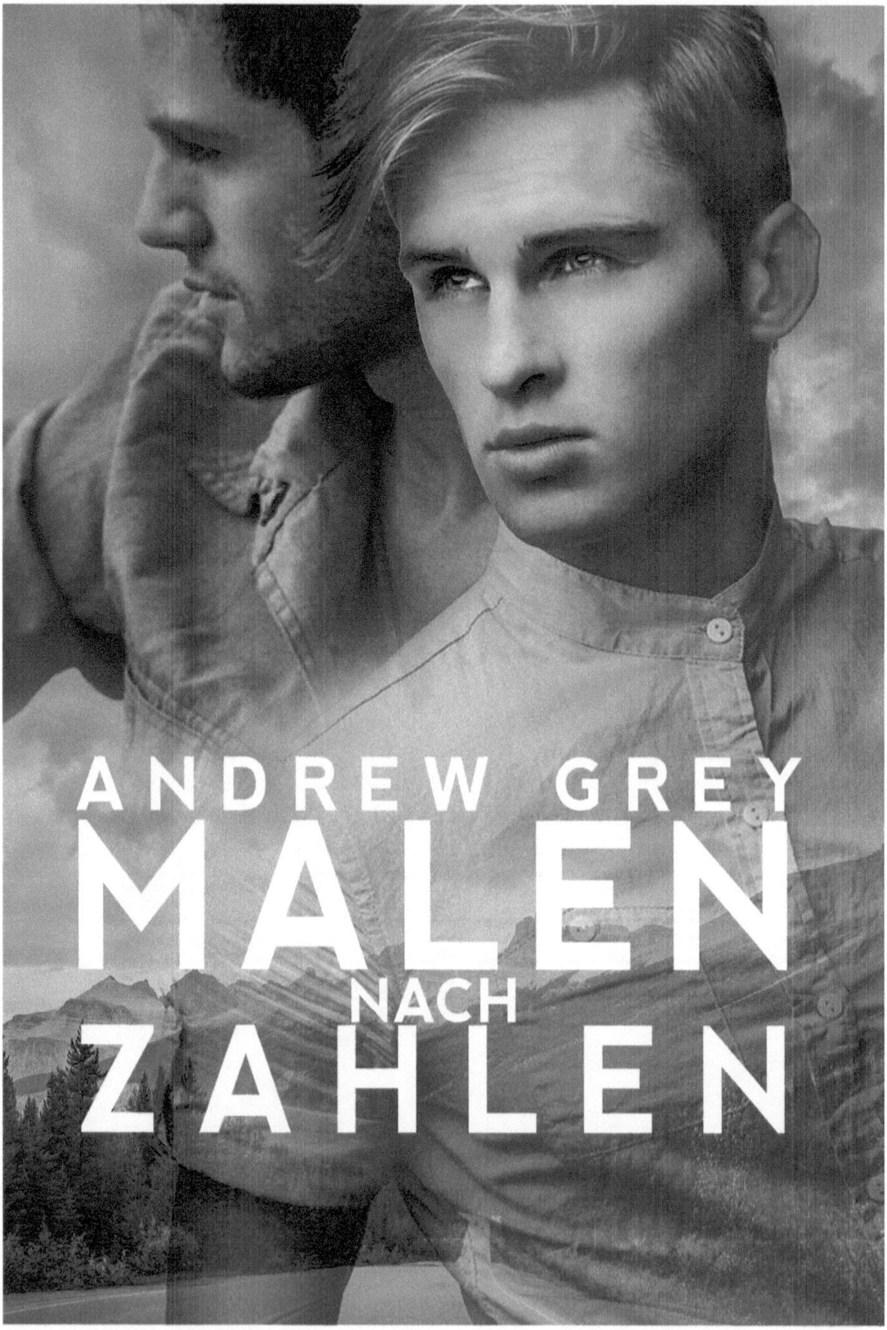
ANDREW GREY
MALEN
NACH
ZAHLEN

Verhelfen das Polarlicht und eine Liebe im zweiten Anlauf einem sich quälenden Künstler zu neuer Inspiration?

Als der New Yorker Maler Devon Starr seine Sucht aufgibt, verschwindet auch seine Inspiration. Devon braucht eine Veränderung und reist wegen des Schlaganfalls seines Vaters nach Hause, nach Alaska. Die kleine Stadt, in der er aufgewachsen ist, ist jedoch nicht mehr so wie in seiner Erinnerung.

Enrique Salazar kann sich noch ausgesprochen gut an Devon erinnern und macht es zu seiner persönlichen Mission, Devon die Augen für die wilde Schönheit und all die Möglichkeiten um sie herum zu öffnen. Die beiden Männer kommen sich näher, und gerade als Devon langsam begreift, was immer für ihn da war, sind sie gezwungen, sich gegen eine Bergbaugesellschaft zu wehren, die die unberührte Natur bedroht, dank derer sie sich verliebt haben. Der gemeinsame Kampf verstärkt ihre Bindung noch, doch als das Verlangen, wieder einen Pinsel in die Hand zu nehmen, zurückkommt, vernimmt Devon auch den Ruf der Stadt.

Ein Mann gefangen zwischen zwei Welten. Devon bleibt nur, seinem Herzen zu folgen.

www.dreamspinner-de.com

NEUE WEGE

Andrew Grey

Geschäfte kann man planen, Liebe passiert ...

Thomas Stepford hat über Jahre eine sehr erfolgreiche Firma aufgebaut. Jetzt, mit neununddreißig, wünscht er sich ein ruhigeres Leben. Als seine Eltern Hilfe brauchen, kehrt er zurück nach Hause. Weil er seine Geschäfte nicht einfach so an den Nagel hängen kann, wird ein Assistent für ihn eingestellt. Brandon macht sein Leben leichter, aber auch erst richtig kompliziert ...

Brandon Wilson kommt frisch vom College und braucht einen Job. Seine Mutter besorgt ihm eine Stelle – als Assistent bei Mr Stepford. Thomas scheint sich nicht daran zu erinnern, aber Brandon hat schon einmal für den umwerfend attraktiven, älteren Mann gearbeitet: Vor Jahren hat er bei Thomas den Rasen gemäht. Thomas war Brandons Jugendschwarm. Und jetzt ist er Brandons Boss.

Thomas und Brandon sind beide entschlossen, ihre Beziehung rein geschäftlich zu halten. Sie lernen, miteinander zu arbeiten, selbst als das Knistern zwischen ihnen immer stärker wird. Als ihre Leidenschaft füreinander schließlich zum Siedepunkt kommt und sie gerade soweit sind, ihren Gefühlen nachzugeben, wird Thomas von seinem alten Leben eingeholt. Er muss zurück nach New York. Und dann erfüllt sich für Brandon ein Traum: Er bekommt ein Angebot aus Hollywood.

Hat ihre neugefundene Liebe noch eine Chance?

www.dreamspinner-de.com

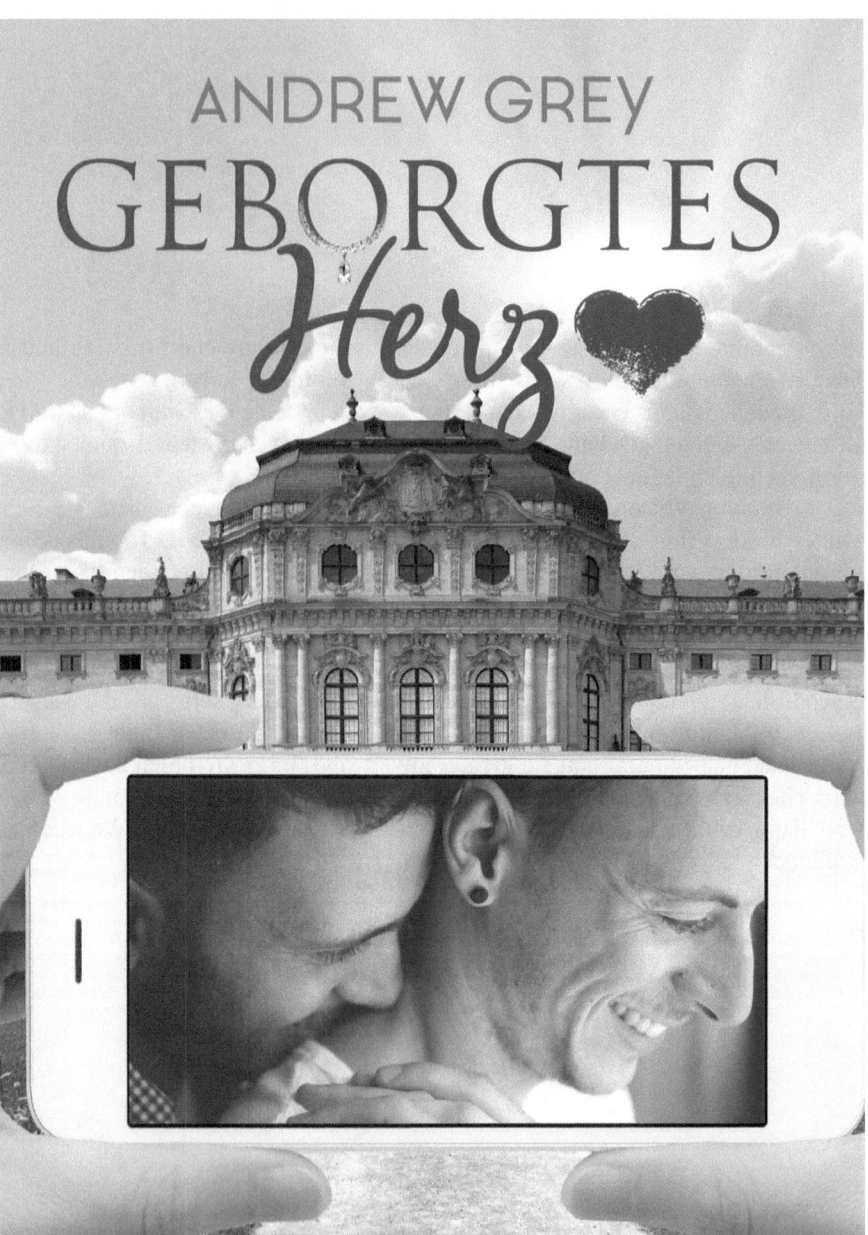

Robin, der Empfänger eines neuen Herzens, weiß, dass er es nicht einfach an den Erstbesten verschenken darf …

Robin hat in letzter Zeit viel erlebt, von einer Herztransplantation bis hin zu einer sehr schmerzhaften Trennung. Doch seine Erfahrungen haben ihn gelehrt, dass das Leben kurz ist, und er ist bereit, jeden Tag zu nutzen und einen Neuanfang zu machen. Ein Job bei Euro Pride Tours ist genau die Art von Abenteuer, die er sucht. Dabei lernt er die Welt kennen und kann sein Leben genießen, aber an Liebe denkt er überhaupt nicht. Er ist sich nicht sicher, dass sein Herz das ein weiteres Mal verkraften könnte.

Johan mag seine Familie enttäuscht haben, indem er seinen eigenen Weg geht, aber als er Robin kennenlernt, hat er nicht vor, ihn im Stich zu lassen. Die beiden Männer sind für den anderen genau das, was ihm gefehlt hat, um sich wieder vollständig zu fühlen. Auch ist Johan nicht der Mann, für den Robin ihn ursprünglich gehalten hat, sondern er ist der Richtige, um Robins geborgtes Herz schneller schlagen zu lassen. Während einer Rundreise durch Süddeutschland kommen sie sich näher, aber als Robins Ex sich der Reisegruppe anschließt, könnte er ihrer aufkeimenden Liebe ein jähes Ende bereiten.

www.dreamspinner-de.com

ALLES NUR FÜR DICH

ANDREW GREY

Der einzige Weg zum Glück ist Freiheit: die Freiheit, im Leben und in der Liebe dem eigenen Herzen zu folgen. Diese Freiheit in Anspruch zu nehmen erfordert allen Mut, den ein junger Mann aufbringen kann … Aber er muss sich der Aufgabe nicht allein stellen.

Im kleinen konservativen Sierra Pines, Kalifornien, ist Pastor Gabriel das Gesetz. Sein Sohn Willy folgt seinen Vorgaben … bis er in Sacramento einen Mann kennenlernt und ihn kurz darauf in seiner Heimatstadt wiedertrifft – genau vor der Nase seines Vaters.

Reggie ist der neu ernannte Sheriff von Sierra Pines. Sein Engagement für den Beruf verlangt, dass er seine Sexualität nicht zur Schau stellt. Aber als er Will wiedertrifft, wird er das Gefühl nicht los, dass sie füreinander bestimmt sind. Er möchte Wills Geheimnis wahren, bis Will bereit ist der Welt zu zeigen, wer er ist. Als wäre es nicht schon genug, sich gegen die Kirche und die Stadtbewohner zu stellen, drohen die Gefahren von Reggies geliebtem Job der Romanze ein Ende zu bereiten, ehe sie noch richtig begonnen hat.

www.dreamspinner-de.com

www.ingramcontent.com/pod-product-compliance
Lightning Source LLC
Chambersburg PA
CBHW031236260626
47169CB00007B/2327